RHIZOSPHÈRE

Éditions Favre SA
Siège social et bureaux :
29, rue de Bourg – CH-1002 Lausanne
Tél. : (+41) 021 312 17 17
lausanne@editionsfavre.com
www.editionsfavre.com

Groupe Libella

Dépôt légal en Suisse Janvier 2024.

Photo de couverture (meringue en forme de rose évoquant le plaisir des sens)
© Anastassiya/Adobe Stock
Couverture : Steve Guenat
Mise en pages : Lemuri-Concept

ISBN : 978-2-8289-2144-6

Les Éditions Favre bénéficient d'un soutien structurel de l'Office fédéral
de la culture pour les années 2021-2024.

Daniel Cordonier

RHIZOSPHÈRE

FAVRE

Le pathétique de la volupté est dans le fait même d'être deux.

Emmanuel Levinas

I

« Allons faire chanter les lardons ! »

C'était la formule consacrée et lorsque ma mère la prononçait, j'étais fier de prendre mon poste pour lui servir d'assistant, même si mon rôle se limitait à lui passer quelques ustensiles. Je l'observais avec cette attention intense que peuvent avoir les jeunes enfants quand un spectacle les captive. D'abord, elle découpait le lard en cubes réguliers avec un couteau à la lame tranchante, puis elle éminçait les oignons et enfin elle cassait les œufs dans un grand bol avant de les fouetter jusqu'à ce qu'une fine mousse se forme à la surface. Une fois qu'elle avait procédé à l'assaisonnement, elle me lançait un petit clin d'œil et je savais que le moment était venu d'accomplir l'acte qui me revenait : verser un peu de crème dans le mélange. D'après elle, cet ajout faisait tout le succès de la recette.

Ensuite commençait la phase de cuisson, celle qui m'intéressait le plus. Maman allumait le gaz et mettait les lardons à griller. Au bout de quelques secondes, ils commençaient à suer leur graisse avec un grésillement joyeux. Elle me souriait alors en agitant l'index comme si elle dirigeait une chorale, puis elle les mélangeait aux oignons qui devenaient rapidement translucides en exhalant leur odeur à la fois sucrée et piquante. L'instant magique arrivait lorsqu'elle incorporait les œufs battus. La transformation progressive de ce liquide jaune pâle en une forme solide qui épousait les contours de la poêle constituait pour moi un phénomène fascinant. Je restais près de la cuisinière pour regarder la transition s'opérer pendant que ma mère s'occupait de la salade. J'étais chargé de la prévenir quand l'omelette atteignait la consistance voulue, croustillante sur les bords et un peu baveuse au centre. Elle la repliait habilement avec une spatule avant de déposer quelques brins de persil sur sa surface dorée.

Nous dînions dans la salle à manger où mon père avait dressé la table et nous attendait. Il examinait sa portion pendant que maman nous servait. « C'est beau ! » disait-il invariablement. Puis il nous regardait avec sur son visage anguleux une expression de joie profonde, et il nous applaudissait avant de faire honneur à son assiette. Je dégustais lentement ma première bouchée. Les lardons croquaient sous la dent, enrobés par le moelleux des œufs, et les oignons laissaient sur ma langue leur saveur un peu douceâtre mélangée à des notes toastées. Le plaisir que j'éprouvais n'était pas seulement lié à la nourriture, il venait aussi du fait que j'avais participé, même modestement, à confectionner ce plat qui nous rassemblait.

J'étais âgé de six ou sept ans à l'époque où ce rituel a commencé. Je ne me rappelle pas comment il est né, mais je sais qu'il a duré plusieurs années. Il concernait uniquement cette recette que ma mère cuisinait environ deux fois par mois. Les autres repas se déroulaient de façon ordinaire. Je me suis longtemps interrogé sur la signification que ce cérémonial avait pour mes parents. C'était peut-être une manière de célébrer leurs retrouvailles. Papa voyageait beaucoup à cause de son travail et nous mangions souvent sans lui. Mais maman ne préparait pas l'omelette à chacun de ses retours, des facteurs supplémentaires que je n'ai jamais identifiés lui faisaient décider de la mettre au menu. L'autre élément qui m'intriguait était le commentaire de mon père. Pourquoi s'exclamait-il « c'est beau ! » avant de goûter ? J'ai d'abord imaginé qu'il voulait souligner l'esthétique de la présentation. Avec le recul, je crois qu'il faisait plutôt référence au tableau de notre famille réunie. Il contemplait avec fierté ce foyer qui représentait la principale réussite de sa vie. Je me disais aussi qu'il devait être heureux de me voir aider ma mère avec autant d'application. Quoi qu'il en soit, je pense que la source de ma vocation réside dans ces souvenirs. Je suis devenu cuisinier pas seulement pour offrir à mes clients des découvertes gastronomiques, mais surtout pour les réunir autour d'une table et faire en sorte qu'ils s'y sentent bien.

L'exercice qui consiste à se retourner sur son passé pour distinguer les moments clé d'une vie peut se révéler déstabilisant. Surtout si l'on s'aperçoit que des événements qui semblaient insignifiants au départ ont influencé durablement notre avenir. Je me demande parfois ce qui serait arrivé si je n'avais pas bousculé Christophe Maldet dans la cour de récréation un matin d'hiver quand j'avais neuf ans. Le temps restait mauvais depuis plus d'une semaine et l'air était glacial. J'avais rejoint un groupe qui jouait aux gendarmes et aux voleurs. Je me démenais comme un beau diable pour ne pas être attrapé car la prison se trouvait dans le coin le plus froid du préau et je ne voulais pas y rester coincé. J'avais deux gendarmes à mes trousses qui se rapprochaient dangereusement. En essayant de leur échapper par un brusque changement de direction, je suis entré en collision avec Maldet qui déambulait accompagné de sa bande. Le choc l'a déséquilibré et il est tombé sur le côté. Une fois la surprise passée, il s'est relevé et m'a toisé avec un regard de taureau enragé. Je suis resté pétrifié en voyant que c'était lui. Nous ne fréquentions pas la même classe puisqu'il avait deux ans de plus que moi, mais tout le monde le connaissait. Il avait été convoqué plusieurs fois dans le bureau de la directrice à cause de son comportement querelleur et de nombreux élèves le craignaient. L'excuse que j'ai bredouillée ne l'a pas du tout calmé. Il était furieux d'avoir été renversé devant ses copains. Son visage avait viré au rouge cerise. Il s'est précipité vers moi en hurlant qu'il allait m'apprendre à regarder où je mettais les pieds. J'ai compris que je n'échapperais pas à une vilaine correction. Il mesurait une tête de plus que moi et avait déjà la corpulence d'un adolescent. Un cercle de curieux s'était formé autour de nous et m'interdisait toute fuite. Je me suis préparé à vendre chèrement ma peau, mais juste à ce moment une voix a retenti.

– Tu n'as pas honte de t'attaquer à un petit! Si tu veux te défouler, choisis au moins quelqu'un de ton âge.

Maldet s'est tourné vers le nouveau venu et l'a observé avec un rictus méprisant.

– Te mêle pas de ça, Forel, ou c'est toi qui vas dérouiller à sa place.

– Tu ne me fais pas peur, je suis équipé !

Le garçon qui s'interposait arborait des moufles en similicuir qui ressemblaient un peu à des gants de boxe. Il m'a fait signe de m'éloigner et s'est mis en garde. Maldet a poussé un grognement et s'est rué sur lui. Le combat a été bref. Mon défenseur a paré la première attaque et a tenté une riposte qui n'a pas porté. Maldet, qui se battait à mains nues, lui a ensuite décoché un crochet à la face. L'autre a poussé un cri. J'ai vu que son nez saignait. Un professeur est arrivé et a interrompu les hostilités. Maldet s'est retrouvé chez la directrice qui l'a finalement exclu de l'école, et le dénommé Forel à l'infirmerie. Je l'ai cherché les jours suivants, mais il n'a pas réapparu. La rumeur disait qu'il avait été hospitalisé. Je ne l'ai revu qu'une semaine plus tard à la sortie des cours. Il marchait d'un pas mesuré en direction de l'arrêt du bus. Je l'ai hélé et me suis avancé vers lui. Au début, j'ai eu l'impression qu'il ne me reconnaissait pas, puis son visage s'est éclairé et il m'a souri.

– Ça ne te fait pas trop mal ? ai-je demandé en désignant le pansement qui couvrait ses narines.

– Non. C'est simplement fissuré, il n'y a pas de fracture.

– Tu es allé à l'hôpital ?

– Pas du tout. Je suis resté à la maison. Ma mère était super énervée que je me sois battu. Elle ne m'a pas laissé revenir tout de suite.

– Tu aurais dû lui expliquer que c'était pour m'aider. Sans toi, j'aurais passé un sale quart d'heure. Je voulais te remercier.

– Je lui ai tout dit, évidemment. Mais elle ne comprend pas qu'il y a des choses qu'on doit juste faire, pas moyen de passer à côté.

Il avait parlé d'un ton grave et même si je n'étais pas capable de discerner tout ce que cette déclaration impliquait, j'ai senti qu'il était différent des camarades que je fréquentais d'habitude.

– Elle s'occupe de moi toute seule, a-t-il repris en fronçant les sourcils. Ce n'est pas facile.

J'étais surpris qu'il me parle de sa situation personnelle, mais j'ai pris ses confidences comme une marque de confiance. Je l'ai interrogé sur sa famille. Il m'a raconté que ses parents avaient divorcé trois ans auparavant. Son père s'était remarié et vivait en Suède. Ils ne se voyaient qu'une fois par année pendant les grandes vacances et avaient peu d'affinités. Forel répondait sans réticence à mes questions, mais semblait poursuivre en parallèle un autre fil de pensées.

– Je crois que c'est à cause des gants, s'est-il soudain exclamé.

Devant mon air ébahi, il a développé sa réflexion.

– J'ai imaginé qu'ils me donneraient plus de puissance parce que les boxeurs en ont. Mais en réalité ils les mettent pour se faire moins mal. Ils amortissent les coups. Tandis que Maldet me tapait directement avec ses poings. C'est pour ça que j'ai perdu.

Le raisonnement m'a paru irréfutable, à part sa conclusion. Je n'étais pas sûr que l'issue du combat aurait pu se révéler différente, mais j'ai gardé cette opinion pour moi. Un bus a remonté la rue avant de stopper à quelques mètres de nous.

– C'est le mien, a-t-il dit. Je dois y aller.

Il m'a tendu la main.

– Je m'appelle Jérôme, et toi ?

– Denis Granier.

Au début, notre relation s'est nourrie de notre différence d'âge. J'étais fier qu'un grand me trouve assez intéressant pour me proposer de devenir son copain, et je pense que de son côté il appréciait le rôle de guide qu'il pouvait adopter avec moi. Mais cela n'aurait probablement pas suffi à maintenir notre amitié au long de toutes ces années. La bousculade avec Maldet a provoqué notre rencontre, mais un autre événement bien plus crucial dans mon existence nous a définitivement soudés.

Je venais de fêter mes onze ans quand c'est arrivé. Je me souviens que j'avais reçu en cadeau un puzzle géant. Je me réjouissais de rentrer de l'école pour le terminer. En arrivant chez nous, j'ai remarqué la voiture de mon père stationnée dans l'allée. J'étais content qu'il soit déjà revenu de son travail car je comptais sur sa collaboration. Alors que je me dirigeais vers la porte, elle s'est soudain ouverte sur papa. Son visage était d'une pâleur extrême et il semblait complètement perdu. Il s'est avancé vers moi d'un pas hésitant et m'a pris dans ses bras. Il me serrait trop fort. Je respirais l'odeur de son after-shave mélangée à sa transpiration. Il a relâché brusquement son étreinte et m'a fixé avec des yeux rougis. Sa bouche tremblait comme si elle refusait de prononcer les mots qui devaient venir.

– Il faut que tu sois courageux, a-t-il fini par balbutier d'une voix blanche. Maman a eu un accident.

Je lui ai demandé où elle était et il a esquissé un signe en direction de la villa. J'ai voulu foncer à l'intérieur mais il m'a retenu.

– C'est mieux que tu n'entres pas. J'ai appelé un docteur et aussi ton oncle et ta tante. Ils vont arriver.

Je ne comprenais pas pourquoi il m'empêchait d'aller aider ma mère. J'ai hurlé que je voulais la voir, je me suis débattu, je crois même que je l'ai frappé. Il a fini par me libérer et j'ai franchi le seuil en courant. La maison était étrangement silencieuse. Il n'y avait personne au rez-de-chaussée. J'ai grimpé l'escalier quatre à quatre et je me suis précipité vers la chambre de mes parents. Maman était allongée sur le lit tout habillée, on aurait dit qu'elle dormait. Son visage encadré par ses longs cheveux blonds semblait tendu vers un point au-dessus d'elle, bien plus haut que le plafond de la pièce. J'ai touché sa main. Elle était glacée. Je n'avais jamais senti un froid pareil. J'ai eu un mouvement de recul et je suis resté pétrifié. Mon père est apparu un instant plus tard.

– Je l'ai trouvée comme ça, a-t-il dit en sanglotant. Je crois que son cœur s'est arrêté.

Cette phrase a tourné dans ma tête pendant des mois. Comment un cœur peut-il cesser de battre ? Le mien s'affolait dans ma poitrine à chaque fois que j'y pensais. L'idée que ma mère était vivante, puis morte la seconde d'après avait des implications terrifiantes. Je m'y confronte encore aujourd'hui.

Je ne me rappelle pas précisément de la période qui a suivi, à part le fait que tante Aline est restée avec nous quelques semaines après l'enterrement. Elle s'est occupée de moi pendant que papa cherchait des arrangements pour son travail. Il ne voulait plus devoir voyager. Il a fini par trouver une nouvelle situation qui lui permettait de rentrer à la maison tous les soirs. À midi, je mangeais au réfectoire de l'école. Nous avons dû apprendre à nous retrouver seuls. Mon père essayait bravement de me cacher son chagrin, mais je voyais à quel point il souffrait. Un jour, je lui ai préparé l'omelette aux lardons pour lui faire une surprise. Je me suis appliqué et le résultat était plutôt réussi, mais quand il a vu le plat, il n'a pas pu s'empêcher de fondre en larmes. Il m'a fallu des années pour pouvoir cuisiner à nouveau cette recette sans ressentir de la tristesse.

La gastronomie est une question d'affinités entre les saveurs. Je maîtrise correctement le processus. L'écriture est plutôt une affaire de traduction. Il s'agit de trouver les mots qui illustrent de la meilleure façon les sentiments et les situations. C'est un domaine où je me sens nettement moins à l'aise. J'ai longtemps cherché comment raconter ce que j'ai éprouvé après la mort de ma mère. L'image qui me semble la plus juste est celle d'une collision. Je marche tranquillement sur un joli chemin bien entretenu dont je distingue le tracé jusque dans le lointain. Et tout d'un coup, un mur gigantesque se dresse devant moi. Pour être exact, je devrais dire qu'il fonce sur moi. L'instant d'avant, l'horizon est dégagé. Et soudain, une énorme masse surgit du néant, me frappe de plein fouet, puis reste immobile. Au début, je suis jeté à terre par le choc. Au bout d'un certain temps, je me relève, étourdi, et je cherche instinctivement à poursuivre ma route. Mais le chemin s'arrête devant l'immense paroi. Je n'ai pas d'autre choix que de la longer, ce qui m'oblige à changer complètement de direction. Je me force à avancer parallèlement à ce rempart qui me barre le passage, en espérant trouver une ouverture. Je m'obstine jusqu'au moment où je me rends compte qu'il s'étend jusqu'à l'infini et qu'il n'y a aucun moyen de le franchir. Je suis prêt à sombrer dans le désespoir quand une main prend la mienne. Elle me tire loin de la muraille. Et je m'aperçois que je peux visiter une multitude de nouveaux paysages, à condition de ne pas rester collé à ces blocs de pierre. Cette main qui m'a guidé, c'est celle de Jérôme.

Je pense qu'il a été capable de me comprendre parce qu'il avait affronté une situation similaire au moment où son père avait quitté la maison. Il pratiquait plusieurs sports et il m'a convaincu de m'inscrire aux clubs de natation et d'athlétisme dont il faisait partie. Puis il m'a présenté à son groupe de copains. J'étais le plus jeune de la bande, mais tout le monde m'a accueilli avec bienveillance. Je passais l'essentiel de mes loisirs avec des garçons de treize ou quatorze ans. Ils avaient des discussions et des intérêts différents des camarades de mon âge. L'une de leurs préoccupations principales était de rencontrer des filles. Grâce à eux, je suis entré dans l'adolescence avec une longueur d'avance et c'est probablement ce qui m'a sauvé.

Mon premier baiser avait un goût de glace au chocolat. Je l'ai volé à Isabelle Vallier, la cousine de Jérôme. Ses yeux noisette dans lesquels scintillaient des reflets dorés m'avaient envoûté dès que je l'avais connue. Il me semblait que je lui plaisais aussi, mais j'ai dû patienter plusieurs semaines avant qu'elle accepte une promenade au bord du lac. C'était au début juillet et la température n'arrêtait pas de monter. Le plus difficile a été de prendre la main d'Isabelle. Il m'a fallu trois tentatives avant qu'elle cesse de se dérober. Sa paume était moite de chaleur. Au moment où j'ai enfin pu la saisir, j'ai eu l'impression qu'une onde me parcourait des pieds à la tête. J'ai continué à marcher en essayant de garder un air naturel. J'ai offert à Isabelle un cornet de crème glacée qu'elle a dégusté à l'ombre d'un arbre. Dès qu'elle a avalé sa dernière bouchée, j'ai approché mon visage du sien. Elle ne s'est pas reculée, c'est même elle qui a pris l'initiative. J'ai senti ses lèvres sucrées sur les miennes et la fraîcheur de sa langue dans ma bouche. Une mèche de ses cheveux bruns me chatouillait le nez, leur odeur citronnée caressait mes narines. Elle a eu un petit sursaut quand je l'ai embrassée dans le cou. Sa peau était salée avec une légère saveur de caramel. Mon cœur battait comme un tambourin. J'ai serré Isabelle contre moi si longtemps qu'elle a dû se demander ce qui m'arrivait. Elle s'est dégagée et m'a fixé d'un air indécis. Je lui ai souri pour la rassurer. Elle m'a ouvert les portes d'un nouveau monde l'été de mes douze ans.

J'ai vécu une puberté relativement sereine. La pratique du sport y était sûrement pour quelque chose. Toutes ces heures passées à courir et à nager m'ont aidé à me sentir à l'aise dans mon corps. J'ai aussi eu la chance d'être confronté presque simultanément à l'envie du sexe et à sa satisfaction. Contrairement à de nombreux garçons de mon âge, je n'ai pas dû subir trop violemment les tourments de ma libido. J'ai compris très vite que je plaisais aux filles. Je considérais que mon physique n'avait rien d'exceptionnel, mais je voyais bien que je ne les laissais pas indifférentes. Peut-être que mon côté orphelin les faisait craquer. C'était en tout cas l'hypothèse de Jérôme qui n'avait pas à se plaindre non plus en matière de relations féminines. J'ai perdu ma virginité à quinze ans avec Béatrice Pardel, une monitrice du club de natation. Ce qui m'a le plus marqué n'est pas le moment où je suis venu en elle, mais celui où elle s'est déshabillée. Elle ne m'a pas quitté du regard pendant qu'elle dégrafait son soutien-gorge pour me dévoiler ses seins, ni quand elle a descendu lentement son slip le long de ses jambes. Je pouvais lire mon désir dans ses yeux comme dans un miroir. Depuis ce jour-là, l'instant où une femme m'offre pour la première fois le spectacle de sa nudité a toujours représenté pour moi l'un des sommets de l'érotisme.

Pendant mon adolescence, Jérôme a joué le rôle d'un grand frère. Il m'a fait profiter de son expérience, et surtout il m'a encouragé à explorer toute une série de domaines. C'est lui qui m'a convaincu d'apprendre à jouer de la guitare, lui aussi qui a instauré le rituel de nos parties d'échecs, lui encore qui m'a conseillé de me mettre à dessiner. Avec les entraînements sportifs, les devoirs scolaires et les sorties entre copains, ces activités remplissaient presque tout mon temps, sans compter les plages consacrées à mes petites amies. Mais j'y ai encore ajouté la pâtisserie. Je m'étais découvert une passion pour les gâteaux et je passais des heures à préparer des génoises, des pâtes feuilletées et des crèmes au beurre. Jérôme approuvait avec enthousiasme, peut-être parce qu'il était l'un des premiers bénéficiaires de mes réalisations. Il devait se dire aussi que plus je serais occupé, moins je risquais de ressasser des pensées tristes. Mon père semblait partager ce raisonnement. Je crois qu'il était content de me voir aussi affairé, ce qui lui enlevait le poids de devoir organiser mes loisirs. Nous nous voyions relativement peu, à part lors des repas du soir. Nous ne parlions presque jamais de maman, ni de ce que nous avions ressenti face à sa disparition. La conversation roulait sur des sujets anodins et j'en assurais la majeure partie. Ensuite, il s'installait devant la télévision. Je regardais parfois un film avec lui, mais le plus souvent je montais dans ma chambre pour travailler ou écouter de la musique. Je sentais qu'il me voulait du bien et j'aurais voulu me rapprocher de lui, mais j'avais peur qu'il ne m'attire de nouveau vers cette sombre muraille dont il ne parvenait pas à quitter les parages. La pâtisserie est devenue une manière de lui dire que je l'aimais. Je confectionnais chaque semaine une nouvelle recette spécialement pour lui et jusqu'à ce que je quitte la maison, je me suis chargé de chacune de ses tourtes d'anniversaire. Ma dernière création a été une pièce montée avec des choux à la crème de quatre saveurs différentes décorés de roses en massepain et empilés pour former une pyramide au sommet de laquelle trônait le nombre cinquante découpé dans une nougatine au sésame. Il me semble que papa a apprécié, même s'il n'était pas enthousiaste à l'idée que je commence un apprentissage de cuisinier. J'avais dû lui promettre de terminer d'abord mes études. Il espérait que j'entre à l'Université. Mais malgré mes bons résultats scolaires, je n'avais aucune envie de passer encore plusieurs années à écouter des théories. J'avais besoin d'apprendre par la pratique et je savais que je ferais carrière dans la gastronomie. Cette décision aurait pu m'éloigner de Jérôme, qui avait entamé deux ans plus tôt un cursus de philosophie à la Faculté des lettres, pourtant notre amitié s'est maintenue malgré les contextes de vie différents pour lesquels nous avions opté.

J'ai présenté ma candidature au restaurant de l'hôtel Impérial qui figurait parmi les meilleures tables de Genève, et j'ai eu la chance d'être engagé. L'établissement mettait à disposition des logements à prix modéré pour son personnel, ce qui avait aussi pesé sur mon choix car je ne souhaitais plus habiter dans la villa familiale. Mon père a compris que j'avais besoin de trouver mon propre espace et il m'a aidé financièrement. Fidèle à son habitude, il est resté silencieux sur les sentiments que lui inspirait mon départ. J'ai voulu croire que cette situation nouvelle lui offrirait la possibilité de changer son mode de vie, de rencontrer des gens et, pourquoi pas, d'inviter une femme chez lui, ce qu'il n'avait jamais fait depuis la mort de ma mère.

À dix-neuf ans, j'ai emménagé dans un petit deux-pièces à la rue des Étuves et j'ai débuté ma formation sous la direction du chef étoilé Armand Piguet. Je me souviens parfaitement de ma première journée de travail. Je n'avais jamais vu une brigade de cuisine à l'œuvre. Le spectacle de toutes ces personnes en toque blanche qui s'affairaient au moment du coup de feu dans les volutes de vapeur dégagées par la cuisson des aliments m'a ébloui. Des plats se construisaient sous mes yeux avec leurs compositions de légumes, viandes, poissons et garnitures, comme des mosaïques aux couleurs éclatantes. Chaque ingrédient était préparé par des groupes spécialisés, puis placé sur les assiettes destinées aux convives dans un ballet millimétré qui se répétait d'une table à l'autre. Le bruit de fond enflait à mesure que les commandes arrivaient, mais il ne régnait aucune confusion dans ce foisonnement d'activités. Chacun jouait sa partition sous les ordres du chef qui assurait la cohérence de l'ensemble. En contemplant cette harmonie et cette efficacité dédiées à la confection des meilleures recettes, je me suis promis qu'un jour je dirigerais une équipe de cuisiniers.

J'ai été bien accueilli dans ce milieu exigeant et nouveau pour moi. Grâce à ma pratique de la pâtisserie, j'avais appris à m'organiser et j'étais plutôt rapide. Mes responsables se sont montrés satisfaits de mes performances. J'avais aussi l'avantage d'être plus âgé que les autres apprentis, ce qui m'a évité les brimades que subissaient les élèves de première année. Les formateurs n'étaient pas tendres avec eux et leurs méthodes frisaient parfois le harcèlement. L'un de mes camarades en a fait les frais. Son nom ne m'est pas resté en mémoire, mais je me rappelle qu'il était long et mince avec une silhouette un peu voûtée. Dans son dos, on murmurait qu'il ressemblait à un haricot qui avait poussé trop vite. Un matin, le chef de partie garde-manger qui s'appelait Simon Adler est venu contrôler ses tâches. Il lui avait demandé de préparer une brunoise de carottes. Quand il a vu le résultat, il a tout de suite élevé la voix.

– C'est n'importe quoi ! Les morceaux sont beaucoup trop gros. Je ne t'ai pas commandé une mirepoix. Recommence !

Il s'est placé à côté du jeune pendant que celui-ci répétait l'opération avec des gestes un peu gauches. Sans lui laisser le temps de terminer, il a saisi quelques bâtonnets de carotte et les lui a mis sous le nez.

– Stop ! C'est déjà foutu. Ils n'ont pas la même largeur. Recommence !

J'ai vu que l'adolescent était à deux doigts de craquer. Il a pris une profonde inspiration et s'est concentré sur sa tâche. Il m'a semblé que cette fois sa découpe était régulière, mais Adler était visiblement exaspéré.

– Tu es trop lent ! À ce rythme, tu y seras encore ce soir.

Il lui a arraché le couteau des mains et l'a agité devant son visage.

– C'est ton outil de base et tu n'es pas capable de l'employer correctement ! Tu n'arriveras jamais à rien ! Et en plus tu ralentis toute l'équipe.

Il vociférait en faisant des moulinets. L'autre était blanc comme un linge. La lame a frôlé son cou à plusieurs reprises avant que le chef ne finisse par la poser sur la table.

– Je perds mon temps avec toi, a-t-il dit. Prends des cours avec Granier. Lui, il sait manier un couteau de cuisine.

Il m'a lancé un clin d'œil et s'est éloigné à grandes enjambées. L'apprenti m'a dévisagé avec une expression de reproche. Il est parti sans prononcer un mot. Le lendemain, nous avons appris qu'il abandonnait sa formation.

Je parlais souvent de mon travail à Jérôme, mais je ne lui ai jamais raconté cette scène. Je m'en voulais de ne pas être intervenu. J'étais convaincu qu'à ma place mon ami se serait interposé, et je me demandais ce qui m'avait retenu. Ce n'était pas la crainte car Adler m'appréciait et il m'aurait probablement écouté. Peut-être les choses s'étaient-elles passées trop rapidement. Je n'avais pas pu profiter de l'occasion quand il était encore temps. Après y avoir réfléchi, je suis arrivé à la conclusion que Jérôme devait être plus sensible à l'injustice que moi. Je n'avais pas bougé simplement parce que la situation ne m'avait pas choqué tout de suite. Je me sentais mal à l'aise devant cette idée, mais j'étais forcé de reconnaître qu'elle semblait plausible.

Durant mes années d'apprentissage, Jérôme a souvent dormi dans mon appartement. Il y venait le week-end et parfois pendant la semaine, ce qui lui permettait d'échapper pour un temps à son beau-père. Sa mère s'était remariée avec un ingénieur allemand qu'il n'appréciait pas du tout. Nous passions nos soirées à discuter en écoutant Oasis, les Cranberries ou Bryan Adams. Mon ami m'initiait à la philosophie avec une méthode adaptée. Il me donnait de nombreux détails sur les préférences culinaires des auteurs qu'il étudiait. Grâce à lui, je sais que Jean-Jacques Rousseau était végétarien, contrairement à Friedrich Nietzsche qui estimait qu'un esprit créatif a besoin de viande. Emmanuel Kant ne dédaignait pas le vin et ajoutait de la moutarde presque dans chaque plat. Quant à Jean-Paul Sartre, il détestait les crustacés. Ses préférences allaient aux nourritures transformées comme les saucisses et les pâtés.

Mes connaissances ne sont pas allées beaucoup plus loin que ce stade anecdotique, bien que Jérôme n'ait pas ménagé ses efforts afin de mettre à ma portée les découvertes de ces penseurs. Pour moi, la philosophie devait avant tout aider à mener une vie heureuse, et je m'étais déjà forgé quelques convictions en la matière. Mon système reposait sur trois piliers. D'abord, privilégier le plaisir à chaque fois que c'était possible sans faire du tort à autrui. Je me suis toujours senti une meilleure personne dans le bien-être plutôt que dans la souffrance. Ensuite, me montrer sans cesse prêt à apprendre pour progresser. Enfin, baser toutes les relations sur le respect, à la fois des autres et de moi-même. Mon ami admettait que ces principes pouvaient constituer une approche utile en vue d'une morale pratique, mais il me reprochait de ne pas examiner plus en profondeur leurs implications.

– Il faut interroger chaque idée, encore et encore, disait-il souvent. C'est ce qui nous sauve de tous les démons. Le mal n'aime pas les questions.

Cette certitude a servi de base à son grand projet. Il me l'a dévoilé un soir où nous préparions le repas pour deux collègues de fac qu'il avait invitées chez moi. Il avait pris l'habitude de vanter mes qualités de cuisinier aux filles qui l'intéressaient. Il leur proposait toujours de venir avec une camarade, ce qui les rassurait et me donnait la possibilité de faire de nouvelles rencontres. J'avais prévu en entrée des chanterelles rissolées avec de fines tranches d'artichauts, et pour le plat principal un rôti de porc aux agrumes.

– Je travaille sur un projet de livre, m'a-t-il annoncé en lavant les champignons.

– C'est un peu tôt, non ? Tu n'as pas encore terminé tes études.

– Nietzsche a rédigé *Fatum et histoire* à dix-huit ans, et Camus en avait vingt-deux quand il a écrit *L'envers et l'endroit.*

– Avec des références pareilles, je n'ai plus rien à objecter. Et il s'appellera comment ton bouquin ?

– Rhizosphère.

– Très percutant. On comprend tout de suite de quoi ça parle !

Il m'a tendu les chanterelles. Pendant que je les passais à la poêle, il m'a expliqué qu'en botanique la rhizosphère désigne la partie en dessous de la surface du sol où se développent les racines des plantes. Il avait choisi ce terme pour illustrer la démarche centrale de son ouvrage. Il voulait analyser différents sujets de société afin d'atteindre leurs soubassements et de mettre à jour les éléments habituellement cachés au regard. Je saisissais l'objectif, mais j'avais de la peine à voir comment il appliquerait concrètement sa méthode.

– Propose-moi un thème, a-t-il dit. Je te ferai une démonstration.

– D'accord. Alors disons l'amitié. Je suis curieux d'avoir ta définition.

Il a commencé à éplucher les oranges et est resté silencieux. Je me suis occupé de la viande pendant qu'il réfléchissait.

– Tout au fond, je crois qu'il y a le besoin d'un miroir, a-t-il fini par déclarer.

– Un miroir ?

– Oui. L'ami, c'est avant tout la personne capable de te renvoyer une image fidèle de qui tu es, ce qui te permet de t'améliorer. Pas d'ami, pas de progression.

Son interprétation m'a surpris, mais je l'ai trouvée cohérente. J'ai acquiescé.

– Cicéron disait que le propre de l'amitié est de prodiguer des conseils sans méchanceté ni rudesse et d'en recevoir avec patience et bonne humeur, a-t-il ajouté.

– C'est ce que je nous souhaite, ai-je conclu en mettant le rôti au four.

Les deux invitées sont arrivées quelques minutes plus tard. Jérôme a fait les présentations. J'ai tout de suite remarqué qu'il était attiré par Sandrine Boreli, une brune au visage expressif dont les yeux brillaient d'une lumière plus douce lorsqu'elle souriait. Sa copine se prénommait Carole, mais j'ai oublié son nom de famille. Elle était blonde et élancée, son regard semblait voleter dans la pièce sans parvenir à se fixer. Nous nous sommes installés pour prendre l'apéritif et l'atmosphère s'est rapidement détendue grâce à la bouteille de vin blanc que j'avais servie. Quand nous sommes passés à table, Jérôme s'est placé stratégiquement à côté de Sandrine. J'ai constaté avec satisfaction que nos convives appréciaient les plats que j'avais mitonnés. À la fin du repas, Carole a décrété que j'étais tout aussi doué dans mon domaine que Jérôme dans le sien. Elle a raconté plusieurs anecdotes sur les interventions brillantes de mon ami dans un séminaire consacré à Platon auquel ils participaient tous les deux. Il a accueilli ces compliments avec sa placidité coutumière. J'ai évoqué son futur livre, mais devant l'air surpris des deux filles j'ai eu peur d'avoir commis une bourde. Elles n'étaient manifestement pas au courant et j'ai pensé qu'il aurait peut-être voulu garder le secret sur son projet. Il ne s'est pas formalisé et leur a détaillé son concept de rhizosphère. Sandrine a eu la même réaction que moi.

– Est-ce qu'on peut avoir un exemple de ta manière de creuser ? a-t-elle demandé.

– Choisissez un sujet, a-t-il répondu.

Nous avons débarrassé la table pendant qu'elles délibéraient. Les débats ont pris quelques minutes. Elles ont fini par se mettre d'accord après avoir discuté à voix basse comme des conspiratrices tout en laissant échapper quelques éclats de rire. C'est Carole qui a énoncé la question.

– On aimerait avoir ton avis sur le machisme, a-t-elle déclaré en faisant un petit clin d'œil à sa copine.

Je me suis dit qu'elles avaient décidé de pimenter la soirée. Elles m'ont rejoint à la cuisine et m'ont aidé à préparer le dessert, ce qui donnait à Jérôme le temps de fourbir ses arguments. Elles avaient apporté un assortiment de glaces que j'ai garnies de quelques sablés et de crème fouettée. Nous sommes revenus au salon et avons commencé à déguster nos assiettes. Mon ami a pris la parole.

– Je pense que le machisme est lié à un sentiment de supériorité qui est lui-même fondé sur l'idée du contrôle, a-t-il affirmé.

Une fois son diagnostic énoncé, il a croqué un biscuit en observant nos invitées. Elles attendaient qu'il développe son raisonnement, mais il a pris son temps avant de continuer. Je voyais qu'il appréciait de retenir leur attention. Peut-être espérait-il aussi que son exposé contribuerait à séduire Sandrine. De mon côté, j'avais plutôt l'impression qu'il s'avançait sur un terrain miné.

– D'abord, le contrôle sur le corps, a-t-il repris. Celui des femmes se met à saigner une fois par mois, subitement et sans explication. Imaginez la réaction qu'ont eue nos ancêtres devant ce phénomène.

– Tu veux dire que les mâles se glorifiaient parce qu'ils n'avaient pas de règles ? a répliqué Sandrine.

– Il est probable qu'ils se sentaient plus maîtres d'eux-mêmes. Aristote estimait que les menstruations étaient le signe d'un métabolisme trop faible. Selon lui, les hommes étaient dotés d'une énergie plus puissante, ce qui leur permettait de transformer leur sang en sperme au lieu de le laisser couler.

– Et on étudie à l'Université quelqu'un qui a débité des âneries pareilles ! a commenté Carole.

– Ensuite, le contrôle sur les émotions, a poursuivi Jérôme. La plupart des hommes considèrent que les femmes ont de la peine à gérer leur émotivité. Ce qui est lié au sujet précédent, puisque le cycle menstruel s'accompagne de modifications hormonales qui influencent clairement l'humeur.

– Mais ce cycle nous permet de donner la vie, a objecté Sandrine. Donc, nous sommes inférieures parce que nous pouvons faire des enfants ? C'est complètement débile.

Mon ami a paru surpris par le ton véhément qu'elle avait employé. Il a dû se rendre compte que la conversation était en train de déraper.

– J'ai juste voulu montrer que l'idée d'une meilleure maîtrise de soi est à la racine du sentiment de supériorité masculin, a-t-il précisé. À partir de là, on peut déconstruire la thématique et aboutir à une compréhension mutuelle.

– Commence par analyser comment vous vous maîtrisez devant une minijupe ou un décolleté. À mon avis, vous avez encore une grosse marge de progression !

Sandrine semblait agacée. Elle n'a participé que de manière intermittente à la suite de la discussion et a manifesté assez tôt l'envie de rentrer. J'ai eu le sentiment que Carole aurait aimé rester plus longtemps, mais elle a suivi sa camarade.

Après que nous avons rangé la cuisine, j'ai proposé à Jérôme une partie d'échecs pour terminer la soirée. Il a commis une série d'erreurs et s'est retrouvé dans une position intenable, ce qui lui arrivait rarement.

– Tu n'es pas concentré, ai-je dit. Tu penses à Sandrine ?

– Oui, a-t-il admis. Le débat de tout à l'heure me trotte dans la tête.

– Tu es déçu de ne pas avoir réussi ton approche ?

– Il faut accepter la défaite comme le succès. Non, ce qui me perturbe c'est qu'elle était peut-être dans le vrai. Je n'ai pas creusé assez profond.

– Par rapport à quoi ?

– La racine du machisme.

Il a pris son roi et l'a couché sur l'échiquier pour montrer qu'il abandonnait, puis il est resté un moment les yeux dans le vague.

– À la base, il y a probablement une infériorité surcompensée, a-t-il repris d'un air songeur.

– Il va falloir que tu m'expliques.

– Les femmes peuvent mettre des enfants au monde et nous pas. Sur ce plan, elles nous sont clairement supérieures. Les hommes ont voulu échapper à cette réalité humiliante. Pendant des siècles, ils ont mis en avant une théorie de la procréation qui minimisait le rôle du corps féminin. Il représentait juste le terreau qui fournissait la matière, mais la semence masculine était l'élément décisif qui apportait la graine. Et ils ont exercé une surveillance très stricte sur les femmes parce qu'elles sont toujours sûres d'être la mère du bébé alors que l'homme n'est jamais certain de sa paternité. Tout part de là.

– Donc les machos sont des complexés qui s'ignorent. Je vais aller dormir sur cette révélation.

Sandrine m'a rappelé quelques jours plus tard et m'a proposé qu'on se revoie. Nous sommes sortis ensemble pendant plusieurs mois. Jérôme n'a pas montré de contrariété lorsqu'il a su que nous étions en couple. Il venait régulièrement chez moi pour discuter avec elle sur des thèmes liés à son livre. Il estimait beaucoup sa finesse et sa rigueur intellectuelle. Elle n'était pas toujours d'accord avec lui, mais je sais qu'elle appréciait la richesse de leurs conversations. Je l'ai perdue de vue quand elle est partie aux États-Unis pour y continuer ses études. Mon ami a travaillé plus de dix ans sur le manuscrit de Rhizosphère avant de l'abandonner. Je pense que sa vie aurait été bien différente s'il avait réussi à le publier.

II

Je me suis souvent demandé pourquoi certains individus traversent leur existence sans jamais se remettre en question, alors que d'autres procèdent régulièrement à leur examen de conscience. Est-ce lié à l'éducation, à des événements vécus, ou plutôt à la personnalité ? Je n'ai pas la réponse, mais je sais que depuis son plus jeune âge, Jérôme appartenait à la seconde catégorie. Il éprouvait un besoin viscéral de progresser vers la meilleure version de lui-même. C'était un athlète du développement personnel. Pendant que d'autres passaient des heures à faire de la marche ou du vélo, il analysait sa façon d'être et cherchait à l'améliorer. Mais s'il suffit d'un chronomètre pour mesurer des performances sportives, l'instrument qui permet de déterminer les progrès moraux n'a pas encore été inventé. Alors mon ami comptait sur mon appréciation, sans pour autant attendre de moi que je l'évalue. Le rôle qu'il m'attribuait était plutôt celui d'un contradicteur. Je devais mettre ses idées à l'épreuve pour lui éviter de s'enfermer dans sa propre vision. Il pouvait tout entendre, à condition que j'exprime sincèrement mon opinion.

J'aimerais donner de lui l'image la plus fidèle possible, mais je crains de me montrer maladroit en le décrivant. Certains aspects de son caractère ne sont pas faciles à dépeindre. Par exemple, on pourrait croire qu'il avait tendance à asséner ses convictions d'une manière un peu hautaine. Ce n'est jamais ce que j'ai ressenti. Il présentait ses arguments avec beaucoup d'assurance, mais pas pour démontrer qu'il avait raison. Son objectif consistait toujours à rechercher le vrai, et il était reconnaissant face à celles ou ceux qui contestaient ses affirmations si cela lui ouvrait de nouvelles pistes. Les personnes qui le considéraient comme prétentieux étaient celles qui ne parvenaient pas à trouver des failles dans ses démonstrations.

Jérôme ne ressemblait pas à ces intellectuels qui se retranchent dans leur bibliothèque. Il adorait réfléchir en nageant ou en pratiquant la course à pied, et son teint hâlé témoignait de son goût pour les activités de plein air. Il avait un corps bien bâti et un visage au menton volontaire dominé par de grands yeux marron qui scrutaient ses interlocuteurs avec une curiosité bienveillante. On m'a souvent dit que nous nous ressemblions. L'élément qui me frappait le plus chez lui était son élocution. Il parlait d'une voix presque feutrée avec un timbre doux et agréable. Je ne l'ai jamais entendu hausser le ton, même lorsque le débat s'enflammait. Il prenait aussi son temps pour choisir ses mots. Son débit plutôt lent mais toujours fluide donnait à son phrasé une aura de sensualité. La plupart des femmes le trouvaient séduisant et il appréciait leur compagnie. Jusqu'à son mariage, il a eu de nombreuses relations dont aucune ne durait plus de quelques mois. Puis, tout a changé quand il a rencontré Valérie.

Après avoir obtenu brillamment son diplôme, mon ami a commencé une thèse de doctorat sur la morale chez Emmanuel Kant. En parallèle, il enseignait la philosophie à temps partiel au lycée de Malerive, un établissement privé assez renommé situé à Bernex qui préparait au bac français. Il mettait un point d'honneur à ne plus dépendre financièrement de sa mère et ce contrat lui permettait de payer le loyer du studio qu'il louait à proximité de son lieu de travail. Il poursuivait également la rédaction de son livre. De mon côté, j'avais quitté l'hôtel Impérial avec mon certificat de cuisiner en poche et je me perfectionnais en occupant des postes de commis. Je choisissais des restaurants dans des stations touristiques, ce qui me procurait l'occasion de pratiquer le ski pendant l'hiver et le tennis en été. J'ai été engagé successivement à l'Alpine Gourmet de Zermatt, à l'Ours de Crans-Montana et au Sommet à Gstaad. Je rentrais parfois à Genève lors des vacances saisonnières et je logeais chez mon père qui vivait toujours seul dans la maison de Cartigny. Il se montrait heureux de m'accueillir, même si le voile de tristesse qui l'enveloppait semblait s'épaissir avec les années. Nous reprenions la routine de mon adolescence avec le repas du soir en commun. J'expérimentais des recettes qu'il était le premier à découvrir, mais je ne pouvais pas compter sur lui comme critique. Il affirmait invariablement que mes plats étaient délicieux. Avec lui, les discussions n'allaient jamais au fond des choses. Quand je l'interrogeais sur son travail, ses amis ou sa vie quotidienne, il répondait d'un air évasif en m'assurant que tout se passait sans problème. J'avais l'intuition qu'il se dissimulait derrière cette harmonie de surface. J'ai pensé plusieurs fois au credo de Jérôme selon lequel il fallait creuser pour se protéger des démons, mais je n'ai pas eu le courage de bousculer papa.

Je profitais de mes séjours pour revoir mon ami. Il semblait ravi de sa nouvelle vie partagée entre son activité de professeur, ses réflexions pour Rhizosphère et l'avancement de sa thèse. Pendant trois ans, nous avons progressé dans nos projets respectifs. Nous nous retrouvions environ tous les six mois et il avait habituellement une nouvelle compagne à chacune de mes visites. Je n'ai donc pas prêté une attention particulière à Valérie lorsqu'il me l'a présentée. Il avait fait sa connaissance à Malerive où elle enseignait la littérature française. Nous avons passé une soirée ensemble sans qu'elle me laisse de souvenir marquant. Mais lorsque j'ai revu Jérôme le printemps suivant, il m'a annoncé qu'il allait se marier. Je venais d'arriver chez lui. Il m'a offert une bière et m'a balancé la nouvelle pendant que je buvais ma première gorgée, comme s'il voulait en finir au plus vite. Je n'aurais pas été plus surpris s'il m'avait dit qu'il se faisait ordonner prêtre.

– Avec qui ? ai-je demandé.

– Valérie Blanchot. Tu l'as rencontrée l'automne passé.

– Oui, je me rappelle. Mais pourquoi si rapidement ?

– Il y a des moments dans la vie où il faut savoir se décider.

Sa figure gardait une expression trop neutre à mon goût. Il aurait dû manifester plus d'émotion en évoquant un changement aussi important. Nous nous sommes fixés en silence pendant un moment. J'ai cru discerner une pointe d'agacement dans son regard. Il a poussé un soupir.

– Vas-y, a-t-il dit. Pose tes questions. Je vois que tu en meurs d'envie.

– Est-ce qu'elle est enceinte ?

– Oui. Mais ce n'est pas la seule raison.

– Quelles sont les autres ?

– La principale, c'est que je l'aime.

– Vous aviez décidé d'avoir un enfant ?

– Non. Nous avons été surpris tous les deux. Mais nous n'avons eu aucune hésitation sur le fait qu'il fallait le garder.

– C'est pour quand ?

– Le mariage est prévu à la fin du mois et l'accouchement dans onze semaines.

– Vous allez devoir vous organiser.

– Nous avons déjà trouvé un appartement près du lycée. Un poste de professeur à plein temps s'est libéré à Malerive et j'ai de bonnes chances de l'obtenir. Valérie pourra arrêter de travailler pendant les premières années pour se consacrer au bébé. Les planètes s'alignent.

– Et ton doctorat ?

– J'abandonne. De toute façon, je n'étais plus très motivé.

Je l'ai dévisagé d'un air dubitatif. Je n'arrivais pas à croire qu'il renonce à sa thèse le cœur léger après lui avoir consacré plus de trois années de recherches. Il m'a soutenu qu'il en avait assez de se plonger dans des analyses savantes sur l'éthique chez Kant. Il voulait vivre la morale au lieu de l'étudier. Je n'étais pas totalement convaincu, mais je n'ai pas insisté.

– J'aimerais te demander un service, a-t-il déclaré. Ou plutôt deux. Je voudrais que tu sois mon témoin et aussi le parrain de mon enfant.

J'étais touché qu'il m'associe à ces événements qui allaient transformer sa vie. C'était sa manière de me signifier que nous resterions proches, même s'il prenait une nouvelle direction. J'ai caché mon émotion en avalant une lampée de bière.

– Alors, tu acceptes ? a-t-il repris.

– Évidemment, mais à une condition.

– Je t'écoute.

– Jure-moi que tu y as bien réfléchi et que tu es sûr de toi.

– Tu devrais savoir que je ne fais jamais mes choix à la légère, a-t-il répondu.

Valérie et Jérôme se sont mariés le 25 avril de l'an 2000 et Mathilde est née le 3 juillet. J'ai souvent repensé à la décision de mon ami, sans parvenir à déterminer l'ensemble de ses motivations. L'aspect éthique de la situation avait certainement joué un rôle. Pour quelqu'un comme lui, abandonner une femme qu'il avait mise enceinte n'entrait pas dans les options envisageables. En revanche, ses sentiments me semblaient moins clairs. Je n'arrivais pas à établir s'il avait épousé Valérie par devoir ou s'il éprouvait vraiment de l'amour pour elle. Ils formaient un couple uni et se montraient attentifs l'un envers l'autre, pourtant je ne sentais pas entre eux cette chaleur qui à mon avis doit exister quand on s'aime. Jamais de disputes, ni de remarques aigres-douces, mais jamais non plus de gestes câlins ou de baisers fervents. Leur relation me faisait penser à ces plats tout prêts, congelés ou emballés sous vide, que certains restaurants servent parfois pour gagner du temps. Même s'ils se laissent manger, ils n'ont pas la saveur de la cuisine vivante. J'ai longtemps hésité avant de lui en parler, mais après tout il m'avait attribué le rôle d'observateur moral, je ne pouvais pas me dérober indéfiniment.

J'ai abordé la question lors de la fête en l'honneur du premier anniversaire de sa fille. Valérie était partie avec les grands-parents pour promener Mathilde. Nous étions attablés devant les restes du gâteau au chocolat que j'avais confectionné. Il a éclaté de rire quand je lui ai servi ma métaphore culinaire.

– Donc, mon mariage ressemble à de la nourriture industrielle. Le jugement mérite réflexion, puisqu'il est formulé par un gastronome que je respecte.

– La comparaison n'est peut-être pas très bonne. C'est juste une image qui m'est venue à l'esprit et je voulais en discuter. On peut toujours se dire les choses franchement, non ?

Nous avions ouvert une bouteille de cognac à la fin du repas. Il s'est resservi un verre et en a bu une gorgée. J'étais conscient d'avoir évoqué un sujet épineux et je guettais sa réaction avec une pointe d'embarras. Il a posé sa main sur mon bras et m'a souri.

– Je sais que tu me veux du bien, Denis. Mais je te garantis que tu n'as aucune raison de t'inquiéter. Je n'ai jamais été aussi heureux.

– Alors pourquoi est-ce que j'ai l'impression qu'il manque quelque chose entre Valérie et toi ?

– Parce que nous n'avons pas la même définition de l'amour. Tu cherches le côté passionnel alors que pour moi l'essentiel n'est pas là. Ce que je ressens se base sur l'admiration. Valérie est la femme la plus remarquable que j'aie connue. Je voudrais me montrer digne d'elle.

– Tu ne crois pas que tu la mets sur un piédestal ?

– C'est un des symptômes de l'état amoureux, non ? Ça devrait te rassurer.

Jérôme s'était levé en prononçant ces mots car il avait aperçu Valérie et les promeneurs à travers la baie vitrée du salon. L'appartement se situait au rez-de-chaussée devant une petite pelouse. J'ai vu le groupe s'engager dans l'allée avec en tête Mathilde qui s'agitait dans sa poussette. Mon ami est sorti pour aller à la rencontre de sa famille, mais juste avant qu'il les rejoigne sa femme lui a fait signe de s'arrêter. Elle a saisi sa fille et l'a posée sur ses deux pieds.

– Je pense qu'elle est prête, a-t-elle déclaré. Allez, ma chérie. Va vers papa !

Mathilde regardait son père et semblait hésiter. Valérie la tenait par les épaules pour l'aider à garder son équilibre. Elle a relâché sa prise pendant un instant et comme si elle avait capté le signal, la petite s'est élancée en chancelant sur ses jambes potelées. Elle a parcouru plus d'un mètre en direction de Jérôme qui l'a cueillie au moment où elle allait tomber. Les grands-parents qui étaient restés à l'arrière-plan applaudissaient avec enthousiasme. Valérie avait les yeux embués par l'émotion. Mon ami a serré sa fille contre lui en la couvrant de baisers, puis il me l'a tendue.

– Ta filleule a décidé de faire ses premiers pas devant toi, a-t-il dit. C'est bon signe!

J'ai pris maladroitement Mathilde dans mes bras. Elle m'a observé avec curiosité en agitant ses pieds comme si elle voulait recommencer à marcher. J'avais mon nez près de son cou et je respirais son odeur, un mélange de baume pour bébé, de sueur et de lait caillé. Elle a gazouillé à mon oreille une phrase incompréhensible, puis sa main minuscule est venue caresser ma joue. Pour la première fois de ma vie, je me suis demandé comment je me sentirais si un jour j'avais un enfant.

Durant les six années qui ont suivi, j'ai passé presque tout mon temps à l'étranger. Je voulais me perfectionner en explorant de nouvelles cultures et des manières différentes de cuisiner. J'ai travaillé comme chef de partie dans des restaurants étoilés d'Italie, de France, d'Angleterre et d'Espagne. Puis je suis resté pendant huit mois à Tokyo pour m'initier à la gastronomie japonaise. J'avais soif de surprises, de plaisirs et de diversité. Ce mode de vie s'appliquait aussi à mes rapports avec les femmes. Lorsque je faisais une rencontre, j'annonçais clairement que je ne souhaitais pas m'engager à long terme. Mes relations se terminaient généralement lorsque je changeais de poste. Mais pendant toute cette période, je n'ai pas manqué une seule fois l'anniversaire de ma filleule. Je lui apportais des friandises provenant des pays où j'avais séjourné et je cuisinais chez Jérôme et Valérie un repas typique de la région dont j'arrivais.

J'ai vu Mathilde se transformer de bébé joufflu en jolie fillette aux cheveux blonds et aux beaux yeux verts. Elle avait les traits fins de sa mère et le regard attentif de son père. Notre lien n'a pas cessé de se renforcer. Je lui téléphonais régulièrement, juste pour l'entendre babiller de sa voix haut perchée. Elle m'envoyait des cartes postales avec des dessins, puis des petits mots dès qu'elle a su écrire. Lors de mes visites, j'étais à chaque fois surpris de découvrir à quel point elle avait grandi. Jérôme semblait heureux de constater que je prenais mon rôle de parrain très au sérieux. Sa femme se montrait plus réservée. La collègue qu'elle avait choisie comme marraine pour sa fille ne se manifestait que très rarement. Je ne savais pas si Valérie me faisait payer sa déception ou si c'était mon amitié avec Jérôme qui la plaçait dans une position inconfortable. Quoi qu'il en soit, nous n'avons jamais réussi à devenir proches.

Les anniversaires de Mathilde étaient organisés selon un rituel immuable. Pendant l'après-midi, la fête avec les copains et copines, puis le soir un repas en famille où j'officiais aux fourneaux. Pour ses sept ans, j'avais cuisiné un bœuf sauté à la sauce soja en plat principal et un cake au thé matcha en guise de tourte d'anniversaire. Le beau-père et la mère de Jérôme n'avaient pas pu venir, mais les parents de Valérie étaient présents. Ils n'ont pas semblé enthousiasmés par la cuisine japonaise, contrairement à ma filleule qui a bien apprécié. Elle a particulièrement aimé le gâteau dont la couleur verte l'a impressionnée. Après le repas, elle a déballé ses cadeaux puis nous avons joué au Monopoly. Les grands-parents ont participé à une manche, puis sont rentrés chez eux. Au moment d'aller se coucher, Mathilde m'a demandé une histoire. Je me suis assis près de son lit et je lui ai raconté la légende d'Amaterasu, la déesse du soleil au Japon. Elle était harcelée par son frère Susanoo, le dieu de la mer et des tempêtes, qui était jaloux de sa gloire. Pour se débarrasser de lui, elle a décidé de se cloîtrer dans une caverne en laissant le monde dans le noir, ce qui condamnait les humains à mourir de froid. Ils devaient absolument trouver un moyen de l'attirer à l'extérieur, mais elle restait sourde à leurs appels. C'est seulement quand ils ont placé un miroir à l'entrée de la grotte qu'elle a fini par se montrer.

– Comment ils ont fait ? a demandé Mathilde.

– Ils lui ont annoncé qu'ils avaient trouvé un dieu plus noble qu'elle. Alors elle a jeté un coup d'œil pour voir de qui il s'agissait et elle a été éblouie par son propre reflet. Elle a compris que son rôle n'était pas de rester cachée au fond d'une caverne, mais d'éclairer le monde.

– Papa dit souvent qu'un ami, c'est comme un miroir.

– Je sais, ma chérie. On a tous besoin qu'on nous rappelle qui on est, même les dieux. Les amis servent à ça.

J'ai posé un baiser sur son front et j'ai éteint la lumière. Quand je suis revenu au salon, Valérie et Jérôme discutaient en finissant de ranger la cuisine. Il a proposé une balade nocturne, mais elle préférait rester à la maison pour lire un peu.

– Alors nous irons nous promener entre hommes, comme les philosophes grecs, a-t-il déclaré en me prenant par l'épaule.

Il a embrassé sa femme et nous sommes sortis dans l'allée. Cette journée de juillet avait été chaude et la température restait encore douce une fois la nuit tombée. Nous nous sommes engagés sur la promenade au bord de l'Aire. Elle n'était pas éclairée, mais la lumière de la pleine lune nous suffisait amplement. À notre gauche, des rangées de peupliers projetaient leurs ombres grises sur le chemin de terre. Nous avons marché un moment sans rien dire. Le bruit apaisant de la rivière était étouffé dans les passages où elle devenait souterraine, puis se faisait plus fort lorsqu'elle réapparaissait et continuait sa course en formant parfois de petites cascades.

– Ça doit te changer du Japon, a commenté Jérôme. Parle-moi de tes projets. Tu vas continuer à courir le monde ?

– J'aime la vie que je mène. Il y a tellement de saveurs et de paysages à découvrir.

– Et de femmes aussi, j'imagine.

– Je ne suis pas taillé dans le même bois que toi. Pour l'instant, je n'ai pas l'intention de me ranger.

– En tout cas, tu es un excellent parrain. Mathilde t'adore.

– C’est réciproque. Je la trouve très intelligente. Ce soir, elle m’a cité la définition de l’amitié que tu avais trouvée pour Rhizosphère. À propos, où en es-tu avec le bouquin, tu l’as enfin terminé ?

Jérôme a hésité un instant avant de répondre. Le sentier traversait une petite forêt et la luminosité avait baissé. J’ai cru voir ses traits se crisper dans la pénombre.

– J’ai abandonné, a-t-il finalement déclaré d’une voix qui se voulait ferme.

– Mais pourquoi ? C’était l’œuvre de ta vie.

– Disons plutôt un fantasme de jeunesse. En avançant dans mes travaux, j’ai fini par trouver l’idée trop ambitieuse. Ou peut-être que mes capacités n’étaient pas à la hauteur de mes objectifs.

– Qu’est-ce que tu vas faire de ce que tu as déjà écrit ?

– J’en ai recyclé une partie pour mes cours. J’aime beaucoup enseigner la philosophie aux adolescents. Je pense que c’est indispensable pour l’avenir de notre société.

Il avait prononcé cette dernière phrase d’un ton ardent qui ne lui était pas habituel. Nous étions sortis de la futaie et nous arrivions près de la route de Lully. Le bruit de quelques voitures troublait par moments le calme de la nuit. Leurs phares peignaient brièvement des bandes de lumière sur l’asphalte. Jérôme a emprunté le trottoir de droite et s’est mis à marcher à grandes enjambées. Il paraissait se diriger vers une destination précise.

– Est-ce que tu as entendu parler d’un site internet qui s’appelle Facebook ? a-t-il repris.

– Le livre des visages ? Non, ça ne me dit rien.

– Il permet de créer un réseau d’amis et de partager du contenu avec eux, par exemple du texte ou des photos. Nous sommes en 2007, je te prédis que dans moins de cinq ans il aura des centaines de millions d’abonnés. Et je suis certain qu’il va provoquer de gros problèmes.

– Quel genre de problèmes ?

– Le but est d’inonder les gens avec de la publicité.

– C'est ce qui se passe aussi dans les journaux, à la télévision ou à la radio.

– Oui, mais ici le processus est différent. Grâce aux informations qu'on donne en s'inscrivant, les concepteurs possèdent un profil de chaque utilisateur. Ce qui leur permet d'ajuster leurs messages de manière personnalisée, donc nettement plus efficace.

Nous arrivions à l'entrée du village de Bernex. Jérôme s'est assis sur un banc qui faisait face à une petite fontaine derrière laquelle on distinguait un restaurant entouré d'une terrasse. Il m'a fait signe de prendre place à ses côtés.

– C'est le moment de m'expliquer le lien entre ce que tu viens de me raconter et l'enseignement de la philosophie, ai-je commenté.

Il a eu un sourire approbateur, signifiant que j'avais bien anticipé le déroulement de son exposé.

– Derrière chaque visage il y a un cerveau, a-t-il repris. Le livre des visages va devenir un moyen très puissant pour manipuler les pensées. Ce site va matraquer les participants avec des annonces ciblées. Et pour les garder captifs, il leur proposera uniquement des nouveaux amis qui correspondent à leurs intérêts et à leurs opinions.

– C'est normal de choisir des copains qui nous ressemblent.

– Dans une certaine mesure, oui. Mais là ça se passera à une échelle jamais vue. On va créer des groupes de millions de personnes qui communiqueront seulement avec des gens qui ont les mêmes idées qu'eux. Ce sera la sclérose de l'esprit.

Jérôme s'est levé brusquement, comme s'il avait besoin de se tenir debout pour développer son argumentation. Son débit s'était accéléré, ce qui signifiait que le thème lui tenait particulièrement à cœur.

– Est-ce que tu connais la racine du mot imbécile ? m'a-t-il demandé.

– Tu serais très étonné si je répondais oui.

– Ça vient du latin bacillus, qui désigne un petit bâton. Les Romains le portaient sur eux et s'en servaient comme arme en cas d'agression. Le i est privatif, donc l'im-bacillus est celui qui n'a pas de bâton pour se défendre.

– Je ne vois toujours pas le rapport.

– La philosophie fournit les armes intellectuelles qui permettent de résister à la pensée unique. Elle nous aide à favoriser des débats constructifs au lieu de dénigrer celles ou ceux qui ne sont pas de notre avis. Avec mes cours, je me bats dans ma modeste mesure contre la création d'une génération d'imbéciles confinés chacun dans sa vérité que nous préparent les nouveaux médias sociaux.

Mon ami s'est arrêté net à la fin de sa tirade et m'a considéré avec une expression dans laquelle j'ai perçu un peu d'hésitation.

– J'espère que je ne t'ennuie pas avec mes discours, a-t-il dit. J'ai parfois tendance à me laisser emporter sur certains sujets.

– Mais non, j'aime te voir passionné. Pour être franc, je suis rassuré de constater que ta flamme pour la philosophie est toujours là.

– Comme la tienne pour la cuisine. D'ailleurs, je voudrais te montrer quelque chose.

Il a traversé la rue et s'est dirigé vers le restaurant qui se trouvait en face de notre banc. Après avoir gravi les marches qui menaient à l'entrée, il m'a fait signe de le rejoindre. En m'approchant, j'ai vu que l'établissement s'appelait l'Agape.

– C'est fermé, ai-je dit en désignant la salle à manger plongée dans le noir.

Jérôme m'a indiqué un rectangle de papier collé sur la porte. Je me suis avancé pour déchiffrer le texte. Il mentionnait que le local était à vendre et donnait un numéro de portable pour les personnes intéressées. J'ai jeté à mon ami un regard perplexe.

– Pourquoi est-ce que tu m'as amené ici ? Tu sais bien que je ne veux pas monter ma propre affaire pour l'instant. J'ai envie de continuer à voyager. Et à supposer que j'aie l'intention de m'installer, il faudrait que je loue. Je n'ai pas assez d'argent pour acheter.

– Il y a sûrement des solutions pour les finances. Ton père pourra t'avancer une partie de la somme et j'investirai mes économies dans ton projet. Je te demande juste de visiter cet endroit.

J'ai accepté pour faire plaisir à Jérôme, tout en étant persuadé que l'histoire n'irait pas plus loin. J'attendais la réponse d'un palace d'Acapulco où j'avais de bonnes chances d'obtenir un poste de second et je ne souhaitais pas poser déjà mes valises, même si mon objectif était de revenir un jour en Suisse. L'occasion arrivait trop tôt, c'était du moins ce que je me disais. Mais une série d'éléments se sont combinés pour m'inciter à changer d'avis. Les Mexicains ont finalement refusé ma candidature, le prix de vente à Bernex s'est révélé abordable, mon père m'a proposé une substantielle avance d'héritage, et mon ami s'est livré à un forcing ininterrompu en me serinant que le moment était venu de faire connaître mes créations. Pourtant, tout cela n'aurait pas suffi si je n'avais pas eu un coup de cœur pour l'Agape. Le propriétaire s'appelait Franco Ricci. C'était un Italien dans la cinquantaine, volubile et bronzé avec de grands yeux bleus comme un horizon marin, qui tentait de dissimuler son léger embonpoint sous des chemises de bonne coupe. Il m'a expliqué que les locaux dataient des années 1900. Lorsqu'il avait rénové la salle à manger, il avait percé une partie des murs d'origine en pierres de taille pour créer deux larges baies vitrées qui conféraient une luminosité particulière à la pièce. Au plafond, un superbe lustre art déco rappelait l'époque de construction de l'établissement et sur les parois, de chaque côté du bar, des gravures de style japonais donnaient à l'ensemble une atmosphère un peu hors du temps. L'espace pouvait accueillir plus d'une trentaine de couverts et ouvrait sur une terrasse très appréciée à la belle saison. Mais c'est en visitant la cuisine que j'ai été définitivement conquis. Elle était équipée d'un piano de cuisson moderne à six feux avec une friteuse intégrée et d'un système de ventilation très efficace. Les plans de travail et les rangements pour les ustensiles avaient été disposés de façon à utiliser au mieux les surfaces disponibles. Je m'y suis tout de suite senti à l'aise. Franco m'a précisé qu'il avait remplacé tout le matériel au moment où il avait acheté le restaurant deux ans auparavant. Son affaire était florissante, mais il devait s'en séparer pour reprendre la trattoria de son oncle à Rome. Il m'a annoncé que si plusieurs acquéreurs potentiels s'étaient manifestés, aucun ne lui avait encore fait une offre ferme. Il était prêt à signer avec moi à condition que je me décide rapidement.

Grâce au soutien financier de mon père et de Jérôme, j'ai pu conclure le contrat dans les meilleurs délais. J'étais soudain pressé d'entrer dans mon nouveau costume de patron. J'ai contacté une série d'anciens collègues et j'ai eu la chance de pouvoir engager comme second Cédric Dorsot avec qui j'avais travaillé à Crans-Montana. Il cherchait justement un poste dans la région genevoise et je savais que son calme et son expérience m'apporteraient beaucoup. J'ai complété mon équipe de professionnels avec le jeune Maxime Monnet. Il venait de terminer son apprentissage sous les ordres de Simon Adler qui me l'avait recommandé. Je lui ai offert sa première place de commis. Pour le service en salle, j'ai fait confiance aux sœurs Bardoux. Vives et souriantes, Élodie l'aînée et Audrey la cadette m'avaient surpris favorablement lorsqu'elles s'étaient présentées main dans la main à l'entretien d'embauche. Mon idée était de me positionner dans la bistronomie en préparant des plats plus élaborés que les menus standards, mais qui n'atteignaient pas les prix élevés des adresses étoilées. J'espérais qu'en combinant de manière originale différents types de cuisines, mes recettes me feraient connaître des amateurs.

Nous avons travaillé d'arrache-pied pendant l'été avec pour objectif d'ouvrir nos portes le 1er septembre. J'avais invité mon père à l'inauguration. Il n'a pas voulu venir en prétextant qu'il ne se sentait pas à l'aise dans les cérémonies officielles. Sa réaction a ravivé mes inquiétudes. Pendant mes années à l'étranger, nous nous téléphonions régulièrement et il m'affirmait à chaque fois que tout allait bien. Mais depuis plusieurs mois, j'avais noté dans sa voix une nuance sombre que j'avais appris à repérer et qui me rappelait les moments les plus tristes de mon enfance. Lorsque je rentrais en Suisse pour les anniversaires de Mathilde, je logeais chez lui à Cartigny. En le revoyant, j'avais constaté qu'il avait maigri depuis ma dernière visite. Nos discussions restaient toujours aussi superficielles et je n'avais pas réussi à en savoir plus. Il avait juste admis que l'approche de la retraite le préoccupait un peu. Quand je lui avais parlé de mon projet d'acheter un restaurant, il s'était montré enthousiaste et avait immédiatement offert de m'aider. Dans le tourbillon d'activités qui avaient suivi, je n'avais plus prêté attention aux indices de son malaise. Mais lorsqu'il a refusé de participer à l'ouverture, j'ai compris que quelque chose le tourmentait. Je lui ai proposé de me rejoindre à l'Agape pour un repas la veille du grand jour en lui promettant qu'il n'y aurait que lui et moi. Après un moment d'hésitation, il a accepté.

Je lui ai préparé un risotto au poulet teriyaki accompagné d'une mousseline de brocolis citronnée. Je venais de dresser une table lorsqu'il est apparu à la porte. Il avait revêtu un beau costume gris avec une cravate assortie. J'avais gardé ma tenue de cuisinier et j'ai pensé que nous devions former une étrange paire de convives pour quelqu'un qui nous observerait à travers les baies vitrées. Je l'ai installé, puis j'ai amené les plats et la bouteille de Diolinoir que j'avais choisie pour accompagner ma recette. J'ai porté un toast en remerciant mon père pour son soutien. Nous avons avalé quelques bouchées sans prononcer un mot. Je me suis souvenu des repas de mon enfance quand je devais ranimer sans cesse la conversation pour échapper au silence qui menaçait.

– Je trouve ce menu délicieux, a-t-il fini par déclarer.

– Tu dis toujours ça, ai-je répondu avec un sourire.

– Parce que c'est vrai.

Il mangeait de bon appétit mais je sentais de la nervosité dans ses gestes. Il m'a semblé qu'il ingurgitait la nourriture le plus vite possible pour terminer rapidement. Je lui ai resservi un verre qu'il a bu presque d'un trait avant de se jeter de nouveau sur son assiette. J'ai décidé de prendre le taureau par les cornes.

– Écoute papa, je me fais du souci pour toi, ai-je lancé à brûle-pourpoint.

Il m'a observé avec une expression étrange dans laquelle j'ai lu de la surprise mêlée à une sorte de soulagement.

– J'ai l'impression que tu ne vas pas bien, ai-je poursuivi. S'il te plaît, raconte-moi ce qui se passe.

Je m'attendais à ses dénégations habituelles, mais il n'a rien objecté. Il a regardé autour de lui, puis il a désigné d'un geste large la salle du restaurant.

– Tu en as fait du chemin depuis les omelettes aux lardons avec Françoise, a-t-il commenté. Je suis très fier de toi.

J'ai sursauté quand il a prononcé le prénom de ma mère. Je ne l'avais plus jamais entendu dans sa bouche après le drame.

– Tu penses souvent à maman ? ai-je demandé.

Il a repris du vin et l'a dégusté d'un air absent. Sa physionomie avait changé. Il paraissait au bord des larmes. J'ai avancé ma main pour la poser sur la sienne. Il m'a fixé avec des yeux perdus.

– C'est arrivé il y a plus de vingt ans et je vois encore son image chaque jour, a-t-il murmuré la gorge nouée.

– Tu ne peux pas rester coincé éternellement dans le passé. Elle a disparu, mais nous deux on est là. Si tu veux, tu pourras m'aider quand tu auras pris ta retraite. Tu rencontreras du monde, ça t'ouvrira des perspectives.

– Tu ne comprends pas.

– Au contraire, je comprends parfaitement. Tu dois avancer, un point c'est tout.

– Impossible ! Pas avec cette idée qui me tourne sans arrêt dans la tête.

– Quelle idée ?

Papa a eu l'air de regretter ses paroles. Il s'est penché sur son plat et s'est mis à triturer un morceau de poulet avec sa fourchette. Son mutisme m'a poussé à bout.

– Quelle idée ? ai-je répété un ton plus haut. Cette fois, tu ne t'en sortiras pas en te taisant.

Il est resté muet pendant un long moment, puis il a poussé un soupir qui m'a fait penser à une plainte.

– Je crois qu'elle est morte à cause de moi, a-t-il lâché d'une petite voix qui ressemblait à celle d'un enfant.

– Qu'est-ce que tu racontes? Tu n'étais pas là. Elle a eu une crise cardiaque.

– C'est la version que nous avons donnée à tout le monde. Mais en réalité elle avait pris des somnifères. Elle… Elle… s'est suicidée.

– Comment tu sais qu'elle voulait se tuer? Elle s'est peut-être trompée dans le dosage.

– Elle a laissé une lettre.

J'ai regardé mon père avec une stupéfaction qui a vite été remplacée par de la colère. Ce qu'il venait de m'annoncer non seulement réveillait une ancienne blessure, mais en ouvrait une nouvelle qui a commencé immédiatement à saigner.

– Pourquoi tu ne me l'as pas dit? ai-je crié.

– Je voulais t'éviter le choc. La situation était déjà assez horrible. Tu avais onze ans…

– Est-ce que tu l'as toujours?

– Oui, a-t-il répondu en portant la main à la poche de son veston.

– Tu l'as prise avec toi! Alors tu avais prévu d'avouer! Donne-la-moi!

Il m'a tendu une feuille de papier un peu jaunie sur laquelle j'ai reconnu l'écriture fine et précise de ma mère. Il n'y avait que trois phrases. « *Pardonnez-moi mes chéris. Je vous aime, mais c'est devenu trop dur. Je n'y arrive plus.* » Ces mots se sont mis à tourbillonner dans mon esprit pendant que papa se lançait dans une explication dont je n'ai saisi que les grandes lignes. Françoise avait été victime d'une dépression et elle avait choisi de le cacher à ses proches pour ne pas les inquiéter. Elle avait exigé de son médecin qu'il garde le secret. C'est seulement après le décès que celui-ci avait révélé la situation à mon père. L'état de ma mère s'était aggravé malgré le traitement. Le docteur avait décidé de la confier à une clinique spécialisée, mais elle s'était donné la mort à la veille de son hospitalisation. Depuis lors, papa s'en voulait de n'avoir rien vu et n'arrêtait pas de se répéter que sa femme serait encore en vie s'il avait fait plus attention à elle. Je n'ai retenu qu'une chose de tout ce fatras.

– Elle nous avait écrit à tous les deux, ai-je hurlé en agitant la lettre devant le visage dévasté de mon père. À tous les deux ! Tu n'avais pas le droit de me la cacher.

– J'ai cherché à te protéger. J'ai gardé ce fardeau pour moi pendant des années.

– Alors il fallait continuer ! À quoi ça sert de tout me balancer maintenant ?

– Je pensais que tu étais prêt à entendre la vérité.

– Non ! Tu as craché le morceau juste pour te débarrasser de ta culpabilité. Mais il va falloir que tu te débrouilles tout seul.

Il a baissé la tête et s'est mis à pleurer avec de petits sanglots. Il laissait couler ses larmes sans essayer de les retenir. Elles ruisselaient sur sa figure et terminaient leur course dans son assiette. Je ne savais plus comment réagir. Il a tiré un mouchoir de sa poche et s'est essuyé les joues en continuant à gémir. J'ai regardé ce vieil homme désespéré qui était mon père et soudain, j'ai eu peur de le perdre. Ma colère est tombée d'un coup. Je me suis levé et je l'ai pris dans mes bras.

– Excuse-moi, papa, ai-je dit. Je suis désolé. On va s'en sortir, je te le promets.

Il a acquiescé en me serrant contre lui dans une étreinte qui m'a paru durer une éternité. Nous avons terminé notre repas en silence comme si nous étions trop épuisés pour continuer à parler, puis nous sommes rentrés ensemble à la maison.

Le lendemain, je n'étais pas au meilleur de ma forme pour l'inauguration de l'Agape. Heureusement, toute mon équipe m'a assisté avec compétence. Nous nous sommes activés pratiquement sans discontinuer depuis le matin. Lorsque les premiers invités sont apparus vers 19 heures, non seulement tout était prêt, mais j'avais retrouvé une partie de mon entrain. Le travail m'avait ragaillardi et je me sentais capable d'assumer mon rôle de relations publiques. Personne ne s'est douté de ce qui était survenu la veille dans cette salle, à part Jérôme qui était au courant de mon rendez-vous. À la fin de la soirée, alors que la plupart des convives s'étaient déjà éclipsés, il m'a pris à part.

– Félicitations ! J'ai observé les gens pendant qu'ils dégustaient tes plats et ils avaient l'air ravis. Le bouche-à-oreille va fonctionner à plein régime.

– C'est ce que j'espère.

– Et comment s'est déroulé ton entretien hier avec ton père ? En arrivant, j'ai eu le sentiment que tu n'étais pas tout à fait dans ton assiette.

Pendant une seconde, j'ai hésité à mentir. Je voulais juste rentrer me reposer après cette journée éprouvante. Mais le regard bienveillant et un peu soucieux que me lançait mon ami m'a décidé à tout lui raconter. J'ai vu ses yeux s'agrandir de surprise au moment où je lui ai annoncé que ma mère s'était donné la mort.

– Le pire, c'est de l'avoir appris après tout ce temps, ai-je ajouté. Si papa avait choisi de me le cacher, il aurait dû garder le secret jusqu'au bout.

– Je ne suis pas d'accord, a répondu Jérôme. Spinoza disait que la vérité apporte toujours la joie, même si elle est difficile à entendre. Il avait raison. Je suis certain que ton père va se sentir mieux maintenant.

– Lui peut-être, mais pas moi. En me parlant, il m'a obligé à porter le poids de ce suicide avec lui. J'aurais préféré m'en passer.

– Notre vie doit se construire sur la vérité. C'est ce qu'affirme la philosophie. On ne peut rien bâtir sur l'ignorance ou le mensonge. La recherche du vrai est notre tâche fondamentale. Tu devrais remercier ton père. Grâce à lui, tu peux aller de l'avant.

Le discours de Jérôme m'a laissé une curieuse impression. Je voyais qu'il essayait de me soutenir, mais j'avais perçu dans sa manière de présenter ses convictions une rigidité qui m'avait troublé. J'ai hésité à aborder le sujet. Si je n'avais pas été aussi fatigué, je l'aurais probablement fait ce soir-là. Puis, les jours ont défilé avec leur lot d'événements et je n'y ai plus pensé.

L'image de ma mère en train d'écrire ses derniers mots m'a hanté pendant quelques semaines. Elle avait dissimulé sa maladie pour protéger ceux qu'elle aimait. Était-ce mal ? Et quand elle avait compris qu'elle ne pourrait plus nous cacher la réalité, elle n'avait pas trouvé d'autre voie que le suicide. Avait-elle si peur que nous découvrions son véritable état, ou sa décision de mourir avait-elle été dictée par la dépression ? Et moi, aurais-je pu lui venir en aide si je m'étais montré plus attentif? Ces questions cognaient dans ma tête, mais j'ai vite réalisé que les réponses n'étaient pas à ma portée. La seule solution consistait à accepter qu'il n'y aurait jamais d'explication. J'ai loué un appartement près de l'Agape et j'ai dit à mon père que je ne voulais plus dormir dans la maison de Cartigny. Je lui ai promis de venir le voir régulièrement et notre relation a continué comme avant. Je m'efforçais de le croire quand il prétendait que tout allait pour le mieux. Peut-être que la révélation de son secret l'avait finalement libéré.

De mon côté, je m'en suis tiré comme vingt ans plus tôt, en pratiquant un maximum d'activités qui me faisaient du bien. J'avais la chance d'adorer mon travail. Entre l'achat des produits et la cuisine au restaurant, les journées passaient à toute allure. Je m'entendais parfaitement avec Cédric qui me donnait souvent des idées pour de nouvelles recettes, les sœurs Bardoux assuraient le service en salle avec une bonne humeur constante, et Maxime se montrait un commis aussi minutieux qu'efficace. L'Agape est rapidement devenu rentable car le nombre de clients ne cessait d'augmenter. Mon rôle de patron ne m'a pas empêché de garder du temps pour moi. J'ai repris la course à pied, la natation et la guitare. Jérôme m'a convaincu de pratiquer régulièrement le tennis avec lui et je me suis également remis au dessin. Mes relations sentimentales sont restées dans la même ligne que lorsque je vivais à l'étranger. Je voulais partager des moments agréables, mais sans engagement sur la durée. Dans l'intimité, j'adorais contempler mes partenaires quand elles cherchaient leur plaisir. Les accompagner dans leur quête était pour moi tout aussi excitant que ma propre jouissance. Les beautés de l'érotisme, avec celles de la gastronomie, des arts et du sport, formaient un excellent bouclier pour me protéger de la déprime. Les années suivantes se sont déroulées de façon sereine, ponctuées par l'élaboration de mes nouveaux menus et par mes rencontres avec mon ami qui profitait de mon retour.

Pendant cette période, Mathilde a pris une place particulière dans ma vie. Nos liens s'étaient resserrés depuis que j'habitais à quelques minutes de chez elle. Elle avait pris l'habitude de me rendre visite au restaurant le mercredi en milieu d'après-midi. Je lui préparais un goûter, puis elle me racontait ses journées d'école, ses loisirs avec ses copines ou ses réflexions de petite fille sur le monde qu'elle découvrait. J'appréciais beaucoup nos échanges, peut-être parce qu'ils me replongeaient dans ma propre enfance avant qu'elle ne soit altérée par la mort de ma mère. Mais Mathilde arrivait parfois avec des questions que j'étais loin de me poser à son âge. Elle devait avoir un peu plus de dix ans lorsqu'un mercredi d'automne, elle m'a annoncé que Jérôme s'était fâché contre elle. Une mimique préoccupée assombrissait son joli visage. J'ai posé devant elle un bol de chocolat chaud et des brioches à la confiture, puis je l'ai encouragée à me dire ce qui s'était passé.

– On jouait au Monopoly avec maman et il s'est aperçu que je trichais.

– Pourquoi tu faisais ça ?

– C'est surtout quand je m'ennuie. Je trouve plus rigolo d'essayer de gagner sans me faire prendre.

– Là, tu n'as pas réussi.

– Non. Il a vu que je m'étais donné des billets en plus.

Elle a bu une gorgée de cacao et a essuyé d'un revers de main sa lèvre supérieure sur laquelle s'était formée une moustache laiteuse. Après avoir croqué dans une brioche, elle a levé vers moi ses grands yeux verts.

– Est-ce que tu connais la bague de Gygès ? m'a-t-elle demandé.

– Non. Qu'est-ce que c'est ?

– Un anneau magique qu'un berger avait trouvé en Grèce. Quand il le mettait à son doigt, il devenait invisible. Du coup, il a réussi à tuer le roi et il l'a remplacé.

– Quel rapport avec le Monopoly?

– C'est papa qui m'a parlé de cette histoire après la partie. Il a voulu savoir si j'aimerais employer cet anneau pour pouvoir faire n'importe quoi sans jamais être punie. J'ai répondu que ça ne m'intéressait pas, alors il a eu l'air content.

– Tu m'as raconté qu'il t'avait grondée.

– Parce qu'après, je lui ai dit que le plaisir quand on triche, c'est justement qu'on risque d'être attrapé. Donc la bague ne m'aurait servi à rien. Il m'a regardée de travers et il m'a répondu que c'était dangereux de ne pas respecter les règles, que si tout le monde suivait mon exemple, les gens n'arriveraient plus à vivre ensemble.

Mathilde a terminé son goûter en silence. Elle semblait plongée dans ses pensées. Elle a fini par secouer la tête en fronçant les sourcils avec une mine attristée.

– Papa est injuste, a-t-elle repris. Pourquoi je n'aurais pas le droit de m'amuser si je ne fais de mal à personne? C'était seulement pour jouer!

– Même les meilleurs parents du monde commettent des erreurs. Ton père t'aime très fort, mais il se montre parfois un peu rigide sur certaines idées.

Le lendemain, j'ai évoqué avec Jérôme ce qui s'était passé. Il m'a rassuré en affirmant qu'il avait discuté avec sa fille et qu'ils s'étaient réconciliés. Il a comparé l'affaire à une dispute philosophique.

– En matière d'éthique je suis résolument du côté de Platon et de Kant, a-t-il déclaré. Ils estiment que le bien en soi existe, et que nous devons tenter de l'atteindre. Pour Kant, un des moyens d'y parvenir est de toujours agir comme si notre manière de nous comporter allait devenir une loi universelle. J'ai essayé de l'expliquer à Mathilde.

– Je ne suis pas certain qu'elle ait compris. Tes paroles l'ont blessée. Elle n'avait pas l'impression d'avoir commis une faute.

– Parce que sans le savoir, elle est du côté de Jeremy Bentham et des utilitaristes. Ils considèrent qu'un acte doit être jugé uniquement par rapport à ses conséquences. Puisque sa tricherie n'a causé de tort à personne, elle en conclut qu'il n'y a rien eu de grave.

– Elle voulait simplement pimenter la partie.

– Donc, elle a fait passer son plaisir avant les règles. Bentham était aussi un hédoniste.

– Ce n'est pas une raison pour la critiquer.

– Ne t'inquiète pas. J'attendrai qu'elle soit plus grande pour un débat sur la morale.

Je me sentais philosophiquement plus proche de ma filleule que de mon ami, mais je n'ai pas voulu prolonger la controverse. L'important pour moi était qu'ils soient heureux tous les deux.

Il y a eu une période durant laquelle je me suis fait des soucis pour Jérôme. Tout a commencé par une rencontre avec Mathilde. Elle allait sur ses quinze ans et le temps des goûters appartenait au passé, ce qui ne l'empêchait pas de venir souvent me voir à l'improviste. J'avais assisté à sa transformation physique sans que son entrée dans l'adolescence ne modifie notre relation, il me semblait même que nous nous étions rapprochés. Elle avait maintenant l'allure d'une jeune femme, mais ses réflexions gardaient encore la spontanéité de l'enfance. Elle préférait discuter avec moi de certains sujets personnels plutôt qu'avec ses parents. Quelques jours auparavant, elle m'avait parlé de Lucas, son premier petit ami. Je crois qu'à ses yeux j'étais devenu en quelque sorte un second papa. Ce rôle me convenait d'autant mieux qu'il m'évitait les inconvénients de la paternité au quotidien. Je ne ressentais un lien aussi profond avec aucune autre personne de mon entourage, à part Jérôme. Je n'avais jamais réussi à établir de véritable intimité avec les diverses compagnes qui se succédaient dans ma vie, probablement parce que je ne souhaitais pas vraiment m'engager.

Quant à mon père, mes dialogues avec lui restaient cantonnés à des banalités en évitant soigneusement les questions délicates. Depuis sa retraite, il s'était pris de passion pour l'ornithologie et il consacrait la plupart de ses journées à observer les oiseaux avec un groupe d'amateurs. Le thème se révélait inépuisable et formait l'essentiel de sa conversation.

Ma filleule m'a appelé un lundi matin, alors que je profitais du jour de fermeture de l'Agape pour avancer sur des formalités administratives. Elle voulait que je vienne la chercher en fin d'après-midi à la sortie des cours. Sa voix m'a semblé tendue. Je lui ai confirmé ma disponibilité et à 16h30, j'étais garé devant le collège de Vuillonnex. Ces longs bâtiments perpendiculaires flanqués de leur cour de récréation m'ont rappelé l'époque où j'étudiais dans ce même établissement. Quelques secondes après que la sonnerie a retenti, un flot bigarré d'élèves s'est déversé par la porte principale. Certains affichaient leur mépris pour la météo en arborant baskets et T-shirts, alors que cette journée de mars demeurait hivernale avec des restes de neige sur les trottoirs. J'ai vite repéré la silhouette élancée de Mathilde. Elle portait un blouson et des chaussures montantes, ce qui m'a paru une preuve de sagesse. Je lui ai fait signe et elle m'a rejoint dans la voiture après avoir posé son sac à dos sur le siège arrière.

– Qu'est-ce qui t'arrive ? ai-je dit. Tu avais l'air bizarre au téléphone.

– J'aimerais faire un tour à Genève. Tu es d'accord ?

– Il y aura beaucoup de trafic. J'espère que tu n'es pas pressée.

– Non, j'ai le temps.

Je ne comprenais pas pourquoi elle me proposait une balade qui nous amènerait au milieu des embouteillages, mais j'ai démarré sans chercher à en savoir plus. Elle m'a demandé si elle pouvait choisir de la musique. J'ai acquiescé et elle s'est mise à tripoter les boutons de l'autoradio. À ma surprise, elle a opté pour une station qui diffusait du classique, en déclarant qu'elle trouvait le son reposant. Des notes de violon ont rempli l'habitacle, peut-être du Mozart. Elle est restée silencieuse comme si elle s'absorbait dans l'écoute du morceau. Je conduisais en lui jetant de brefs coups d'œil. Elle gardait le front baissé et tortillait par moments une mèche de ses cheveux blonds. Elle a plongé la main dans la poche de son jean et en a sorti son portable pour pianoter un message à un rythme ahurissant, puis elle a posé le téléphone sur son siège. J'attendais qu'elle se décide à parler. La circulation est devenue plus dense lorsque nous sommes arrivés à l'entrée de la ville. J'ai focalisé mon attention sur la route. Mathilde en a profité pour aborder le sujet qui la préoccupait.

– Est-ce que tu as déjà été amoureux ?

– Eh bien... Tout dépend de ce que tu entends par là.

– Tu as des papillons dans le ventre en pensant à l'autre. Et ton cœur bat à toute vitesse s'il vient près de toi.

– Alors, oui. Quand j'avais à peu près ton âge.

– Et plus jamais après ?

– Les choses changent parfois en grandissant.

– Mais il y a quand même des adultes qui le sentent aussi ?

– Sûrement, mais jusqu'à aujourd'hui je n'ai plus eu cette chance.

– Et mes parents, tu crois qu'ils ont connu ça ?

– Pourquoi tu me poses cette question ?

Mathilde n'a pas répondu. Nous venions de traverser le pont de Saint-Georges et j'étais arrêté à un feu rouge. Je me suis tourné vers elle pour observer son expression. Elle pinçait ses lèvres comme si elle se retenait de pleurer, tout en se frottant nerveusement les mains. J'ai remarqué qu'elle avait verni ses ongles en noir et j'ai pensé que Valérie ne devait pas vraiment apprécier. La colonne de véhicules s'est finalement mise en mouvement.

– Tu ne veux pas me raconter ce qui te tracasse ? ai-je repris.

– J'ai peur que papa et maman se séparent, a-t-elle lâché d'une voix nerveuse.

– Qu'est-ce qui t'a mis cette idée dans la tête ?

– Ils ne se câlinaient déjà pas beaucoup, mais maintenant ils sont devenus tout froids. Ils ne se parlent presque plus.

– On peut s'aimer de différentes façons. Tes parents n'ont jamais été très passionnés, mais je suis sûr qu'ils se veulent du bien. Les choses vont s'arranger, tu verras.

– J'étais tellement contente d'avoir rencontré Lucas, mais maintenant je suis perdue. À quoi ça sert, si c'est pour souffrir après ?

Nous étions arrivés près de la gare de Cornavin. Des automobiles se retrouvaient bloquées sur trois files, leurs pare-chocs presque les uns contre les autres, au carrefour entre le boulevard James-Fazy et la rue de la Servette. J'ai imaginé tous ces gens qui rentraient chez eux après leur journée de travail. Combien d'amants impatients de se retrouver ? Combien d'histoires engluées dans les tracas quotidiens ? Combien de couples en crise ? Combien de solitudes ? J'ai proposé à ma filleule de boire quelque chose près du lac, mais elle a préféré rentrer. Je me suis demandé si elle avait choisi cette promenade en voiture pour se retrouver à côté de moi et pas en face. Elle avait parlé en évitant mon regard, peut-être cela lui avait-il permis d'exprimer plus facilement ses soucis. Sur la route du retour, j'ai à nouveau tenté de la rassurer. Une grosse pluie a commencé à tomber. Le bruit mécanique des essuie-glaces s'est mélangé à la musique classique que la radio continuait à diffuser. Mathilde gardait une mine renfrognée malgré mes discours apaisants. Au bout de quelques minutes, son portable a émis une note cristalline. Elle a consulté le message qu'elle venait de recevoir, puis elle a passé le reste du trajet à échanger des textos. Je l'ai vue sourire plusieurs fois en pianotant sur l'écran et je me suis dit que son petit ami l'avait aidée mieux que moi à retrouver un peu de sérénité.

J'ai attendu quelques jours avant de discuter avec Jérôme des inquiétudes de sa fille. Le sujet n'était pas évident à aborder, même entre nous. J'ai décidé de me lancer lors de notre séance hebdomadaire de jogging au parc sportif des Évaux. Nous avons commencé notre parcours en longeant le stade d'athlétisme dans la direction du bois des Mouilles. La température restait fraîche et nous avions gardé nos survêtements. Jérôme a tout de suite adopté un rythme élevé. Il courait devant moi à longues foulées puissantes et j'avais de la peine à le suivre. Il a fini par ralentir quand nous avons obliqué vers le Rhône et il a accepté de faire une pause devant les courts de tennis. J'ai repris mon souffle en me tenant les hanches pendant qu'il m'interpellait d'un air narquois.

– Tu perds la forme, mon vieux. Attention avec tes recettes bourrées de calories.

– À propos, il faut qu'on parle du menu pour tes noces de cristal. Le 25 avril 2015 approche à grands pas.

Il m'a regardé comme si je lui avais rappelé un mauvais souvenir. Son visage s'est assombri. Il a essuyé d'un revers de main la sueur qui perlait sur son front, puis s'est tourné vers moi avec une expression hésitante.

– Tu fais une drôle de tête, ai-je dit. Je peux savoir ce qui se passe ?

– Mes relations avec Valérie ne sont pas au beau fixe, a-t-il avoué. Tu te souviens de ma suppléance à l'Université de Fribourg ?

Il m'avait annoncé un mois auparavant que grâce à un ancien camarade d'études devenu professeur, la Faculté des lettres l'avait engagé au pied levé pour remplacer un chargé de cours en philosophie politique qui était tombé malade. Il s'agissait d'un mandat restreint et temporaire mais Jérôme appréciait beaucoup cette activité, d'autant plus que les horaires étaient compatibles avec son travail au lycée.

– Le problème, a-t-il poursuivi, c'est que la santé du titulaire ne s'est toujours pas améliorée. On m'a proposé de prolonger mon contrat d'une année. J'ai accepté et ma femme est furieuse. Elle me reproche de ne pas en avoir discuté avec elle et de négliger ma famille. J'ai eu beau lui objecter que je l'avais épaulée quand elle avait repris son poste à Malerive, elle prétend que ça n'a rien à voir.

– Tu penses qu'elle a raison ?

– J'admets que je me suis montré plutôt égoïste, mais j'estime avoir été irréprochable jusqu'ici. J'aurais apprécié que Valérie me laisse un peu de marge en remerciement des services rendus. Je lui en veux de son attitude. Pour l'instant, nous sommes tous les deux coincés dans nos rancunes.

Comme d'habitude, il procédait à une analyse sans concessions de son comportement. Pourtant cette fois, il avait omis d'évoquer les améliorations possibles. Cet indice m'a inquiété plus que la dispute en elle-même. Il avait renoncé à une carrière universitaire pour fonder une famille, et soudain s'offrait à lui un intermède où il avait la possibilité de vivre son ancien rêve. La réaction de Valérie le mettait face à l'éternel dilemme entre plaisir et devoir. Sa morale lui commandait d'obéir au second, mais il estimait peut-être qu'il avait assez donné en la matière. Je voyais mal comment l'aider car ma philosophie différait fondamentalement de la sienne. Je me suis contenté de lui raconter ma discussion avec Mathilde. Il a secoué la tête d'un air désolé et m'a promis qu'il parlerait à sa fille.

La célébration de ses quinze ans de mariage s'est déroulée dans une atmosphère de politesse contrainte. J'avais préparé un croustillant de pintade aux oignons doux avec comme dessert une pièce montée au chocolat et à la fève tonka, mais je ne suis pas certain que mon ami et sa femme se trouvaient dans de bonnes conditions pour apprécier le repas. Leurs relations sont restées tendues pendant plusieurs mois. Elles se sont finalement améliorées après le décès de la mère de Jérôme en fin d'année. Elle a succombé à une pneumonie qui l'a emportée en peu de jours. Valérie a été présente pour soutenir son mari durant ces moments éprouvants. Cet événement a dû faire prendre conscience à mon ami que sa famille représentait tout ce qui lui restait. Il a démissionné de son mandat à l'Université, ce qui lui a valu l'absolution définitive de sa femme. Chacun a retrouvé sa routine, jusqu'à ce que je prenne une décision qui avait mis longtemps à mûrir. En juillet 2017, presque dix ans après son ouverture, j'ai entamé la transformation de l'Agape pour en faire un restaurant gastronomique avec comme objectif d'obtenir ma première étoile au guide Michelin.

III

La vie qu'on ne soumet pas à l'examen ne vaut pas d'être vécue. Ce précepte de Socrate était l'un des préférés de Jérôme. Si je l'applique à mon parcours, je dirais que le besoin de progresser a toujours constitué le fil rouge qui guidait mes choix. Mon ami rétorquerait qu'il n'y a là rien d'exceptionnel. La plupart des gens visent à ce que leur avenir soit meilleur que leur passé, du moins tant qu'ils sont en âge de l'espérer. Ce qui les différencie, c'est la manière dont chacun définit la progression. Pour certains, elle signifie plus de richesses, pour d'autres plus de savoir, de sécurité, d'amour ou de puissance. D'autres encore voient l'amélioration non pas dans le fait d'augmenter, mais dans celui de diminuer : moins de dépendances, de consommation ou de nuisances. Je pense qu'il existe une distinction supplémentaire à prendre en compte. En choisissant votre projet, vous devez décider quelle place vous donnez à ce qui vous procure du plaisir. À mon avis, c'est l'endroit où vous positionnez ce curseur qui sépare le mieux les diverses façons de concevoir la progression. Pour Jérôme, il était impossible de s'améliorer si l'on n'acceptait pas de renoncer au contentement, ou au moins de le différer. Ce qui ne veut pas dire qu'il se voyait en ascète. Il refusait simplement de mettre son bien-être au premier plan, alors que c'était le moteur principal qui me faisait avancer. Je n'aurais jamais tenté l'aventure du restaurant gastronomique si je n'avais pas été convaincu qu'elle m'apporterait rapidement des satisfactions et qu'elle en donnerait aussi à mes employés et à mes clients.

Ma première envie était de transformer la salle à manger de l'Agape. Je la voulais plus aérée, plus sobre et plus chaleureuse. J'ai diminué le nombre de couverts, remplacé le lustre art déco par un éclairage indirect et supprimé les gravures japonaises. Des photographies de paysages genevois réalisées par un artiste local ont pris leur succession sur les parois. J'ai aussi changé les tables et les chaises en optant pour des modèles mieux dessinés et plus confortables. La cuisine ne nécessitait pas de rénovations importantes car elle était suffisamment spacieuse pour y travailler avec le personnel supplémentaire que j'avais prévu d'engager. Les modifications les plus significatives ont touché mon équipe. Elle s'est divisée en deux camps lorsque j'ai expliqué mes intentions. D'un côté, Audrey et Cédric qui ont décidé de quitter le navire. Elle venait de se marier et attendait un enfant auquel elle souhaitait se consacrer, lui estimait n'avoir plus l'âge de se soumettre au stress imposé par les recettes de haut niveau. De l'autre, Élodie et Maxime qui se sont enthousiasmés pour ce défi. Mon jeune commis embauché dix ans plus tôt était devenu un professionnel expérimenté qui adorait préparer les desserts. Je lui ai confié la responsabilité de la pâtisserie. Pour prendre la relève de Cédric au poste de second, j'ai fait appel à Julien Tolli, un collègue talentueux qui avait fait ses classes avec moi à l'Impérial avant de poursuivre sa carrière dans plusieurs établissements étoilés comme chef de partie. J'ai aussi décidé de recruter un apprenti.

Dans le domaine du service, j'ai fait confiance à Élodie pour sélectionner les personnes qui allaient l'assister. Elle maîtrisait parfaitement son sujet et l'idée que l'Agape se positionne à un échelon supérieur la motivait beaucoup. Je l'avais toujours préférée à sa sœur. Audrey avait rempli correctement son rôle, mais sans l'implication et la recherche d'excellence que je sentais chez son aînée. La présence d'Élodie me rassurait. J'aimais son élégance tranquille quand elle naviguait entre les tables en gratifiant les convives d'un sourire qui savait trouver le juste équilibre entre l'impersonnel et le familier. Malgré le fait qu'elle soit plus jeune que moi, j'avais parfois l'impression qu'elle gérait les situations délicates avec une finesse que je ne possédais pas. Même les clients les plus difficiles succombaient à sa voix douce et à son charme paisible. Elle m'a épaulé chaque jour depuis que j'ai décidé de partir à la conquête de mon étoile. Les aménagements de la salle ont été finalisés en grande partie grâce à ses propositions. Nous nous ressemblions, dans la passion que nous éprouvions pour notre travail comme dans notre vie sentimentale plutôt décousue. Elle venait de quitter son compagnon et j'étais seul depuis quelques mois. La proximité nouvelle engendrée par les nombreuses heures passées à plancher sur mon projet s'est transformée en intimité. Nous avons fini par coucher ensemble. Comme à mon habitude, j'ai précisé que je n'envisageais pas de m'engager à long terme. Elle m'a répondu qu'elle prenait la vie au jour le jour et que nous verrions bien. J'appréciais son caractère, sa diplomatie et son sens de l'organisation. Pour couronner le tout, sa manière de faire l'amour me plaisait particulièrement. La situation m'a paru idéale, du moins pour un temps.

L'annonce de ma relation avec Élodie a provoqué chez Jérôme une réaction qui m'a surpris. Il avait pris l'habitude de m'accompagner une fois par mois au marché de Carouge. Nous aimions déambuler sans nous presser entre les stands d'où s'échappaient diverses odeurs alléchantes. Cette pérégrination était aussi une occasion de discuter, et j'en avais profité pour lui apprendre la nouvelle. Nous étions au début septembre et le soleil montait tranquillement dans le ciel d'une matinée sans nuages. Mon ami est d'abord resté silencieux. J'étais venu commander les fruits et les légumes pour mon premier menu gastronomique. J'avais prévu comme entrée un tartare de langoustines à la gelée de yuzu. J'ai repéré les agrumes les plus colorés et je les ai humés pour trouver l'odeur de mandarine qui révèle leur pleine maturité. Jérôme m'a laissé conclure l'achat avant de s'exprimer.

– Je pense que tu commets une erreur, a-t-il dit.

– Parce qu'Élodie est mon employée ?

– En partie, oui. La situation risque de devenir délicate. Mais le plus grave, c'est ton refus de t'impliquer.

– Je l'ai prévenue par honnêteté.

– Je ne crois pas, non.

Il m'observait d'un air bienveillant malgré cette réponse qui aurait pu paraître agressive. Je me suis déplacé vers l'étal suivant. Mon plat de poisson était constitué d'un dos de cabillaud au chorizo avec des aubergines fumées. J'ai sélectionné celles dont la fermeté et la peau brillante attestaient la fraîcheur. Mon ami attendait patiemment que je le questionne.

– Vas-y, livre-moi ton analyse, ai-je repris.

– À mon avis, tu as eu la trouille. Chaque fois que tu sors avec une nouvelle compagne, tu considères a priori que ça ne va pas durer. On dirait un rituel pour juguler l'angoisse.

– Quelle angoisse ?

– Celle d'être abandonné, je suppose.

– Je n'ai jamais eu peur de vivre seul.

– Vivre seul n'a rien à voir. On peut le décider, d'ailleurs c'est souvent toi qui mets fin à tes relations. En revanche, on ne choisit jamais d'être abandonné, on le subit.

Je commençais à comprendre où menait son raisonnement et je ne me réjouissais pas d'entendre la suite. Mais lorsque Jérôme était lancé, il était difficile de l'arrêter. J'ai tout de même tenté une contre-offensive.

– Plusieurs femmes m'ont quitté et je n'en ai jamais fait tout un plat.

– Évidemment, puisque tu ne t'étais pas engagé. Le sentiment d'abandon n'apparaît que s'il y a un lien profond. Et plus il est profond, plus on souffre. Donc, tu restes dans le superficiel pour ne pas risquer de revivre ce qui est à la racine. La disparition de ta mère.

Il l'avait dit. J'étais presque soulagé. Il a posé sa main sur mon épaule avec le geste du dentiste qui rassure son patient après lui avoir arraché une molaire. Midi approchait et la température devenait presque estivale. Je rêvais d'un apéritif, anisé et fort si possible. Mon ami s'est tourné vers moi.

– Qu'est-ce que tu as prévu comme plat principal ?

– Du jarret de bœuf aux artichauts avec un cappuccino de pommes de terre.

– Allons-y.

J'ai réservé des rattes et des artichauts violets aux feuilles bien drues. Il ne me restait plus qu'à trouver des abricots qui composeraient le dessert une fois caramélisés, rôtis au romarin et parsemés de riz soufflé. Jérôme en a profité pour effectuer quelques courses dont sa femme lui avait donné la liste. J'ai terminé mes commandes sur les chapeaux de roues. Il me fallait vraiment un verre. Nous avons pris place sur une terrasse près de la fontaine monumentale. Le bruit de l'eau qui coulait dans les vasques superposées avait des vertus rafraîchissantes. Quand nos boissons sont arrivées, mon ami a siroté sa bière en me jetant par moments des coups d'œil interrogateurs. Il espérait visiblement que je réagisse. J'ai bu la moitié de mon pastis avant de me décider à poursuivre la discussion.

– J'avais déjà réfléchi à ton explication, mais je pense que tu as tort. Je ne suis pas un traumatisé.

– Alors pourquoi est-ce que tu te comportes de cette façon ?

– Je le répète, par honnêteté. Je ne veux pas faire semblant. Le jour où je tomberai amoureux, tout sera différent.

– Et comment sais-tu que ça arrivera ? Tu as quarante et un ans. Si tu continues à te protéger pour ne pas souffrir, tu finiras vieux et seul.

– Je ne me protège pas, j'attends. Et je suis prêt à prendre le risque de la solitude.

Jérôme s'est carré sur sa chaise et a laissé son regard errer sur les cygnes noirs sculptés qui crachaient leur eau dans le bassin. Il semblait se demander s'il ne valait pas mieux abandonner le sujet.

– Je comprends que tu cherches à m'aider, ai-je repris. Mais la vérité, c'est que nous n'avons tout simplement pas la même vision de l'amour. On en a déjà parlé.

– Peu importe la vision, c'est l'engagement qui compte. Pour construire quelque chose qui va au-delà de soi. C'est ce que j'ai voulu avec Valérie. Nous n'avons pas pu donner un frère ou une sœur à Mathilde, mais nous formons une famille.

– Je m'en réjouis pour vous, mais ce n'est pas le genre de relation qui me conviendrait. L'année passée, tu as démissionné d'un poste qui te plaisait beaucoup parce que ta femme faisait la tête. Tu trouves que c'est ça, le bonheur conjugal ?

– Mon bonheur, c'est d'avoir pris la bonne décision. Valérie le méritait.

– Peut-être, mais j'ai besoin d'autre chose pour m'impliquer. Il me faut de la passion, de la chaleur.

– On ne peut rien bâtir sur la passion. Et en ce qui concerne la chaleur, un gastronome comme toi doit savoir qu'il existe d'excellents plats froids. Le vitello tonnato, par exemple.

Mon ami paraissait ravi de sa comparaison culinaire. Il m'a souri en levant son verre. J'ai failli lui rappeler que la recette prévoit d'abord la cuisson du veau, mais je n'ai pas voulu lui gâcher sa conclusion.

L'assurance que j'avais affichée lors de ma discussion avec Jérôme s'est vite dissipée. Il avait mis le doigt sur un point qui a pris toujours plus de place dans mes réflexions au cours des mois qui ont suivi. Mon parcours professionnel me comblait, le succès de l'Agape grandissait même si je n'avais pas encore obtenu l'étoile que je visais, mais je me questionnais sur ma vie amoureuse. Cette quête obstinée de la femme qui me toucherait assez profondément pour que je bouleverse mon existence ne ressemblait-elle pas à une fuite ? Mon ami avait peut-être raison. La petite voix qui me murmurait à chaque nouvelle rencontre que ce n'était pas encore la bonne exprimait probablement ma crainte d'avoir mal, et elle soufflait son haleine acide sur le lien jusqu'à ce qu'il se rompe. Ma relation avec Élodie en serait victime tôt ou tard, comme toutes les autres. Nous formions pourtant une très bonne équipe. Je me sentais bien avec elle, autant au travail que dans nos loisirs. Comme nous avions gardé nos appartements respectifs, tous les moments que nous passions à deux en dehors de l'Agape constituaient pour nous des retrouvailles. Lorsque nos tâches nous en laissaient la possibilité, nous organisions des week-ends, des vacances ou simplement des soirées chez l'un de nous. Elle avait la finesse de ne pas m'interroger sur mes sentiments et elle ne me parlait jamais des siens. Nous sortions ensemble depuis presque deux ans, ce qui constituait pour moi un record de longévité. J'en suis venu à me dire que la camaraderie pourrait constituer une base plus solide que l'amour pour former un couple, surtout quand elle se doublait d'une belle complicité érotique. J'étais prêt à mettre sur la table l'idée d'une vie commune avec Élodie. Je l'aurais fait si un soir, au début du mois de mai 2019, Carine n'était pas entrée dans ma vie comme un rayon de soleil brûlant.

Parmi les nombreuses réflexions philosophiques dont Jérôme m'abreuvait, j'avais trouvé quelques éléments utiles pour mon activité. J'appliquais notamment le sage principe selon lequel l'attente du plaisir participe au plaisir. Je ne sais plus quel grand penseur l'a formulé, mais je le trouve tout à fait adéquat en ce qui concerne la gastronomie. Mon personnel avait donc comme consigne de légèrement décaler le service des plats afin d'amener les clients à patienter un peu plus longtemps. Il fallait que le dosage soit subtil, quelques minutes supplémentaires au maximum, de manière que les mets arrivent au moment où l'envie de les goûter atteignait son apogée chez les convives. J'appliquais la même règle en ce qui concernait mes apparitions en fin de soirée. Les habitués appréciaient que je discute avec eux, mais je m'arrangeais pour retarder un peu ma venue. J'en profitais pour examiner discrètement la salle depuis le seuil de la cuisine avant d'entrer en scène. Les clients qui mangeaient en tête à tête m'intéressaient particulièrement. Je m'amusais à deviner la nature de leur relation sur la base de leur comportement. Je repérais sans peine les amants de fraîche date qui se dévoraient des yeux en dégustant leurs assiettes. Les couples installés étaient aussi faciles à identifier. Quel que soit leur âge, ils dégageaient la tranquillité un peu lasse qu'apportent les années passées en commun. Souvent, l'homme prenait un verre d'alcool supplémentaire après avoir terminé son dessert. Il le savourait comme s'il se doutait qu'il n'y aurait pas d'autre occasion de plaisir une fois rentré à la maison. Les premiers rendez-vous formaient un groupe plus hétéroclite. Ils avaient en point commun une certaine gaucherie initiale dans leurs échanges, mais leurs interactions évoluaient de façon très différente selon qu'un désir partagé se manifestait ou pas. Lorsque l'un des deux refusait les avances de l'autre, la fin du repas se passait dans une atmosphère plutôt guindée. Dans ces cas-là, je limitais mon passage au strict minimum pour ne pas les embarrasser.

Il existait aussi des paires qui résistaient à mon analyse. Les indices fournis par mon examen discret ne suffisaient pas à les ranger dans une catégorie ou l'autre. Ce soir-là, j'avais des difficultés avec un quadragénaire bien bâti qui était assis en compagnie d'une blonde dans la trentaine aux cheveux bouclés. Ils semblaient se connaître, mais je ne détectais pas d'indice révélateur sur leur situation. La femme me faisait face. Elle paraissait à son aise et écoutait son vis-à-vis avec une mimique enjouée. Quand il a fini son exposé, elle a acquiescé d'un air convaincu. L'homme s'est levé pour se diriger vers les toilettes. Après son départ, j'ai été frappé par un changement soudain dans la physionomie de sa partenaire. Son expression s'est transformée comme si elle abandonnait un masque trop longtemps porté. Elle n'avait pas remarqué que je l'observais. Son visage reflétait à présent une sorte d'étonnement inquiet. On aurait dit qu'elle s'était réveillée dans un quartier inconnu où elle avait perdu son chemin. Ses lèvres frémissaient comme si elle allait se mettre à parler, et j'ai eu le sentiment qu'elle entamait un dialogue compliqué avec elle-même sur la direction à suivre. L'idée que j'étais le seul à la saisir dans son intimité m'a troublé. Au retour de son compagnon, elle reprendrait sûrement son attitude habituelle. Je me suis senti coupable de mon voyeurisme et j'ai cessé de l'examiner pour me consacrer à ma tâche de relations publiques. J'ai commencé ma tournée à l'autre bout de la salle en vérifiant si les clients étaient satisfaits du menu. La pensée qu'un inspecteur du Michelin se dissimulait peut-être parmi les convives me traversait souvent au cours de ce rituel. Quand je suis arrivé près de sa table, la femme blonde était toujours seule et semblait encore perdue dans ses pensées. Je me suis raclé la gorge pour signaler ma présence. Elle a levé vers moi des yeux brun-vert complètement ébahis. Elle avait l'air tellement surprise que j'ai cru devoir me présenter.

– Je suis Denis Granier, le chef. Est-ce que tout s'est bien passé ?

Elle me scrutait d'une manière étrange. Pendant un instant, je me suis demandé si elle me distinguait correctement. Il y a eu quelques secondes de gêne durant lesquelles nous sommes restés silencieux. Elle a fini par hocher la tête en me dévisageant comme si je venais de sortir du brouillard. Un sourire rêveur a illuminé ses traits.

– C'était parfait, a-t-elle répondu.

L'homme est réapparu à ce moment-là. Il portait une barbe qui commençait à grisonner. Je l'ai trouvé plus grand que lorsque je l'étudiais à distance. Nous nous sommes serré la main.

– Votre sole vanillée aux poireaux braisés était absolument divine, a-t-il dit. Et le soufflé d'aneth aux figues nous a émerveillés.

Il s'est assis en s'adressant à la femme.

– Je suis désolé de t'avoir fait attendre, Carine. J'ai reçu un appel de Vincent et je n'arrivais plus à m'en débarrasser.

Elle continuait à me fixer sans paraître l'écouter.

– Oui, le soufflé, a-t-elle murmuré.

Je me suis dirigé vers la table suivante avec l'impression de sentir son regard sur ma nuque, mais je n'ai pas osé me retourner.

Après la fin du service, je suis rentré chez moi et je me suis couché rapidement. Élodie était partie en vacances avec sa sœur pendant une semaine. Elle m'avait laissé un message sur mon portable dans lequel elle me souhaitait une bonne nuit. Je n'ai pas réussi à m'endormir, malgré la fatigue qui me submergeait. Je me suis agité dans mon lit jusqu'à 1 heure du matin. En désespoir de cause, j'ai essayé des exercices de méditation mais je ne parvenais pas à faire le vide dans mon esprit. L'image de deux yeux brun-vert à l'expression égarée s'imposait sans cesse à moi. C'est seulement quand je les ai reconstitués dans mon souvenir pour les observer jusqu'à me fondre en eux que le sommeil a fini par arriver.

Trois jours plus tard, j'étais dans mon bureau en train de préparer mes commandes lorsque Maxime m'a annoncé que quelqu'un souhaitait me rencontrer.

– Qui est-ce ? ai-je demandé.

– Je ne la connais pas. Elle m'a donné cette carte.

Il m'a tendu un bristol sur lequel figurait le logo d'une agence immobilière avec en dessous l'inscription *Carine Livio, gestionnaire,* écrite en italique. La lecture de ce prénom a immédiatement suscité ma curiosité. J'ai dit à Maxime de faire entrer la personne. C'était bien elle. Son regard m'a semblé plus assuré que dans mon souvenir. Je l'ai invitée à s'asseoir. Elle s'est installée en face de moi et s'est mise tout de suite à parler, comme si elle voulait garder la maîtrise de la conversation.

– Je vous remercie de me recevoir à l'improviste. Je sors d'un entretien avec Monsieur Bardouin. Vous le connaissez, je crois.

– Oui, il habite dans mon immeuble. Nous sommes voisins encore pour quelques semaines. Il va bientôt déménager.

– C'est moi qui lui ai trouvé son nouveau logement. Je lui ai expliqué que j'avais mangé dans votre restaurant samedi soir. Dans le courant de la discussion, il a mentionné que vous êtes en location, mais que vous aimeriez devenir propriétaire.

– Tout à fait.

– Je me suis permis de venir vous voir parce que j'ai un quatre-pièces à vendre près d'ici dans un bâtiment qui bénéficie d'une très belle situation. Je voulais savoir si vous étiez intéressé.

Je n'arrivais pas à déterminer si sa démarche était purement commerciale ou s'il y avait autre chose. Elle me paraissait très différente de la femme que j'avais vue à l'Agape. Son visage aux pommettes un peu saillantes ne dégageait plus la fragilité qui m'avait ému. J'ai tenté de l'amener sur un terrain différent.

– Je pourrais examiner votre offre, ai-je répondu. Mais j'aimerais d'abord profiter de l'occasion pour avoir votre avis sincère sur le menu que vous avez dégusté chez moi. Les clients sont parfois trop gentils quand je les interroge en fin de soirée.

– C'était un vrai délice, je vous le confirme.

– Votre mari a apprécié aussi?

Carine a hésité un instant. Ma question empiétait clairement sur sa vie privée et nous en étions tous les deux conscients. Elle m'a jeté un regard que je n'ai pas réussi à déchiffrer.

– Ex-mari, a-t-elle lâché. Oui, il a adoré.

– Excusez-moi, je ne voulais pas me montrer indiscret.

– Pas de problème. D'ailleurs la situation vous concerne aussi.

Je n'ai pas pu dissimuler ma surprise. Je ne comprenais pas du tout ce qu'elle racontait. Une expression d'amusement a passé sur ses traits devant mon air ahuri.

– Nous sommes divorcés depuis plusieurs années, a-t-elle poursuivi. Mais nous avions gardé un bien en commun. L'autre soir, nous avons décidé de le vendre. C'est l'objet que je vous propose.

– Alors vous étiez venus dans mon établissement pour une sorte de repas d'affaires?

– Exactement. Nous nous sommes mis d'accord en dégustant votre dessert. Et maintenant notre quatre-pièces pourrait devenir le vôtre. C'est un joli hasard, non?

Elle a sorti un dossier de son attaché-case et me l'a tendu. Son apparition dans mon bureau était donc liée à un motif purement professionnel. Je n'ai pas pu m'empêcher d'éprouver de la déception. J'avais envie d'en savoir plus sur elle, de découvrir d'où venait ce regard perdu que j'avais surpris pendant un instant.

Après avoir parcouru les photographies et écouté ses commentaires, j'ai opté pour une dernière manœuvre.

– L'Agape sera fermé demain. Je suis disponible pour visiter votre appartement en fin de journée. Seriez-vous d'accord que je vous invite ensuite à un autre repas d'affaires ?

Carine a laissé sa réponse en suspens pendant quelques secondes. Elle m'a fixé avec une expression mitigée. Un pli de réflexion barrait son front, comme si elle était confrontée à une décision difficile, alors que ses lèvres pleines dessinaient en même temps une esquisse de sourire. Les paillettes vertes dans ses iris bruns m'ont paru plus brillantes.

– Marché conclu, a-t-elle finalement déclaré.

Le lendemain, elle m'attendait déjà au bas de l'immeuble lorsque je suis arrivé un peu avant 18 heures au chemin de Beauvent. J'ai garé ma voiture sur une place de parc réservée aux visiteurs et je l'ai rejointe. Elle portait un chemisier bleu marine et une jupe noire en velours qui lui arrivait juste au-dessus du genou. Mon regard a glissé malgré moi vers ses jambes bronzées. Nous nous sommes serré la main, puis elle m'a conduit vers l'ascenseur. Je ne savais pas où poser mes yeux pendant que nous montions vers le quatrième étage. J'ai baissé la tête en observant ses escarpins vernis. Je percevais l'odeur subtile de son parfum qui dégageait des fragrances de jasmin et de mangue. Dès que nous avons pénétré dans son ancien logement, elle s'est comportée en agente immobilière accomplie et m'a présenté les lieux avec tous les arguments susceptibles de me convaincre. Nous avons terminé par la chambre à coucher. Quand elle a ouvert la porte, la pièce baignait dans la pénombre. Durant le bref trajet qu'elle a fait pour s'approcher de la fenêtre, il m'a semblé retrouver sur son visage l'expression un peu perdue qu'elle avait eue au restaurant. Peut-être pensait-elle aux nuits qu'elle avait passées là avec son mari. Je me suis à nouveau senti coupable de l'observer ainsi, mais j'éprouvais également une sorte d'excitation à l'idée d'apercevoir, ne fût-ce que pendant un instant, un aspect d'elle qui restait caché aux autres. La lumière oblique du soleil a mis fin à ce moment particulier lorsque Carine a monté les stores. Elle m'a gratifié du sourire de la parfaite vendeuse en me vantant le beau paysage que je pourrais contempler à mon réveil.

J'avais réservé au Vieux Manoir à Carouge. Il était dirigé par Stéphane Dumel qui venait de recevoir sa deuxième étoile Michelin. Je le connaissais, ce qui m'avait permis d'obtenir une table malgré les délais très courts. Le maître d'hôtel nous a installés et nous avons commandé un apéritif. Je me suis dit que si quelqu'un se livrait à l'exercice d'observation que je pratiquais à l'Agape, nous serions classés sans discussion dans la catégorie des premiers rendez-vous. J'avais de la peine à me détendre malgré l'humeur agréable de Carine qui de son côté se montrait plutôt à l'aise. Elle continuait à me détailler les mérites de son appartement comme si l'unique raison de sa présence était de conclure l'affaire, ce qui était probablement le cas. Je cherchais vainement le moyen de l'amener vers des sujets plus personnels sans avoir l'air inquisiteur. Finalement, j'ai décidé de me concentrer sur la nourriture. Dumel figurait parmi les chefs que j'admirais, et je me réjouissais de découvrir ses nouvelles créations. Carine m'a donné carte blanche pour sélectionner le menu. Après l'entrée, nous avons eu droit à un croustillant de rillettes de homard à la gelée de Granny Smith qui m'a immédiatement convaincu. L'équilibre entre les notes iodées du crustacé qui croquait sous la dent et l'acidité moelleuse des pommes était idéal. Déguster cette assiette en compagnie de Carine ajoutait encore à la beauté du moment, sans parler du Chablis grand cru que nous avait conseillé le sommelier. J'avais envie de m'incliner comme on le fait devant un maître.

– C'est face à ce genre d'œuvre d'art que je constate ma marge de progression, ai-je commenté.

Carine a approuvé. Elle aurait pu essayer de me flatter en protestant que mes recettes lui semblaient tout aussi remarquables, mais j'ai senti qu'elle avait perçu la différence entre la cuisine de Dumel et la mienne. J'ai bien aimé son attitude. La conversation est devenue plus fluide à mesure que la soirée avançait. Nous avons savouré le plat principal, une cuisse de canette confite au thé vert fumé, accompagné d'une bouteille de Pommard. Carine mangeait de bon appétit tout en prenant son temps pour apprécier chaque ingrédient. J'ai compris que j'avais affaire à une véritable gastronome.

– Je suis heureux que vous ayez accepté mon invitation, ai-je dit. J'ai toujours été persuadé que les plaisirs de la table sont encore meilleurs quand on les partage.

– Tout à fait d'accord.

– À propos, est-ce que vous vivez seule ?

La question m'avait échappé et je n'en revenais pas de l'avoir posée aussi abruptement. Les effets de l'alcool y étaient probablement pour quelque chose. Elle m'a lancé le même regard indéfinissable auquel j'avais déjà eu droit lorsque je l'avais interrogée sur son mari.

– Pour l'instant oui, a-t-elle répondu. Et vous ?

– Moi aussi.

Là encore, j'ai eu l'impression que les mots avaient franchi mes lèvres sans que je les contrôle. Factuellement, ce n'était pas un mensonge puisque je n'habitais pas avec Élodie. Mais Jérôme n'aurait pas eu de mal à démontrer qu'au niveau moral, j'avais déjà franchi la ligne rouge. Pour ma défense, je peux seulement avancer que mes motivations allaient au-delà d'une simple stratégie de séduction. Carine m'intriguait. Je voulais découvrir cette part d'elle que j'avais entrevue et qui m'avait ému. Le seul moyen d'y parvenir était de lui montrer que j'étais disponible. Bizarrement, je me suis senti mieux après avoir énoncé ma contrevérité. Je ne pouvais plus faire marche arrière, il ne me restait qu'à poursuivre. Le repas s'est terminé en apothéose avec des pruneaux rôtis au miel accompagnés d'une glace au vinaigre balsamique. Quand je lui ai proposé de prendre un dernier verre chez moi, Carine n'a pas semblé surprise et m'a lancé un sourire espiègle. Une fois arrivé, je lui ai proposé de visiter l'appartement. Elle a acquiescé avec un air d'intérêt professionnel. Mais lorsque nous

nous sommes retrouvés dans ma chambre, j'ai lu dans ses yeux que nous y passerions la nuit.

J'ai de la peine à décrire toutes les émotions que j'ai éprouvées au long des semaines qui ont suivi. La joie y tenait sûrement une place prépondérante. Je n'avais jamais été attiré d'une manière aussi intime par une femme et j'étais heureux de connaître enfin ce sentiment. Pourtant, une vague appréhension se mêlait à ce bonheur. Comme si en contemplant le splendide sommet que j'avais aperçu, je devinais sur le chemin une série de précipices qu'il faudrait franchir. À cela s'ajoutait ma culpabilité envers Élodie. J'ai gardé le silence à son retour de vacances. Même si je ne lui avais jamais rien promis, je n'arrivais pas à lui annoncer que notre histoire était terminée. Durant presque trois mois, j'ai mené l'existence d'un mari adultère. J'ai espacé mes rencontres avec Élodie pour dégager des créneaux pendant lesquels je voyais Carine. Ni l'une ni l'autre ne m'ont questionné sur mon comportement, mais je me sentais fautif envers toutes les deux. J'ai aussi évité de mentionner ma nouvelle relation dans mes discussions avec Jérôme. Comme je redoutais son jugement, j'ai décidé de lui parler seulement après avoir réglé la situation. Il ne s'est pas rendu compte du trouble dans lequel j'étais plongé. Il songeait à reprendre la rédaction de son livre et ce projet accaparait une grande partie de ses réflexions.

Indirectement, c'est malgré tout grâce à mon ami que j'ai réussi à mettre un terme à cette période dont je ne suis pas fier. Il m'avait proposé d'aller voir *Phantom Thread* qui repassait au Cinélux. Dans ce film, le personnage principal ne parvient pas à vivre pleinement l'amour qu'il éprouve pour sa compagne. Elle lui fait manger des champignons toxiques en espérant que leur effet l'aidera à se laisser aller. Il apprend ses agissements, mais il accepte de frôler la mort pour réussir à l'aimer.

– Profond, n'est-ce pas ? a commenté Jérôme alors que nous prenions un verre après la séance.

– Je suis encore sous le choc. C'était bouleversant.

– Je pensais que l'intrigue te plairait. Quoique la gastronomie soit un peu particulière dans ce scénario.

– L'amour aussi, à mon avis.

– Il y a de nombreuses façons d'aimer. Mais dans tous les cas, ça demande du courage.

J'ai eu comme un déclic. Le soir même, j'ai avoué à Élodie que j'avais fait la connaissance de quelqu'un. Elle m'a répliqué qu'elle s'en était doutée dès son retour. Notre dialogue a été bref. Elle a coupé court à mes explications embarrassées et a quitté mon appartement.

Le lendemain, mon ami est venu au restaurant en début de matinée. Je lui ai proposé un café. Il s'est assis en me rappelant qu'il partait dans quelques heures pour une croisière avec Valérie. Nous avions parlé de ce voyage et j'avais eu l'intuition qu'une fois de plus, il mettait au premier plan le plaisir de sa femme plutôt que le sien. Il n'aimait pas vraiment les bateaux et je savais qu'il aurait préféré passer quinze jours tranquille dans un mas en Provence plutôt que sur un navire avec deux mille autres passagers. Mais il m'a affirmé fièrement qu'il avait trouvé un excellent compromis. Pendant que Valérie bronzerait sur le pont, il travaillerait à son livre. Il m'a précisé qu'après la projection de *Phantom Thread*, il avait eu une idée pour Rhizosphère.

– Sur quel sujet ? ai-je demandé.

– Les réseaux sociaux. J'ai identifié la racine de leur danger.

– Je ne vois pas le lien avec le film.

– C'est une affaire de dimensions. Les écrans des smartphones sont minuscules comparés à ceux d'une salle de cinéma ou d'une télévision. Donc on ne distingue pas bien les éléments. Et de plus en plus de gens visionnent la plupart de leurs contenus sur ces appareils.

– Tu crois qu'il y a des risques pour les yeux ?

– Je pensais plutôt aux cerveaux. Nous sommes entrés dans le règne du petit format. Il ne concerne pas seulement la surface des écrans, mais aussi la durée. Trente secondes pour les vidéos sur TikTok, au maximum une minute sur Instagram, et cent quarante signes sur Twitter. L'information est réduite au minimum. Impossible d'entrer dans les détails, alors chacun se contente d'asséner sa vérité. Le petit format, c'est la mort de la réflexion.

Il a vidé sa tasse après ce discours. J'étais ravi de le voir à nouveau passionné. La renaissance de son projet plus de vingt ans après l'avoir débuté semblait avoir rallumé sa flamme pédagogique.

– Il faut se battre pour la longueur, a-t-il continué. Dans mes cours, j'annonce à mes élèves qu'ils seront payés à la ligne. Plus ils développent leurs dissertations, plus ils ont de chances d'obtenir une bonne note.

Il poursuivait sa quête pour découvrir le soubassement des phénomènes. Peut-être pourrait-il m'aider à démêler ce que je vivais avec Carine.

– Est-ce que tu as d'autres thèmes prévus dans tes chapitres pour Rhizosphère ? ai-je repris.

– Quelques-uns, oui.

– Et l'amour, tu l'as mis au programme ?

– Non, il comporte trop de formes différentes.

– Une racine commune doit quand même exister ?

Jérôme a posé son menton sur sa main dans la position du penseur et m'a scruté comme s'il cherchait à identifier la cause philosophique de ma question.

– Toi, tu as quelque chose à me raconter, a-t-il déclaré.

– J'ai rencontré quelqu'un. Je pense que cette fois, c'est vraiment du sérieux.

Il m'a fixé d'un air intrigué. Je lui ai expliqué comment j'avais connu Carine, sans omettre la phase de flottement vis-à-vis d'Élodie. Il a paru sur le point d'émettre une remarque, mais finalement il s'est abstenu de tout commentaire.

– Je vais te montrer une photo, ai-je ajouté.

Je lui ai tendu mon portable. Il a observé un instant l'image de Carine avant de lever les yeux vers moi.

– Elle est très belle, mais comment peux-tu être sûr que tu l'aimes au-delà de son apparence ? a-t-il demandé.

– Au fond, je n'en sais rien. Ce dont je suis certain, c'est qu'aucune femme ne m'a touché comme elle.

– Te laisser émouvoir représente la première étape, mais il faudra bien plus. L'amour n'est jamais donné, il doit se construire. Ce qui exige à la fois de l'altruisme, de l'intelligence et beaucoup de volonté.

– Merci pour tes encouragements, ça fait toujours plaisir.

Mon ami a poussé un soupir en me lançant un regard d'excuse. Il a dû se rendre compte que ce n'étaient pas les paroles que j'attendais.

– Je n'avais pas l'intention de jouer les rabat-joie, a-t-il dit. Je suis heureux que tu t'engages sur cette voie, et je te promets de te soutenir si tu as besoin de moi.

Il m'a rendu mon téléphone. Le visage de Carine qui semblait sourire à un paysage lointain s'affichait encore sur l'écran.

J'ai déjà tenu un journal intime. Je devais avoir treize ans et je lui racontais ma vie tous les soirs, c'était devenu un rituel presque obsessionnel qui a duré environ six mois. Il y avait un garçon, évidemment, mais j'écrivais surtout pour ne pas me perdre. Mon corps et mes perceptions s'étaient transformés sans prévenir et ces changements me paniquaient. Les phrases que j'inscrivais dans le petit carnet bleu servaient à calmer mes angoisses. En cherchant les mots justes pour décrire ce que je ressentais, je créais un espace protecteur face aux émotions à vif qui menaçaient de me submerger. L'objet de ma flamme n'a jamais su que j'étais amoureuse de lui, et encore moins que je me touchais en imaginant qu'il promenait ses lèvres partout sur moi. Je me caressais plusieurs fois de suite et je finissais épuisée, souvent en larmes malgré ou à cause de la jouissance, affolée par la puissance de ce désir qui montait de mes entrailles. Le journal m'aidait à surnager.

Le garçon a déménagé à la fin de l'année scolaire et j'ai abandonné le carnet au fond d'un tiroir avant de le faire disparaître. Ni ma première relation sexuelle, ni mes histoires d'amour adolescentes, ni aucun des événements marquants qui ont jalonné ma vie de femme n'ont suscité à nouveau ce besoin impérieux de m'épancher par écrit. Il n'était jamais réapparu jusqu'à aujourd'hui. Vingt ans plus tard, je noircis cette page avec au creux du ventre la même crispation annonciatrice de danger qui me tenaillait à l'époque. Les circonstances sont très différentes, mais je dois reconnaître que j'ai déjà compris pourquoi je suis obligée d'écrire. Maintenant comme alors, un homme me donne le sentiment d'être débordée par mon corps.

Ce n'est pas l'intensité du plaisir qui m'effraie. J'aime jouir et je n'en ai jamais eu honte. Ce qui me fait peur, c'est l'idée que lui seul est capable de provoquer ces extases qui me laissent à la fois émerveillée et perdue, avec juste l'envie de recommencer le plus vite possible. Avant de me marier et après mon divorce, j'ai eu des partenaires qui ont su me combler. Et si Michel s'est montré un conjoint insupportable au quotidien, je suis obligée d'admettre qu'il faisait très bien l'amour. Jusqu'à présent, j'avais toujours estimé que ma vie érotique était épanouie. Mais depuis cette rencontre, un univers insoupçonné s'est dévoilé à moi.

L'état dans lequel il me met n'est pas lié à des techniques particulières qu'il maîtriserait mieux que d'autres, ni à des pratiques nouvelles qu'il m'aurait fait expérimenter. Je pense que si quelqu'un nous observait, il ou elle considérerait que les scènes sont plutôt banales dans une relation intime entre adultes pas trop coincés. Et pourtant, je me sens vibrer comme le verre en cristal juste avant que la voix du chanteur d'opéra ne le fasse éclater. Cela dit, la comparaison est plutôt malvenue car il devient pratiquement muet dès que nous commençons à nous enlacer. Je me demande d'ailleurs si son silence ne joue pas un rôle dans l'envoûtement qu'il provoque. Raison de plus pour mettre des mots sur ce qui m'arrive. La vérité, c'est que je pourrais faire n'importe quoi pour continuer à recevoir ses caresses. Je crains de perdre le contrôle de mon existence si je me laisse aller. Je ne veux pas raconter ma vie à un psy et je n'ai pas d'amie suffisamment proche à qui je pourrais me confier. Ce journal est ma seule planche de salut.

La première fois que nous avons fait l'amour, j'ai pensé à son comportement au restaurant. J'avais été troublée par sa manière de manger. Il portait les aliments à sa bouche d'une façon rapide et décidée, presque avide, puis il les savourait longuement tout en m'observant. Il mâchait avec lenteur sans me quitter du regard. Son attitude aurait pu paraître effrontée, mais j'y avais plutôt vu l'envie de m'associer à son plaisir gustatif, comme s'il avait voulu mélanger les sensations que lui procurait la nourriture avec celles qui lui venaient de ma présence.

J'ai eu une impression similaire quelques heures plus tard dans sa chambre lorsqu'il a senti mon désir et s'est approché de moi. Il a déboutonné mon chemisier avec des gestes directs et efficaces.

Ensuite, il a posé doucement ses mains sur le haut de mes seins et m'a fixée droit dans les yeux. Il guettait dans les miens l'effet provoqué par son contact. J'ai attendu qu'il poursuive, mais il semblait juste vouloir apprécier chaque élément de la scène que nous étions en train de vivre. On aurait dit qu'il cherchait à prolonger indéfiniment ce moment pour goûter à sa quintessence. J'ai eu le sentiment qu'il m'invitait à faire de même. Nous étions face à face et il me regardait sans un mot, en suivant du bout des doigts le mouvement que ma respiration imprimait à ma poitrine. J'ai pensé qu'il percevait peut-être les battements de mon cœur et cette idée m'a mise mal à l'aise. J'ai essayé sans succès de rester aussi imperturbable que lui. La situation était trop surprenante, son immobilité durait trop longtemps, il fallait que quelque chose se passe. J'ai attiré son visage vers moi et je l'ai embrassé.

Mon acte a totalement modifié son comportement. Il a empoigné ma nuque pour me coller à lui dans un baiser passionné et sa langue a envahi ma bouche pendant qu'il cherchait à tâtons la fermeture éclair de ma jupe. Il a ôté mes vêtements si rapidement que je me suis retrouvée nue sans avoir l'occasion d'opposer une résistance. Ce n'est pas que je souhaitais l'empêcher de parvenir à ses fins, mais j'aurais préféré qu'il prenne son temps comme il paraissait savoir si bien le faire. Je me sentais mal à l'aise debout devant lui dans le plus simple appareil. Je me suis blottie dans le lit et je l'ai regardé se déshabiller, ce qui ne lui a pas demandé plus de quelques secondes. Quand il m'a rejointe, je m'attendais à ce qu'il ralentisse un peu l'allure de nos ébats. J'imaginais que notre découverte mutuelle passerait par des attouchements, des caresses langoureuses, une exploration sensuelle qui pousserait le désir à son paroxysme.

Il a soulevé les draps, mais il n'a jeté qu'un bref coup d'œil à ma nudité. D'habitude, les hommes s'attardent sur mes jambes, c'est une partie de mon corps dont je suis fière. Il ne leur a pas accordé la moindre attention. Il a juste écarté mes cuisses, et son sexe est immédiatement venu s'appuyer avec insistance contre le mien. Peut-être avait-il deviné à quel point j'avais envie de lui.

Il a agrippé mes hanches et m'a prise sans autre préambule, avec un étonnant mélange d'assurance et de douceur. J'ai poussé un gémissement de plaisir quand il s'est glissé en moi. Il a posé ses mains de chaque côté de mon torse et s'est mis à bouger, lentement au début, puis à une cadence plus soutenue. J'ai senti son souffle accélérer. Il ne m'a pas lâchée des yeux depuis le moment où il m'a pénétrée. Ses va-et-vient commençaient à produire un effet très agréable lorsqu'il s'est arrêté d'un coup.

J'ai d'abord pensé qu'il avait joui, mais son membre toujours aussi dur malgré son immobilité m'a convaincue de mon erreur. J'espérais qu'il reprendrait au plus vite. Il s'est contenté de demeurer sans bouger, son visage à quelques centimètres du mien. Il me fixait comme s'il cherchait à s'imprégner dans les plus petits détails des nuances de mon expression. J'ai réalisé qu'il ne s'agissait pas d'une simple pause. Pour lui, cette contemplation faisait partie de l'ensemble, il y puisait son excitation. Il a continué à me scruter sans esquisser un geste. La frustration provoquée par cet interlude devait se lire sur mes traits, mais sa seule réponse a été une ébauche de sourire.

Je lui en ai voulu de m'obliger à reprendre l'initiative. Je me suis mise à onduler du bassin, afin de l'inciter à réagir. Il répondait à peine et se forçait manifestement à rester figé. J'ai tenté de donner plus d'amplitude à mes mouvements, mais son corps pesait sur le mien. J'avais beau me cambrer le plus possible, sans son aide je ne parvenais pas à retrouver les sensations que je cherchais. Je n'ai pas eu d'autre choix que de continuer sans m'occuper de lui. J'ai allongé ma main vers mon sexe et j'ai commencé à me caresser. D'habitude, je suis réticente à le faire devant un nouveau partenaire. C'est un acte qui implique un grand degré d'intimité et je n'ai aucun penchant pour l'exhibitionnisme, mais il m'avait poussée à bout.

J'ai détourné la tête pour me concentrer sur mes perceptions. J'étais consciente qu'il m'observait, mais j'ai pu faire progressivement abstraction de sa présence. Je me suis focalisée sur les ondes de bien-être qui montaient de mon bas-ventre. Juste à ce moment, il a paru se réveiller au fond de moi. Il s'est mis à donner des coups de boutoir toujours plus rapides, calquant son rythme sur mes mouvements. Je ne me souviens pas précisément des instants qui ont suivi. Je me trouvais dans un état second et tout ce qui comptait était d'atteindre ma jouissance. Je crois que j'ai crié quand elle est enfin arrivée. C'était l'une des plus fortes que j'ai vécues.

Lorsque j'ai repris mes esprits, j'ai été frappée par son regard. Il m'examinait avec la même intensité que durant nos ébats, mais dans son expression le désir avait cédé la place à une autre dimension. J'ai imaginé que c'était de la satisfaction et je me suis dit qu'il était simplement fier de sa performance. Mais en le dévisageant, j'ai eu l'intuition que la lueur au fond de ses yeux allait au-delà du contentement, elle ressemblait plutôt à une véritable joie. Il a suivi le contour de mes lèvres avec son index, puis a effleuré ma poitrine. Sa main a glissé lentement sur la pellicule de sueur qui recouvrait mes seins, puis il s'est mis à caresser mes cuisses et mes genoux avec des mouvements empreints de douceur. On aurait dit des préliminaires à l'envers. Je me suis tournée vers lui et il est resté un moment contre moi, son bras étendu sur mes fesses. Il a attendu que ma respiration retrouve un rythme normal, puis il a posé un baiser léger sur ma bouche avant de se lever pour aller vers la salle de bains.

Je n'avais pas envie de bouger, je voulais savourer pleinement cette béatitude qui émanait de tout mon corps. Je me suis repassé le film des événements afin de prolonger mon plaisir. En me remémorant son comportement pendant que nous faisions l'amour, je me suis rendu compte qu'il avait dirigé les opérations du début à la fin. Il était aux commandes même lorsque j'avais eu l'illusion de prendre les devants. Il m'avait amenée exactement où il voulait. Mais j'ai aussi compris qu'il s'était montré constamment attentif à mes réactions. Il m'avait donné le premier rôle dans un scénario qu'il avait écrit exprès pour moi. Et il l'avait réalisé de manière à nous guider tous les deux vers l'apogée de nos sensations. J'avais adoré ça.

L'emprise qu'il exerce sur moi s'est installée progressivement au fil de nos rencontres suivantes. Notre complicité érotique est vite devenue évidente. Depuis le début, il sait comment me guider vers un point précis dont je n'arrive toujours pas à définir la nature exacte, mis à part qu'il se traduit par une jouissance à la fois physique et mentale que je n'avais jamais connue auparavant. Son intensité et ses formes varient, mais l'essence du phénomène est présente à chaque fois. C'est une sorte de ravissement qui me saisit lorsque je m'abandonne à lui. Je ne pense pas qu'il s'agit de soumission, en tout cas pas au sens où elle est présentée habituellement. Je n'ai aucunement le fantasme d'être celle qui se plie à ses ordres. Je garde mon libre arbitre, mais il existe des règles implicites qui sont claires pour nous deux. Par exemple, ce n'est jamais moi qui décide quand nous faisons l'amour. Lorsque nous nous retrouvons au lit c'est parce qu'il l'a voulu, même si je peux refuser ses avances quand je ne suis pas d'humeur. Et si je l'amène parfois à me prodiguer les caresses que j'attends, c'est seulement parce qu'il l'estime opportun. Il accepte mes initiatives dans la mesure où elles cadrent avec ses plans. L'image qui me semble la plus adéquate est celle d'une valse où c'est toujours lui qui guide. Mais cela ne suffit pas à expliquer l'effet qu'il exerce sur moi. Tout cela est-il lié au fait que je suis tombée amoureuse, ou est-ce que je confonds mes sentiments et mon envie de lui ?

Ma soif de vivre ces sensations n'a pas cessé de grandir depuis notre première soirée. Mais après quelques semaines, il s'est mis à diminuer la fréquence de nos rapports. On dirait qu'il cherche à exacerber mon désir. Je dois prendre du recul, sinon je suis perdue. J'espère que rédiger ce journal m'aidera à déchiffrer ce qui se passe. Je vais décrire uniquement les situations les plus intenses, quand cette espèce d'enchantement m'envahit. Tout se joue quand nos corps se touchent, le reste n'a que peu d'importance.

IV

Je me sentais soulagé d'avoir pu confier à Élodie ce qui m'était arrivé, même si sa réaction m'avait paru plutôt abrupte. Je pensais qu'il lui faudrait un peu de temps pour s'adapter à la nouvelle situation, mais je gardais la conviction que nous pouvions demeurer amis et continuer à collaborer. Je lui étais reconnaissant pour tout ce qu'elle m'avait apporté, aussi bien dans le domaine privé que professionnel. J'imaginais que nous retrouverions progressivement nos marques en privilégiant notre passion commune pour la restauration. Aussi ai-je été très surpris lorsque juste après la visite de Jérôme, elle s'est présentée à mon bureau pour m'annoncer qu'elle démissionnait.

– Ce n'est pas possible, ai-je répondu. Assieds-toi. Il faut qu'on discute.

– Je préfère rester debout. J'aimerais juste que tu me donnes l'autorisation de partir tout de suite. Comme la fermeture d'été approche, tu auras le temps de te retourner.

– Écoute, je comprends que tu sois fâchée. Mais ce n'est pas une raison pour laisser tomber. Prends quelques jours pour réfléchir.

– J'y ai réfléchi toute la nuit, figure-toi. Je ne veux plus mettre les pieds ici. Je vais enfin penser à moi.

– Qu'est-ce que tu veux dire ?

Elle m'a toisé pendant quelques secondes en silence. Sa poitrine se soulevait à un rythme rapide et j'ai senti qu'elle se retenait pour ne pas céder à l'émotion.

– Pendant tout le temps qu'a duré notre relation, est-ce que tu t'es demandé au moins une fois comment je la vivais ? a-t-elle repris.

– J'ai toujours eu l'impression qu'elle te convenait. On passait des bons moments.

– Et tu n'as jamais imaginé que je pouvais rêver d'autre chose ? Par exemple construire un avenir tous les deux ?

– Si c'était le cas, pourquoi tu ne m'en as pas parlé ?

– Qu'est-ce que ça aurait changé ? Tu te serais juste enfui plus vite.

Sa voix était soudain montée dans les aigus. Elle a respiré un grand coup pour tenter d'évacuer ses tensions. Je ne l'avais jamais vue aussi près de perdre son calme.

– Je suis vraiment désolé, ai-je déclaré. Tu comptes beaucoup pour moi, Élodie. Nous avons ouvert l'Agape ensemble et tu m'as aidé pendant presque douze ans. On ne va pas tout casser d'un coup. Qu'est-ce que je dois faire pour que tu restes ?

– Tu pourrais commencer par doubler mon salaire.

Je l'ai observée pour m'assurer qu'elle me proposait sérieusement cette solution. Je me préparais à lui confirmer que j'étais d'accord, mais l'expression douloureuse qui a envahi ses traits m'a retenu.

– Tu es vraiment incroyable, a-t-elle lâché. Contente-toi de m'envoyer le papier qui me libère de mon contrat.

– Et ensuite ?

– Je présenterai ma candidature chez Dumel. Il cherche quelqu'un pour le service en salle à ce qu'il paraît. J'ai toujours rêvé de travailler dans un restaurant étoilé.

Elle m'a décoché cette flèche, puis a quitté la pièce sans me dire au revoir. Je n'ai pas réussi à me concentrer sur mes tâches après son départ. La question qu'elle m'avait posée s'était plantée au centre de mes pensées et refusait d'en bouger. Depuis le jour où nous étions devenus amants, je m'étais persuadé qu'elle appréciait la situation. Elle ne m'avait pas donné le moindre indice qu'elle avait besoin de plus. Au contraire, elle semblait se réjouir de nos rencontres et se montrait heureuse à chacune de nos retrouvailles. Pourtant, sa réaction révélait qu'elle aurait souhaité un autre engagement de ma part. Alors pourquoi avait-elle gardé le silence? Apparemment, elle craignait qu'une remise en cause de notre accord n'entraîne mon départ. Elle avait patienté en espérant que mes sentiments pour elle finiraient par ressembler à de l'amour. Elle devait surtout attendre que je prenne conscience des siens. Mais je ne m'étais jamais interrogé sur ce qu'elle éprouvait, parce que l'idée qu'elle était contente de ce que nous partagions m'arrangeait bien. Si Carine n'était pas apparue, ma relation avec Élodie aurait peut-être évolué vers une vie de couple tranquille et sans passion, comme celle de Jérôme et Valérie. Maintenant, il me faudrait supporter sa rancune en souhaitant qu'un jour elle parvienne à ne plus m'en vouloir.

J'en étais là dans mes réflexions lorsque Julien, mon second, a entrouvert la porte du bureau. Il semblait préoccupé. Je lui ai demandé ce qui l'amenait et il m'a annoncé que notre apprenti lui causait des soucis. J'avais engagé Antoine Talmont deux ans auparavant pour renforcer l'équipe au moment de transformer l'Agape en restaurant gastronomique. Je savais, en lui confiant le poste, qu'il n'était pas le meilleur des candidats. Pourtant, quelque chose dans son attitude m'avait décidé à lui donner sa chance. Peut-être parce qu'il me rappelait ce jeune camarade que je n'avais pas su défendre à l'époque où je débutais. Comme lui, Antoine avait une longue silhouette un peu voûtée et des gestes gauches. Sa lenteur risquait de lui causer des difficultés dans l'atmosphère stressante d'une cuisine, mais j'avais aussi perçu chez lui une grande motivation et un esprit créatif qui l'aideraient à surmonter les obstacles. Je n'avais pas eu à regretter mon pari, puisque Talmont avait jusque-là réussi sa formation sans encombre. Il venait de recevoir les bons résultats de ses examens alors que les vacances d'été se profilaient en fin de semaine. Je ne voyais donc pas ce qui inquiétait Julien.

– Assieds-toi et raconte, ai-je dit.

– J'ai l'impression qu'Antoine passe beaucoup de temps dans la réserve, et aussi aux toilettes. Il a toujours son portable sur lui. Je crois qu'il en profite pour visiter des sites internet.

– Tu penses à quoi ? Du porno ?

– Je n'en sais rien. Mais ce n'est pas normal qu'il disparaisse aussi longtemps.

– Tu lui en as parlé ?

– Non. Je voulais d'abord avoir ton avis.

Mon second était un excellent cuisinier, mais il détestait autant les conflits que les situations délicates. Il espérait probablement que je prenne l'affaire en main.

– Je vais m'en occuper, ai-je dit. Merci de m'avoir prévenu.

L'air soulagé de Julien m'a confirmé que j'avais vu juste. J'ai quitté le bureau pour partir à la recherche de mon apprenti que j'ai effectivement trouvé dans la réserve. Il était assis dans un coin, près des bouteilles d'huile, et manipulait son téléphone. Il a sursauté quand il m'a aperçu, puis il s'est levé avec sa lenteur habituelle. Un mélange de crainte et de réprobation s'est imprimé sur sa figure. Comme s'il me reprochait de l'avoir débusqué tout en redoutant ma réaction.

– Qu'est-ce que tu fabriques ici ? ai-je demandé d'un ton qui se voulait neutre.

– Je regardais des messages.

– Pourquoi tu le fais en t'isolant pendant tes heures de travail ?

Talmont m'a lancé un coup d'œil étonné. Il s'était probablement attendu à ce que je le questionne en premier sur le genre de contenu qu'il consultait. Il a plissé son front marqué par l'acné dans un effort de réflexion.

– C'est comme un médicament, a-t-il répondu après un moment. Ça me calme et ensuite je fonctionne mieux.

– Tu comprends que j'ai besoin de savoir en quoi consiste ce médicament ?

– Je crois que oui.

– Es-tu d'accord de me le dire ?

Antoine a baissé la tête. Il est resté silencieux quelques secondes avant d'acquiescer.

– Je vais sur des forums pour *incels*, a-t-il déclaré. Quand je lis les discussions, je me sens moins seul. Alors ma colère baisse un peu et j'arrive à me concentrer sur le boulot.

– Attends. Pas trop vite. Pourquoi tu es en colère ? Et que signifie incels ?

– On peut s'asseoir ?

Mon apprenti semblait mal à l'aise debout en face de moi. J'ai failli lui proposer de venir dans mon bureau, mais j'ai pensé qu'un cadre informel lui conviendrait mieux. Je me suis installé sur le sol à côté de lui, entre les huiles et les farines. Il a commencé d'une voix hésitante, puis son ton s'est affermi quand il s'est rendu compte que je ne le jugeais pas. Il m'a d'abord expliqué que le terme incels était une abréviation de l'expression anglaise *involuntary celibates* qui désignait les hommes ne parvenant pas à trouver de partenaire féminine pour des relations sexuelles ou amoureuses. Certains d'entre eux avaient créé des groupes sur internet avec l'objectif de mettre en commun leurs expériences. Talmont visitait régulièrement ces forums qui permettaient aux membres de partager leur frustration d'être laissés de côté sur le marché de la séduction, et aussi leur hargne envers les personnes attirantes. Je l'observais du coin de l'œil pendant qu'il racontait son histoire. Son visage osseux à la peau très blanche se crispait à mesure qu'il avançait dans sa confession. Ses lèvres minces avaient pris une teinte presque rouge qui donnait à sa bouche l'aspect d'une balafre.

– Voilà, a-t-il conclu. Je suis en rogne d'avoir tiré les mauvais numéros. Pas assez beau ou assez malin pour que les filles s'intéressent à moi. Je risque de passer ma vie tout seul parce que je n'ai pas reçu ce qu'il fallait, et je trouve que c'est dégueulasse. Chez les incels, je me sens compris. Ça m'aide à ne pas exploser.

Son témoignage m'a laissé sans voix. Depuis mon adolescence, j'avais toujours considéré que les relations avec l'autre sexe faisaient partie des bienfaits naturels de l'existence. En écoutant mon apprenti, j'ai perçu pour la première fois la rage et le désespoir de ceux qui n'y avaient pas accès. Comme un touriste bien nourri qui, au détour d'une rue dans une ville étrangère, tombe sur des gens affamés et doit affronter leur regard.

– Comment peux-tu être sûr que tu ne rencontreras jamais personne ? lui ai-je demandé.

– Sans vouloir vous manquer de respect, c'est vraiment une question de *chad*, a-t-il répliqué.

Devant ma mimique interrogative, il m'a précisé que dans le jargon incel, les chads sont les mâles alpha qui suscitent sans effort le désir des femmes, simplement parce qu'ils ont été favorisés par la loterie génétique. Je me suis demandé quels sentiments je pouvais lui inspirer s'il me voyait de cette façon.

– Il y a des filles qui se montrent sensibles à d'autres qualités, ai-je repris. Par exemple la gentillesse.

– J'ai essayé, mais ça ne fonctionne pas. Les jolies vont toujours vers les chads, même s'ils sont cons et méchants. Alors on se met à les détester et aussi à se détester soi-même. Et on finit par avaler la pilule noire.

– Tu m'expliques ?

– Ça veut dire qu'on ne cherche plus à s'en sortir. On accepte que tout est foutu et on se laisse aller vers la dépression, ou parfois la violence. Il y a des incels qui ont tué des gens.

– Je croyais que visiter ces sites était une sorte de médicament pour toi. Cette pilule me semble plutôt nocive, non ?

– Je ne veux pas la prendre pour l'instant.

– Donc tu n'as pas encore abandonné ?

Antoine est resté silencieux. Il paraissait hésiter à admettre qu'il gardait un espoir, comme si cet aveu risquait de lui porter malheur. Je lui ai tendu la main pour l'aider à se relever. Nous nous sommes retrouvés face à face. Il m'a fixé brièvement de ses yeux d'un bleu laiteux, puis a baissé la tête en attendant que je statue sur son comportement.

– Je te propose un contrat, ai-je déclaré. Au lieu de visiter les forums des incels, tu viens discuter quinze minutes avec moi une fois par semaine, sur tes heures de travail.

– Pour parler de quoi ?

– De la vie, des femmes, de toi. Tu as le choix. Tout ce que tu me raconteras restera entre nous. Peut-être que les conseils d'un vieux chad te feront du bien. Qu'en penses-tu ?

Il m'a lancé le même regard étonné qu'au début de notre entretien. Je me suis demandé si je n'étais pas allé trop vite en besogne. Il aurait peut-être mieux valu l'encourager à consulter un psy ou prendre contact avec ses parents. Étant donné le statut qu'il m'attribuait, nos conversations pourraient facilement tourner à l'aigre. Alors que j'étais plongé dans ces réflexions, il m'a annoncé qu'il était d'accord.

De retour dans mon bureau, j'ai commencé à rédiger le certificat qu'avait exigé Élodie, mais mes pensées ont rapidement dévié. Je revoyais l'expression de souffrance boudeuse qui déformait les traits d'Antoine pendant qu'il me confiait ses tourments. Les incels partageaient sur les forums leur amertume face à la répartition inéquitable de la séduction. Ils considéraient la satisfaction de leurs besoins sexuels et affectifs comme un dû. Rien ne justifiait qu'ils n'aient pas accès aux corps et aux cœurs des femmes alors que d'autres hommes y avaient droit. Pourrai-je faire comprendre à mon apprenti que derrière ce sentiment d'injustice se dissimulaient beaucoup d'égoïsme et une vision déformée des relations ? La remarque de Jérôme sur le piège des réseaux sociaux et de leur format court m'est revenue à l'esprit. J'étais convaincu que Talmont avait un bon fond, mais je redoutais qu'il ne se laisse piéger par la rhétorique simpliste et malsaine de la pilule noire. En même temps, je me sentais mal placé pour lui faire la morale, moi qui avais toujours obtenu plutôt aisément les faveurs de l'autre sexe. La confession d'Antoine avait aussi contribué à ébranler ma vision épicurienne du rapport avec les femmes. Je m'apercevais que ma philosophie en la matière était celle d'un privilégié, ou pire, d'un imposteur. Élodie m'avait brutalement révélé que l'échange de plaisirs que j'avais institué comme fondement de notre couple n'avait jamais suffi à la contenter. Mais pendant deux ans, j'avais décidé de croire qu'elle n'en demandait pas plus pour éviter de me remettre en question.

Ces réflexions m'ont ramené à Carine. Durant la période où j'avais caché son existence à Élodie, nous nous étions vus régulièrement. Au début, nous avions fait l'amour presque à chaque fois. Mais j'avais progressivement espacé nos relations intimes. Il y avait plusieurs raisons à cela. La première était ma culpabilité envers Élodie qui augmentait à mesure que mes liens avec Carine se développaient. En fréquentant la jeune agente immobilière comme un simple ami, je pouvais plus facilement me convaincre que je ne commettais rien de répréhensible. Mais la cause principale de mes accès d'abstinence se trouvait ailleurs. Paradoxalement, elle venait de la forte connexion sexuelle que j'avais très vite sentie entre Carine et moi. Je m'étais toujours considéré comme un adepte inconditionnel de la jouissance, pourtant l'intensité de notre lien sensuel m'avait perturbé. La rencontre de Carine avait représenté pour moi un véritable bouleversement. Et même si je ne parvenais pas encore à saisir clairement ce que j'éprouvais pour elle, je souhaitais aller bien plus loin que la recherche commune de plaisir. C'était l'âme de Carine que je voulais voir toute nue, et je craignais que mon attirance pour son corps ne fasse obstacle à cette quête. Plus prosaïquement, je me demandais aussi ce qu'elle ressentait envers moi. Elle semblait apprécier les moments que nous vivions, particulièrement ceux passés au lit, mais nous n'avions ni l'un ni l'autre évoqué nos sentiments. Pour la première fois, j'avais peur qu'une femme attende moins que moi d'une relation. Ne pas coucher ensemble me permettait de vérifier qu'elle était prête à s'engager. J'avais besoin de signes, et les nuits que nous partagions sans sexe en faisaient partie. Ce soir-là, j'avais justement rendez-vous avec elle après mon travail.

Je suis venu à bout de mes tâches administratives, sans oublier d'envoyer à Élodie le document qu'elle m'avait réclamé, puis je me suis concentré sur la bonne marche de la cuisine. J'ai quitté l'Agape vers 22h30 en laissant à Julien le soin de fermer. Après une douche rapide, j'ai pris le chemin de Genève. Carine habitait dans un quatre-pièces au dernier étage d'un immeuble entièrement rénové au bout de la rue d'Ermenonville, avec une superbe vue sur le Rhône qui coulait sous les falaises de Saint-Jean. Elle me recevait volontiers chez elle sans me tenir rancune de ne pas avoir acheté l'appartement qu'elle avait mis en vente avec son ex-mari. J'avais hésité car le logement me plaisait, mais l'idée de dormir dans une chambre où elle avait fait l'amour dans les bras d'un autre m'avait dissuadé. Elle a mis un peu de temps à ouvrir après mon coup de sonnette et je me suis demandé à quoi elle était occupée. Quand je suis entré dans le salon, j'ai constaté qu'elle avait préparé un plateau de chocolats assortis et que deux verres étaient posés sur la table basse. Elle s'est dirigée vers le bar et en a sorti une bouteille de Glenfarclas.

– J'ai pensé que tu n'aurais pas eu le temps de prendre ton dessert, a-t-elle expliqué.

Elle était vêtue d'une robe à fleurs en mousseline qui tombait jusqu'à ses chevilles. La lumière douce de la lampe posée près du canapé se reflétait dans ses yeux. En la dévisageant, je me suis rendu compte à quel point elle m'avait manqué. Nous nous sommes assis et elle a porté un toast.

– Merci de m'accueillir aussi tard, ai-je dit. Mes horaires ne sont pas très compatibles avec la vie sociale.

– J'espère quand même avoir une place à part dans ton réseau de relations, a-t-elle répondu en me lançant ce regard indéchiffrable dont elle me gratifiait parfois.

J'ai dégusté un praliné pour me donner une contenance. J'avais une folle envie de la prendre dans mes bras et de la couvrir de baisers. C'est la perspective de trop m'exposer qui m'a retenu. J'aurais aussi aimé lui parler de ma discussion avec Élodie afin qu'elle sache que désormais plus aucun obstacle ne s'interposerait entre nous, mais mon mensonge initial me condamnait au silence sur ce sujet. Alors je lui ai raconté ma conversation dans la réserve avec Antoine. Elle m'a écouté tout en sirotant son whisky et m'a posé quelques questions sur la terminologie des incels.

– Pauvre garçon, a-t-elle commenté lorsque j'ai terminé. Tu crois que tu pourras l'aider ?

– Le dialogue risque d'être difficile. Il me perçoit comme un chad. Pour lui, je suis un privilégié qui n'appartient pas à son monde.

– Il a raison. Il fait partie des victimes du féminisme alors que tu t'en sors plutôt bien.

– Qu'est-ce que tu veux dire ?

Carine a croqué un chocolat avant de préciser son opinion. Selon elle, la lutte contre la domination masculine devait apporter à toutes les femmes la liberté de coucher avec qui elles voulaient. Mais ce combat ne mettait en danger que les hommes peu attirants. Dans la sphère hétérosexuelle, les mâles séduisants réussiraient toujours à attirer les partenaires qu'ils convoitaient. En revanche, ceux qui plaisaient moins risquaient de se retrouver bredouilles, alors qu'auparavant ils parvenaient malgré tout à leurs fins grâce au poids des contraintes sociales, religieuses ou financières.

– La mort du patriarcat n'empêchera pas les beaux gosses de continuer à triompher, a-t-elle conclu. À condition qu'ils soient subtils. Si les hommes ne peuvent plus imposer leurs envies, on les autorise encore à les montrer. Mais ils ont intérêt à s'y prendre d'une manière acceptable, ou on leur tapera sur les doigts. À ce jeu-là, les chads intelligents seront facilement gagnants.

– Tu me classes dans cette catégorie ?

Carine m'a adressé un sourire qui a dévoilé ses incisives. Elle a froncé légèrement son joli nez dans une mimique que j'avais appris à reconnaître et qui apparaissait généralement lorsqu'elle abordait un point important.

– À mon avis, tu as compris que le désir doit garder sa part de mystère, a-t-elle déclaré. Quand on le révèle, on devient vulnérable, non ?

Je n'ai pas répondu. Je savais que nous nous retrouverions au lit si j'en prenais l'initiative. Elle attendait juste un signal de ma part. J'ai décidé de m'abstenir. Tant qu'elle ne m'ouvrirait pas sa véritable intimité, le sexe ne servirait qu'à brouiller les pistes.

– J'aimerais passer du temps avec toi, ai-je repris. L'Agape ferme après-demain pour la pause d'été. J'ai quelques travaux à surveiller, mais je serai libre à partir du début août. Nous pourrions partir une semaine en vacances tous les deux.

– On irait où ?

– J'imaginais visiter la Côte d'Azur. Si j'ai ton feu vert, je m'occupe de tout.

– D'accord. Le lieu et les dates me conviennent. En ce qui concerne le reste, je te fais confiance.

Je lui ai annoncé que je devais rentrer car ma journée du lendemain commençait tôt. Elle n'a pas manifesté de déception, mais quand nous nous sommes embrassés sur le pas de la porte, elle s'est collée contre moi. J'ai senti la douceur chaude de ses seins à travers le tissu et je me suis demandé si elle voulait me donner un aperçu de ce à quoi j'avais renoncé.

J'aurais aimé avoir l'avis de Jérôme sur le phénomène des incels, mais il devait déjà naviguer en direction de l'Espagne. Il faudrait aussi que j'attende pour qu'il m'aide à démêler mes réflexions au sujet de ma vie sentimentale, je devais me débrouiller seul. Nous sommes partis pour Cannes le samedi 3 août. J'avais loué un bel appartement dans un immeuble résidentiel à la rue du Lys. Carine a apprécié en connaisseuse le vaste salon avec son balcon qui offrait une vue splendide sur le port et la plage. Le début de notre séjour m'a fait penser à des colocataires qui partagent leur logement depuis peu de temps et apprennent à vivre ensemble. Chacun était attentif à ce que tout se passe bien. Carine a accepté avec entrain le programme touristique que j'avais préparé. Nous avons déambulé sur la Croisette, arpenté la rue d'Antibes, visité le marché de Forville et grimpé les venelles du Suquet. Elle s'est montrée d'excellente humeur tout au long de ces journées, nous avons mangé dans des restaurants de très bon niveau, mais à aucun moment nous n'avons eu une discussion intime. De retour dans notre résidence, nous prenions un dernier verre en admirant la mer, puis nous allions nous coucher. Elle ne m'a jamais montré ostensiblement qu'elle avait envie de moi et je me suis comporté de la même façon. Malgré cette atmosphère particulière, je ne sentais pas de tension entre nous. Il m'a semblé que Carine consentait à attendre mon bon vouloir pour nos retrouvailles sexuelles. Mais j'avais besoin d'elle afin d'y parvenir et je n'arrivais pas à le lui dire.

Mardi, nous avons opté pour une excursion à Grasse. Nous en sommes revenus avec dans les yeux le souvenir des toiles de Fragonard, et le nez empli des nombreux parfums que nous avions humés. Le jour suivant, j'ai emmené Carine à Saint-Paul-de-Vence. Nous nous sommes promenés sur les remparts avant d'aller voir la tombe de Marc Chagall. Depuis le début de la semaine, le ciel était resté aussi bleu que les tableaux du peintre. J'ai proposé à Carine de nous rendre sur le parvis de la chapelle Sainte-Claire afin d'y admirer la reproduction du couple dessiné par l'artiste qui était placée sur un lutrin face au paysage. Nous avons contemplé en silence le portrait de ces amoureux qui s'étreignaient avec en arrière-plan les collines de Provence. Après quelques instants, elle m'a adressé un sourire indécis dans lequel j'ai cru percevoir une interrogation qui nous concernait. J'ai entouré son visage de mes mains avant de l'embrasser. Ce soir-là, elle s'est lovée contre moi et a caressé doucement mon torse sans prononcer un mot alors que nous étions allongés dans le lit. J'ai hésité, puis je l'ai enlacée. Elle a blotti sa tête au creux de mon épaule et m'a cherché du regard. J'ai posé un baiser chaste sur son front pour lui faire comprendre que nous ne ferions pas l'amour. Elle a poussé un léger soupir avant de se pelotonner sous la couverture. Au bout de quelques minutes, le rythme de sa respiration est devenu plus régulier et elle s'est endormie.

Le lendemain, alors que nous profitions d'une grasse matinée, j'ai à nouveau tenté d'approcher cette part de Carine qui me restait inaccessible. Elle m'avait raconté les grandes lignes de son parcours. Je savais qu'elle avait suivi une formation commerciale avec une spécialisation dans l'immobilier, que ses parents vivaient en Italie et son frère aux États-Unis, qu'elle avait divorcé cinq ans auparavant, mais j'avais besoin de pénétrer plus loin dans sa vie et je n'avais toujours pas réussi.

– Je voudrais que tu me parles de toi, ai-je dit en effleurant les boucles de ses cheveux blonds.

– Je ne suis pas très douée pour ça. Tu peux me poser tes questions et je répondrai.

Sa réplique m'a pris de court. « Est-ce que tu m'aimes ? » était la phrase qui me brûlait les lèvres, ou « que signifie cet air perdu que tu as parfois ? ». Mais il me paraissait impossible de les prononcer.

– Est-ce que tu te sentais amoureuse quand tu t'es mariée ? ai-je fini par demander.

Ses yeux brun-vert m'ont observé avec une surprise manifeste. Elle a réfléchi un moment en fronçant le nez.

– Sur le moment, évidemment que oui, a-t-elle déclaré. Mais avec le recul, je me demande si je n'avais pas confondu mes sentiments avec mon attirance physique pour Michel. En tout cas, je me suis rendu compte assez vite que nous n'étions pas compatibles au quotidien.

Cette explication ravivait mes doutes. Je n'ai pas pu m'empêcher de penser que Carine répétait peut-être le même schéma. Ce qu'elle éprouvait envers moi se résumait-il à une complicité sexuelle ? Je suis resté muet, plongé dans mes conjectures. Mon silence n'a pas semblé la troubler. Elle s'est étirée, puis m'a dévisagé.

– Bon, si l'interrogatoire est déjà terminé on pourrait passer au tourisme, a-t-elle lancé. On va où aujourd'hui ?

Nous avons visité Antibes et Nice, puis le lendemain Saint-Raphaël et Saint-Tropez. Comme au début de notre séjour, Carine se montrait aussi joyeuse que détendue. Pour ma part, j'essayais de faire bonne figure malgré mes préoccupations. Nos discussions tournaient autour des beautés de la côte, des peintures de Matisse ou de l'architecture provençale. Nous avons dormi comme un vieux couple sans qu'elle tente le moindre attouchement. Elle plongeait rapidement dans le sommeil et j'écoutais sa respiration en réfléchissant à notre avenir. Ce que j'appréhendais le plus était de revivre ma relation avec Élodie de manière inversée. Je n'avais pas l'intention d'attendre deux ans avant qu'un jour Carine m'annonce qu'elle avait rencontré quelqu'un, tout en me remerciant pour les moments sympathiques partagés. Je comprenais mieux pourquoi Élodie ne m'avait jamais parlé de ses sentiments. L'idée de révéler à Carine que je l'aimais et de m'entendre répondre que ce n'était pas réciproque me paraissait insupportable. D'ailleurs, étais-je vraiment amoureux ou simplement fasciné par ce mystère que je pressentais en elle ? Pour le découvrir, il fallait que je l'aide à se livrer.

L'avant-dernière nuit de notre séjour, alors que l'insomnie me guettait, une pensée s'est soudain présentée à mon esprit. J'avais probablement choisi la mauvaise option depuis le début. En évitant le plus possible de coucher avec elle, j'avais espéré découvrir Carine sans que la sensualité ne brouille mes perceptions. Mais l'instant où le corps atteint l'apogée de la jouissance est aussi celui où l'on ne peut plus se cacher. Il n'existe pas de plus grande communion que celle de deux amants qui s'offrent cette vision l'un à l'autre. Si j'amenais Carine vers ce sommet, peut-être pourrais-je accéder au tréfonds de son être. Je lui ai proposé de célébrer dans notre résidence la fin des vacances. Le dernier soir, j'ai préparé pour elle des filets de rougets au coulis de tomates accompagnés d'artichauts poivrades. Nous avons mangé dans le salon en admirant le coucher de soleil sur le port. J'avais soigneusement dressé la table sur laquelle j'avais allumé trois bougies dont les flammes faisaient briller les paillettes vertes dans les yeux de Carine. Elle a dégusté ma recette avec appétit et m'a complimenté pour ma cuisine. Après le repas, je lui ai fait l'amour. J'ai mis toutes mes caresses au service de son plaisir. Je voulais me consacrer entièrement à elle pour qu'elle se laisse emporter par ses sensations. J'imaginais qu'ainsi elle m'ouvrirait une porte sur son univers le plus intime. J'ai beaucoup aimé la contempler et j'ai été frappé par la lumière qui émanait d'elle pendant ces moments. On aurait dit que le sexe la rendait encore plus belle. Mais son orgasme ne nous a pas rapprochés comme je l'espérais. Quand j'ai plongé mon regard dans le sien, je n'y ai rien vu d'autre que du contentement.

Le voyage de retour s'est déroulé dans cette atmosphère de camaraderie tranquille que je ne savais plus si je devais craindre ou apprécier. Une fois arrivés devant son appartement, Carine m'a dit qu'elle avait adoré ces quelques jours passés ensemble. Nous nous sommes embrassés sur le pas de sa porte, puis je suis rentré chez moi. J'avais l'impression d'être un explorateur égaré qui n'avait pas su déchiffrer le chemin vers la cité d'or.

Jérôme avait heureusement terminé sa croisière juste avant que je revienne de Cannes. Lorsque je l'ai appelé, il m'a proposé un match de tennis dimanche en début d'après-midi au parc sportif des Évaux. Mon ami était déjà en train de s'échauffer lorsque je l'ai rejoint. Il m'a accueilli avec une accolade. Je l'ai questionné sur son voyage et il m'a brièvement décrit les étapes principales de son tour de la Méditerranée avec Valérie. Le circuit l'avait intéressé, même s'il avait regretté l'absence de Mathilde qui était restée à Genève pour préparer son entrée à l'Université. J'ai constaté qu'il avait bronzé.

– On dirait que tu n'es pas resté enfermé tout le temps dans ta cabine, ai-je noté.

– J'admets que j'ai accompagné ma femme pour quelques bains de soleil sur le pont. Mais j'ai aussi avancé sur mon bouquin. Quelles nouvelles de ton côté ?

– J'ai besoin de tes lumières pour comprendre les derniers événements.

Nous nous sommes assis côte à côte sur les chaises au bord du terrain. J'ai d'abord expliqué à Jérôme comment Antoine m'avait fait découvrir la triste philosophie des incels, ensuite je lui ai parlé de mes vacances avec Carine et de mes interrogations par rapport à elle. Il m'a écouté en silence. Il tapotait des doigts sur le manche de sa raquette en gardant un air concentré.

– Il y a effectivement matière à analyse, a-t-il commenté. Je vais laisser reposer tout ça pendant le match. Le cerveau fonctionne mieux quand on lui donne des moments de répit. Je te livrerai les résultats après t'avoir battu à plate couture.

– Tu as toujours été un rêveur.

J'ai remporté le premier set six à quatre. Les services de Jérôme manquaient de puissance, ce qui m'a permis de réussir plusieurs retours le long de la ligne qui ont sapé sa confiance. Nous nous sommes désaltérés avant de poursuivre la partie. La journée était étouffante et l'air semblait vibrer de chaleur. Mon ami s'est versé une partie de sa bouteille d'eau sur la tête. Il s'est ébroué comme un jeune chiot, puis il a bu à grandes gorgées en observant le court avec attention, comme s'il y cherchait la solution pour reprendre l'avantage.

– Cette fois-ci, je vais te laminer en un temps record, ai-je lancé pour le taquiner.

– J'ai prévu un article sur les sports de balle dans mon livre, a-t-il annoncé sans se démonter.

– Tu as trouvé la racine du tennis ?

– Pas seulement. Mon raisonnement vaut aussi pour le football, le volley, le rugby et les autres jeux d'équipes.

– Alors, quel est leur point commun ?

– En fin de compte, il s'agit toujours d'une affaire de géométrie. Les gagnants sont ceux qui dessinent la bonne trajectoire. Et tu en auras la démonstration tout de suite.

Il s'est imposé six à trois dans la deuxième manche en trouvant des angles impossibles sur son coup droit. J'ai eu beau pilonner son revers, il renvoyait mes attaques et concluait les échanges par des accélérations qui me mettaient hors de position. J'espérais rebondir lors du set final, mais il n'a pas relâché son emprise et je me suis effondré rapidement. Il a gagné avec facilité en terminant par un six à deux sec et sonnant. Son large sourire lorsque nous

nous sommes serré la main témoignait de sa fierté d'avoir renversé la situation. Je l'ai félicité et lui ai proposé de prendre une bière sur la terrasse du restaurant des Évaux. Le soleil d'août brillait avec dureté dans le ciel uniformément bleu, l'abri des parasols nous promettait un répit bienvenu. J'ai attendu que le serveur apporte nos boissons avant de demander à Jérôme son avis sur ce que je lui avais raconté.

– Je crois qu'il y a un lien entre les deux sujets, a-t-il répondu.

– Les incels d'Antoine et mes questions sur Carine ?

– Oui. Dans les deux cas, le rapport au désir se trouve à la racine.

Il a dégusté une gorgée de Kronenbourg en me laissant méditer sur cette révélation. J'ai attendu patiemment qu'il se décide à poursuivre. Je connaissais sa tendance à théâtraliser ses développements.

– Il existe une divergence philosophique fondamentale entre les hédonistes et les stoïciens, a-t-il repris. Les premiers estiment qu'il faut toujours viser le plaisir, alors que les seconds basent leur vie sur la maîtrise des pulsions. Toi et les incels, vous êtes du côté des hédonistes.

– Tu me mets dans le même panier que des mâles en rut qui exigent la satisfaction de leurs besoins ?

– Il y a évidemment une différence. Les incels considèrent les femmes comme des moyens pour combler leur frustration, ce qui est moralement indéfendable. Tu devras d'ailleurs aider ton apprenti à en prendre conscience. Pourtant, si on creuse tout au fond, la ressemblance apparaît aussi. Tu fais passer ton envie de percer le mystère de Carine avant ses souhaits à elle. Donc, tu places ton contentement au premier plan, comme les incels. Tu pourrais aussi te dire que ta compagne se dévoilera quand elle sera prête, et consacrer ton temps à l'aimer le mieux possible en attendant. Mais ce serait une position plutôt stoïcienne.

J'ai eu l'impression que Jérôme avait reproduit dans notre conversation le déroulement de notre match de tennis. Il avait pris l'ascendant sans contestation possible. Ses arguments me paraissaient irréfutables et j'ai choisi de me réfugier un moment dans le silence. J'ai parcouru des yeux les alentours de la terrasse. Des tables de ping-pong étaient alignées sur la pelouse un peu plus loin. À l'une d'entre elles, deux adolescents s'affrontaient dans une partie acharnée. J'entendais le staccato de la petite balle blanche qui rebondissait sur la table d'un côté à l'autre du filet et je voyais les joueurs lâcher leurs coups avec toute leur rage de vaincre. Les théories des stoïciens devaient probablement les laisser de marbre. Jérôme a suivi la direction de mon regard. Il s'est retourné pour observer les jeunes gens qui s'en donnaient à cœur joie, puis m'a de nouveau dévisagé.

– J'espère que tu ne prends pas mes remarques comme des critiques, a-t-il déclaré. J'essaie juste de montrer les dangers de l'hédonisme. Est-ce que tu connais l'écrivain français Nicolas Chamfort ?

– Je n'ai pas cet honneur.

– Il estimait qu'une vie bien menée se résume à jouir et faire jouir, sans causer de tort ni à soi ni à autrui. Je ne suis pas certain que la première partie de sa devise suffise à fonder une morale. En revanche, je suis sûr que si on oublie la seconde, on ouvre la porte à toutes les dérives.

– Tu as raison, mais personne ne peut se comporter à chaque instant comme un sage.

– Voilà pourquoi les amis sont précieux. À propos, j'ai un service à te demander. Je vais commencer mes cours de la rentrée avec ma classe de terminale par l'étude des épicuriens. Est-ce que tu serais d'accord de venir nous présenter ta vision de la gastronomie ? Ton témoignage illustrerait la théorie par un exemple concret.

Le projet de Jérôme ne m'a pas convaincu d'emblée. La perspective de me retrouver devant un groupe de lycéens ne m'enchantait guère. Mais il semblait beaucoup tenir à son idée et il l'a défendue avec toute sa force de persuasion. J'ai fini par accepter en me disant que cette incursion dans son quotidien me sortirait de ma routine. Nous avons terminé nos bières et nous nous préparions à partir lorsqu'un long cri de victoire a retenti. L'un des adolescents avait mis un terme à la partie de ping-pong par un smatch gagnant. Il s'est mis à danser autour de la table en bombant le torse pendant que l'autre le poursuivait. Leurs rires ont résonné jusqu'à nous. Mon ami semblait intrigué par leur exubérance.

– La première chose que j'expliquerai à tes élèves, c'est qu'un bon repas s'apprécie mieux à plusieurs, ai-je repris. Les stoïciens peuvent penser ce qu'ils veulent, je reste persuadé que partager du plaisir renforce les liens.

– Je me réjouis de t'écouter.

– En tout cas, je tiens à te remercier. Je vois que tu essaies de m'aider dans ma relation avec Carine et ça me fait du bien.

Jérôme a hoché la tête avec lenteur comme s'il méditait mes paroles, puis il s'est levé et a posé une main sur mon épaule dans un geste fraternel.

– Je suis persuadé que si tu te montres assez patient, tu trouveras ton chemin vers elle, a-t-il affirmé.

J'essaie de rassembler mes esprits pour raconter ce qui est arrivé l'autre soir, mais il m'est difficile de garder la distance nécessaire. Pour le dire tout net, le simple fait de me rappeler la scène me donne envie de me toucher. Il m'avait proposé un digestif après le repas qu'il m'avait préparé et je l'attendais assise sur le canapé. Il m'a tendu mon cognac et est resté debout à déguster le sien au lieu de s'installer à mes côtés. J'ai fait de mon mieux pour ne pas lui montrer que son comportement m'intriguait. Il a terminé son verre et l'a posé sur la table. Au lieu de se redresser, il s'est agenouillé brusquement devant moi. J'ai guetté son expression pour comprendre la raison de ce geste, mais il gardait les yeux baissés.

Après un instant, il a avancé sa main et a soulevé délicatement ma jambe gauche en la tenant par la cheville. Il a enlevé mon escarpin et a porté mon pied à sa bouche. Il l'a d'abord juste effleuré, comme pour un baisemain. On aurait dit un chevalier prosterné devant sa reine. Il est resté dans cette position pratiquement sans bouger pendant un long moment. Sa tête était penchée dans une attitude qui ressemblait à du recueillement. Il a fini par tourner son regard vers moi et, tout en m'observant, il s'est mis à embrasser mes orteils. Il passait de l'un à l'autre en les suçotant doucement, puis recommençait. J'ai frissonné lorsque sa langue s'est insinuée entre eux, avant de parcourir toute la surface de ma voûte plantaire. Il a promené mon pied sur son visage en continuant à le lécher à petits coups. La sensation était troublante, non seulement parce qu'elle se situait à l'exacte limite entre le plaisir et l'agacement d'un chatouillis, mais aussi parce qu'il explorait pour la première fois cette partie de mon corps que j'ai toujours considérée comme très intime.

Il a peut-être voulu me donner un temps de répit et a quitté la zone sensible. Il s'est attardé sur mon mollet, puis il a progressé jusqu'au genou en déposant de petits baisers. Ensuite, il a saisi mon autre jambe et a procédé pratiquement à l'identique, mais en poursuivant son chemin bien plus haut. Il est arrivé jusqu'à ma robe qu'il a soulevée pour s'ouvrir un passage. Le frôlement de ses lèvres douces et chaudes sur l'intérieur de ma cuisse a provoqué des fourmillements jusque dans ma nuque. Je crois qu'il s'est rendu compte de l'état d'excitation dans lequel je me trouvais. Il a posé sa bouche sur mon slip et l'a gardée collée au tissu jusqu'à ce qu'il soit complètement trempé. Ses caresses étaient délicieuses et j'attendais avec impatience de les sentir directement sur moi pour réussir à jouir. Il devait en être conscient, mais il s'obstinait à ne pas retirer cette fine barrière de soie qui m'empêchait d'atteindre mon orgasme. J'ai reconnu sa tactique habituelle et j'ai décidé de ne pas me laisser faire.

Je l'ai repoussé presque brutalement et je me suis dénudée aussi vite que possible, avant de m'asseoir à nouveau sur le canapé, jambes écartées dans une posture volontairement provocante. Il était resté sagement agenouillé et son expression ne révélait rien de ses intentions. J'ai attiré sa tête contre moi, en espérant qu'il consentirait à poursuivre. Il a continué comme si de rien n'était. Je me suis concentrée sur sa langue qui pénétrait au cœur de mon intimité. Il savait parfaitement comment procéder pour me conduire à l'extase. J'ai dû l'alerter par l'accélération de mes mouvements ou par mes halètements car juste au moment où les vagues de mon plaisir allaient prendre leur essor, il s'est soudain reculé. Il était évident qu'il l'avait fait exprès. J'ai failli hurler de frustration.

Il m'a fixée avec dans ses pupilles une petite lueur malicieuse. Sans me quitter des yeux, il a passé sa main à plusieurs reprises sur mon sexe, jusqu'à ce que sa paume soit humectée par la liqueur de mon désir. Puis il a commencé à pétrir doucement mes seins avec cet onguent. L'indécence manifeste de ses gestes avait un côté grisant qui s'ajoutait aux sensations qu'ils provoquaient. Il a de nouveau glissé ses doigts entre mes cuisses. J'ai frémi à leur contact et je me suis tendue vers lui. Il s'est redressé et a approché son visage du mien avec une lenteur calculée, comme s'il voulait me donner le temps de me préparer à ce qui allait arriver.

Avec son index, il a étalé ma rosée sur le bord de mes lèvres avant de me donner un long baiser enivrant qui avait le goût salé de mon propre sexe. Puis il s'est mis à embrasser ma figure, mon cou et ma poitrine jusqu'à les baigner de salive. Son souffle sur la pellicule humide qui recouvrait ma peau m'a donné le sentiment d'être un petit animal dont on faisait la toilette. Il y avait quelque chose de primitif, mais aussi de terriblement érotique dans ces retrouvailles avec l'univers des gestes primordiaux. J'ai dû pousser un gémissement d'abandon qu'il a immédiatement perçu. Il a de nouveau plongé vers mon clitoris et ses caresses m'ont amenée très vite à un orgasme sauvage qui m'a secouée de soubresauts.

Alors que j'étais encore en train de jouir, il s'est dressé devant moi et m'a contemplée sans dire un mot. Puis, il a extrait son membre de son pantalon et il n'a fallu que quelques secondes avant qu'il ne pousse un cri rauque en arrosant ma poitrine. J'ai eu envie d'étaler son ondée sur moi pour la mélanger à ma sueur et à sa salive. Je voulais être trempée, de la surface de mon corps jusqu'au fond de mon ventre qui palpitait toujours de plaisir. J'éprouvais une sorte de plénitude à me sentir imprégnée par tous ces liquides. J'ai fermé les yeux pour mieux savourer cet instant. Lorsque je les ai ouverts à nouveau, j'ai vu qu'il s'était reboutonné et me fixait avec attention.

Je me suis rendu compte que tout au long de nos ébats, il n'avait ôté aucun de ses habits. J'ai brusquement eu honte de me retrouver devant lui nue et moite, alors qu'il me toisait entièrement vêtu. J'ai pensé que je lui avais peut-être paru vulgaire ou pire, carrément obscène. Mais quand j'ai examiné son expression, je n'y ai pas décelé de réprobation. Il avait le même air de chevalier servant qu'au moment où il embrassait mes pieds. Son regard semblait vouloir me dire que je restais une reine à ses yeux, peu importait si je m'étais abandonnée à mes instincts les plus primaires. J'en ai d'abord éprouvé du soulagement, puis je me suis demandé s'il n'avait pas élaboré l'ensemble du scénario pour me pousser justement à ça.

J'ai rassemblé mes vêtements éparpillés sur le tapis du salon et je me suis levée. Il m'a effleuré le bras d'un geste neutre lorsque je suis passée à côté de lui pour me diriger vers la salle de bains. J'ai refermé la porte derrière moi et en me retournant j'ai surpris mon reflet dans le miroir. Je me suis approchée pour observer cette femme qui venait de jouir sans aucune retenue. J'ai passé lentement ma main sur mes seins encore humides tout en regardant ma silhouette. J'ai vu un sourire se dessiner sur mon visage et je me suis trouvée belle.

Après avoir réglé la température de la douche, j'ai réfléchi à ce qui venait de se passer. Le mélange d'excitation et de frustration qu'il savait manier avec une habileté consommée m'avait conduite à oublier toute pudeur. Il m'avait incitée à me comporter de manière presque animale parce qu'il voulait contempler mon désir à l'état brut. Et une fois de plus, il m'avait fait découvrir des émois inédits. En me savonnant avec le produit de soins aux senteurs d'agrumes, je me suis prise à regretter l'odeur de salive et de sperme qui s'effaçait de ma peau.

V

Durant la période qui a suivi, j'ai été accaparé par la réouverture de l'Agape. Il m'a fallu notamment composer le nouveau menu et trouver une remplaçante à Élodie. J'ai auditionné de nombreuses candidates sans parvenir à arrêter mon choix. C'est de nouveau Simon Adler qui m'a aidé à trouver la solution. Il se préparait à prendre sa retraite après une carrière qu'il avait presque entièrement passée à l'Impérial où il occupait encore pour quelques mois le poste de second. Lorsque je l'ai appelé, il m'a conseillé de contacter Sophie Lacroix. Elle venait de quitter son poste de cheffe de rang chez lui car son objectif était de poursuivre dans un établissement de taille plus modeste. Nous avons immédiatement sympathisé. C'était une femme de mon âge qui avait non seulement de l'expérience, mais aussi une énergie hors du commun et un sens des relations forgé durant vingt ans de travail dans le service. J'ai compris qu'elle saurait diriger le personnel de salle avec l'efficacité et le doigté que je recherchais.

Je ne suis pas passé chez Carine pendant quelques jours. Mes obligations au restaurant n'étaient pas la seule raison de ce délai. Je me posais beaucoup de questions après ma discussion avec Jérôme et il me fallait un peu de temps pour mettre mes idées au clair. Après réflexion, j'ai dû admettre que je m'étais laissé submerger par mon envie de découvrir l'intimité de cette femme dont je me sentais tomber amoureux. Je craignais de m'être comporté avec elle comme une espèce de voyeur. Cette idée ne m'a pas quitté quand nous nous sommes retrouvés, même si Carine paraissait toujours aussi heureuse de partager des moments avec moi.

Je me reprochais d'avoir voulu accéder à son espace privé sans me préoccuper d'elle. J'ai décidé de tout reprendre depuis le début. Durant plus de deux semaines, je me suis arrangé pour éviter que nous couchions ensemble. Nous avons seulement échangé quelques sages baisers de jeunes fiancés. Fidèle à son habitude, elle n'a pas semblé se formaliser devant mon changement de conduite. Je lui en ai été reconnaissant parce que j'avais besoin d'un nouveau départ dans notre relation. Je souhaitais lui faire une cour romantique, lui offrir des cadeaux, apprendre à la connaître dans le respect de son propre rythme et m'approcher d'elle à petits pas, en attendant l'occasion où je pourrais lui parler de mes sentiments. Cet état d'esprit a duré jusqu'à ma présentation devant les élèves de Jérôme.

Le lycée de Malerive préparait une centaine d'étudiants au baccalauréat, de la troisième à la terminale. C'était un bâtiment de trois étages aux murs de briques grises. Les longues fenêtres rectangulaires placées à intervalles réguliers sur ses façades lui donnaient un air vaguement hautain. L'édifice au toit de tuiles rouges, à l'origine probablement une maison de maître, trônait au milieu d'un parc planté d'un grand orme à l'ombre duquel les étudiants révisaient parfois leurs leçons. Jérôme et Valérie y travaillaient depuis plus de vingt ans, pourtant je n'avais jamais visité les locaux. Il m'était arrivé de venir chercher mon ami à la fin de sa journée, mais je l'avais toujours attendu devant le perron. En ce début d'après-midi, j'ai franchi pour la première fois l'entrée de l'établissement avec lui. Nous avions mangé à l'Agape pour finaliser les détails de mon intervention et j'avais pu apprécier la minutie avec laquelle il préparait ses cours. Une fois à l'intérieur, il m'a brièvement présenté à la responsable de l'accueil, puis nous avons emprunté le bel escalier de pierre qui menait au deuxième étage où se trouvait sa classe. Nous avons fait une halte dans le couloir. On entendait le brouhaha des élèves qui avaient déjà pris leurs places. Jérôme m'a lancé un regard qui se voulait rassurant.

– Tu n'es pas trop stressé ?

– Ça devrait aller, j'ai l'habitude du public. La restauration est aussi un métier de contact. Et tu es là pour m'aider en cas de besoin.

– En tout cas, merci encore d'avoir accepté. C'est important pour moi.

– Bon, on entre en scène ?

Mon ami a ouvert la porte et je me suis engouffré dans la salle après lui. Le silence s'est établi d'un coup dès notre apparition. Les yeux des élèves se sont braqués sur moi et j'y ai lu une bonne dose de curiosité. Je les ai observés pendant que Jérôme leur disait quelques mots sur mon parcours. Ils étaient une vingtaine, installés deux par deux à des tables en bois clair. Leurs visages reflétaient un niveau d'attention qui m'a semblé convenable étant donné l'heure propice aux siestes digestives. Mon ami a fini de me présenter, puis il a pris une craie sur son bureau.

– La présence de notre invité ne doit pas nous faire oublier le rituel, a-t-il déclaré. Rappelons-nous encore quelles vérités recherche la philosophie.

Plusieurs mains se sont levées. Jérôme a désigné une jeune fille vêtue d'un T-shirt mauve assise près de la fenêtre.

– Que puis-je connaître ? Que dois-je faire ? Que m'est-il permis d'espérer ? a récité l'adolescente.

– Merci Léa de nous avoir remis en mémoire les questions fondamentales posées par Emmanuel Kant.

Mon ami a noté les trois interrogations au tableau noir et a souligné celle du milieu.

– Dans le chapitre qui concerne notre manière de nous comporter, nous allons aujourd'hui analyser l'hédonisme, a-t-il repris. Cette approche considère que nos actions doivent viser en priorité le plaisir. Vous connaissez son représentant le plus célèbre. Il s'agit d'Épicure qui a vécu entre 342 et 270 avant Jésus-Christ. Contrairement à une opinion répandue, il ne fixait pas la jouissance comme objectif, mais plutôt l'absence de souffrance. À une époque plus récente, le courant utilitariste fondé par l'Anglais Jeremy Bentham dans les années 1780 représente une autre forme d'hédonisme. Il estimait que pour avoir une valeur positive, un acte doit apporter du contentement au plus grand nombre. Retenez encore un nom : Aristippe de Cyrène. C'est le plus ancien représentant du courant hédoniste. Il est né en 435 avant Jésus-Christ et a été disciple de Socrate. Il définissait le bonheur comme une simple accumulation de plaisirs et exhortait à jouir du moment présent plutôt que de rechercher des satisfactions futures. Nous aurons l'occasion d'examiner dans les prochains cours l'œuvre de ces trois penseurs. Mais d'abord, voyons un exemple concret à travers la gastronomie. Je passe la parole à Monsieur Denis Granier.

J'ai commencé mon exposé en racontant comment j'aidais ma mère à préparer son omelette aux lardons. J'espérais faire comprendre à mon public l'importance du partage dans la cuisine. J'ai expliqué que le but principal de mon travail était de réunir des personnes autour d'une table pour qu'elles apprécient ensemble les saveurs du repas.

– On retrouve Bentham, a commenté Jérôme. Procurer du plaisir au plus grand nombre.

– Quand on regarde les tarifs, on ne peut pas dire que les restaurants haut de gamme sont ouverts à tout le monde, a objecté un garçon assis au premier rang.

J'ai observé l'élève qui venait d'intervenir. Il portait un sweat à capuche rouge framboise et souriait tranquillement. Son visage aux traits harmonieux était marqué par un nez au profil de statue grecque et des yeux d'un bleu intense. Plusieurs filles s'étaient tournées vers lui. Mon apprenti Antoine l'aurait sûrement qualifié de chad.

– Sans me prononcer sur la profondeur de votre remarque, je vous rappelle, Quentin, qu'ici on demande la permission avant de s'exprimer, a rétorqué mon ami.

L'adolescent a esquissé un geste d'excuse sans paraître autrement perturbé. J'ai décidé de le mettre dans mon camp.

– La gastronomie va bien au-delà de la cuisine étoilée, ai-je répondu. Il y a des plats simples qui peuvent apporter autant de plaisir que des menus très élaborés, à condition de les préparer avec les meilleurs ingrédients et de les déguster dans la convivialité. Je fournirai volontiers à votre professeur quelques adresses d'établissements tout à fait abordables où vous pourrez manger avec vos camarades.

Quentin a acquiescé avec enthousiasme. J'ai poursuivi en évoquant le paradoxe de l'art culinaire où l'on consacre de longues heures à préparer des recettes qui seront dégustées en quelques minutes. Jérôme a fait le lien avec Aristippe de Cyrène et son hédonisme de l'instant présent. Je me sentais à l'aise devant cette classe appliquée qui m'écoutait décrire ma passion. J'avais rarement l'occasion de développer les réflexions que m'inspirait mon métier et j'étais reconnaissant à mon ami de m'avoir offert cette opportunité. J'arrivais au terme de mon témoignage lorsque la jeune fille assise à côté de Quentin a levé la main. De longs cheveux blonds qui ressemblaient à ceux de Mathilde encadraient sa figure. J'avais noté qu'elle en tortillait une mèche autour de son index pendant mon exposé.

– Je vous écoute, ai-je dit.

– J'aimerais revenir sur cette théorie de Bentham, les actes qui doivent apporter du contentement au plus grand nombre. Je voudrais savoir qui vous incluez dans cette notion.

– Le plus de gens possible, évidemment.

– Et les animaux ?

– Je ne comprends pas.

– Les animaux peuvent avoir mal ou éprouver du plaisir comme nous. Si on les prend en compte, on constate que votre activité contribue à la séquestration et à l'assassinat d'une majorité d'êtres vivants. C'est immoral.

Elle s'était exprimée avec une voix ferme, mais son timbre vibrait d'une émotion difficilement contenue. Elle pinçait les lèvres en me fixant d'un regard brûlant. J'étais abasourdi et je me suis tourné vers Jérôme. Il s'est placé à mes côtés, comme pour me protéger de l'agressivité qui émanait de l'adolescente.

– Océane met sur la table, si j'ose m'exprimer ainsi, la position du philosophe australien Peter Singer, a-t-il noté. C'est un disciple de Bentham qui a élargi sa logique au monde animal. D'après lui, le plaisir de l'amateur de hamburger ne peut pas justifier la souffrance des bœufs qui ont été abattus pour confectionner les steaks hachés. En conséquence, l'éthique hédoniste nous commande de devenir végétariens. Est-ce que quelqu'un souhaite contribuer au débat ?

J'ai remarqué plusieurs élèves qui se parlaient à l'oreille au fond de la classe, mais tous ont détourné les yeux devant le regard interrogateur de leur enseignant. Ils ne souhaitaient visiblement pas entrer dans l'arène. L'ambiance générale s'était tendue d'un coup. Océane a poussé son avantage.

– Si on condamne le sexisme, le racisme et l'homophobie, il faut aussi se battre contre le spécisme, a-t-elle affirmé. Toutes les créatures sensibles méritent d'être considérées sur le même plan. Nous devons arrêter de nous servir des animaux comme des objets. Dans vos plats gastronomiques, il y a des êtres vivants qu'on a transformés en cadavres après les avoir fait souffrir !

– La discussion est toujours utile quand elle se déroule dans le respect, a tempéré Jérôme. Mes cours ont pour but de vous apprendre à dialoguer en échangeant des arguments, au lieu de considérer ceux qui ne suivent pas votre avis comme des ennemis ou des inférieurs. Et puisqu'il n'est pas bon d'abandonner un sujet sans option alternative, j'aimerais proposer à Océane, ainsi qu'à vous tous, de méditer sur la question suivante. Pourquoi l'homme, qui selon les antispécistes est simplement un animal comme un autre, n'aurait-il pas le droit de manger d'autres espèces alors que tous les carnivores le font ?

Un brouhaha ponctué de quelques rires a parcouru l'audience. Océane a levé la tête vers son professeur avec dans les yeux une flamme de colère impuissante. Elle s'est tournée vers moi.

– N'empêche qu'à mon avis, vous êtes un salaud, a-t-elle murmuré juste assez fort pour que nous l'entendions. Au sens de Sartre, bien sûr, a-t-elle ajouté en lançant à Jérôme un regard de défi.

La sonnerie qui annonçait la fin du cours a retenti opportunément. Mon ami a annoncé que la réflexion se poursuivrait la semaine suivante et m'a remercié de ma participation. Les élèves ont commencé à gagner la sortie en rangs serrés. Quentin m'a salué d'un signe de la main. Sa voisine a détourné la tête en passant devant moi.

– Ils ont une heure de gymnastique, m'a soufflé Jérôme à l'oreille. Ça va leur permettre de se défouler.

Il m'a observé d'un air navré et m'a tapoté l'épaule dans un geste de réconfort. L'expression qui se lisait sur mon visage devait lui montrer à quel point j'étais troublé.

– Je suis désolé de l'incident avec Océane, a-t-il repris. C'est une fille très intelligente, mais elle se laisse parfois emporter.

– Qu'est-ce qu'elle entendait par salaud au sens de Sartre ?

– Les existentialistes sont persuadés que chaque homme naît libre et qu'il peut, à tout moment de sa vie, faire le choix de se transformer. D'après Sartre, le salaud est celui qui nie cette possibilité à la fois pour lui et pour les autres. En d'autres mots, une personne qui refuse de changer sa vision d'elle-même ou du monde.

– Tu crois que je corresponds à cette définition ?

– Évidemment non ! Ne te prends pas la tête avec cette histoire. Les adolescents sont assoiffés d'idéal et ça les rend parfois injustes. On en reparlera si tu veux, mais là je dois y aller. J'ai un cours qui débute dans deux minutes au troisième étage.

Il m'a donné une brève accolade avant de se diriger d'un pas pressé vers l'escalier. Je suis resté seul dans la salle vide, complètement déboussolé. Ce n'était pas uniquement le fond du débat sur le régime alimentaire qui m'avait perturbé. Il arrivait de plus en plus souvent que des clients demandent des plats sans viande et je n'excluais pas de composer prochainement un menu entièrement végétarien. Mais pour moi, il s'agissait juste d'une stratégie visant à suivre l'évolution du public. Jusque-là, je n'avais pas imaginé que le problème puisse se poser en termes moraux. Je me fournissais essentiellement auprès de producteurs qui pratiquaient un élevage respectueux du bien-être animal, mon attitude me semblait donc correcte. L'intervention d'Océane m'avait mis face à l'idée que le simple fait d'utiliser des animaux pour se nourrir pouvait être considéré comme répréhensible. Je ne l'avais jamais envisagé, et même si je ne partageais pas cette opinion, son surgissement me questionnait. Je sentais qu'un autre élément avait aussi contribué à mon désarroi, mais je ne parvenais pas à le cerner. Je me suis mis à marcher de long en large dans la classe tout en réfléchissant à ce qui s'était passé. Lorsque je me suis retrouvé près du tableau noir, mes yeux sont tombés sur les lignes que Jérôme y avait écrites. J'ai relu les trois interrogations fondamentales de la philosophie et je me suis dit qu'elles avaient occupé les plus grands esprits depuis des siècles sans qu'aucune réponse définitive n'ait été trouvée. Je me suis demandé si mon malaise ne venait pas de la certitude que j'avais perçue dans les propos d'Océane. L'adolescente semblait avoir reçu une véritable révélation et se préparer à la croisade. Je craignais qu'elle ait de la peine à mettre en œuvre les préceptes de Jérôme sur le respect de l'opinion d'autrui. En me remémorant sa figure et ses longues mèches blondes, j'ai repensé à Mathilde. Je n'avais plus vu ma filleule depuis pas mal de temps et j'ai soudain eu envie de passer un moment avec elle. Je voulais aussi entendre son avis sur ce qui venait de m'arriver. Je savais par Jérôme qu'elle avait déménagé à Genève en vue de ses études à l'Université. Il m'avait appris qu'elle louait un appartement avec une amie à la rue de Monthoux. Je l'ai appelée pour lui proposer de prendre un verre en ville. Le plaisir qu'elle a manifesté en recevant mon téléphone m'a fait du bien. Elle m'a donné rendez-vous une demi-heure plus tard au Punchline, un café situé près de chez elle.

Lorsque j'ai pénétré dans l'établissement, un rapide coup d'œil m'a suffi pour constater que j'étais le plus âgé des clients. Aucun d'entre eux ne semblait avoir plus de trente ans. L'ambiance m'a paru sympathique et décontractée. La plupart des consommateurs étaient assis autour d'un bar en forme de carré placé au centre du local. À l'intérieur du quadrilatère, plusieurs serveurs en tablier noir prenaient les commandes et les préparaient avec une efficacité tranquille. J'ai passé en revue les personnes autour du comptoir ainsi que celles installées aux tables disséminées dans la salle, mais je n'ai pas trouvé trace de Mathilde. J'allais me mettre à la recherche d'une place, lorsqu'un mouvement près de la fenêtre du fond a attiré mon attention. J'ai fini par reconnaître ma filleule qui me faisait signe. Elle arborait une coupe à la garçonne d'un roux flamboyant. Je l'ai embrassée sans chercher à dissimuler mon étonnement.

– Qu'est-ce qui t'est arrivé ? ai-je dit en m'asseyant.

– Une envie d'évoluer. Ça ne te plaît pas ?

Ses cheveux courts mettaient en valeur l'ovale de son visage et leur nouvelle teinte s'accordait parfaitement avec le vert émeraude de ses yeux. Elle m'a semblé resplendissante, mais j'ai eu l'impression de me trouver devant une inconnue.

– Tu es très jolie, ai-je répondu. J'ai juste été surpris. Jérôme ne m'avait pas parlé de ton look. Il a réagi comment ?

– Il n'avait pas l'air enchanté. Alors je lui ai demandé si on était d'accord sur l'idée que mon corps m'appartenait. Il n'a pas insisté. Les arguments philosophiques font toujours mouche avec lui. En plus, maman était de mon côté. Elle estime que ça me donne plus d'éclat.

Nous nous sommes absorbés un moment dans la lecture de la carte. Mathilde m'a annoncé qu'on devait aller chercher les consommations au bar. Je m'en suis chargé et je suis revenu après quelques minutes avec le cocktail qu'elle avait choisi et un verre de Chardonnay. Nous avons poursuivi la conversation en dégustant nos boissons. Elle a évoqué ses cours à l'Université qui commençaient dans deux semaines. Elle s'était inscrite à la Faculté des lettres avec pour objectif de se spécialiser en linguistique. Notre dernière rencontre avait eu lieu juste avant que je fasse la connaissance de Carine, mais ma filleule avait plus changé pendant ces quelques mois que durant toute son adolescence. C'était à présent une jeune adulte qui me faisait face. Son avis sur les affirmations d'Océane m'intéressait d'autant plus. Je lui ai raconté l'altercation en quelques mots et j'ai attendu ses commentaires.

– Moi aussi je surveille mon alimentation, a-t-elle précisé. Je ne mange plus de viande, juste du poisson de temps en temps.

– Pour des questions de morale ?

– Pas en priorité. Je considère que c'est meilleur pour ma santé. Mais le plus important, c'est de lutter contre le réchauffement climatique. L'élevage du bétail produit presque le quinze pour cent des gaz à effet de serre.

J'avais déjà entendu cette information, mais je m'étais toujours réfugié derrière mon utilisation très parcimonieuse de ma voiture et mon refus des voyages en avion depuis mon retour du Japon. J'avais le sentiment d'accomplir ma part pour limiter les émissions de CO_2.

– Océane a presque ton âge, ai-je repris. Que penses-tu de son attitude ?

– Je la comprends, même si je trouve qu'elle s'est montrée trop agressive. Les jeunes de ma génération ont tous ce problème. On voit les risques et les injustices, mais quand on en parle à nos parents, on dirait qu'ils veulent rester aveugles.

– Ton père également ?

– Lui aussi, bien sûr. Il passe ses journées à enseigner les théories d'une bande de pédophiles grecs qui pratiquaient l'esclavage, au lieu de combattre les discriminations et la destruction de la planète.

– Tu veux mettre au placard les œuvres d'Aristote et de Platon parce qu'ils vivaient à une époque où les mœurs étaient différentes ?

Ma filleule a haussé les épaules. Il y avait certainement une part de provocation dans son discours, mais je percevais aussi la réalité de sa révolte devant les malheurs du monde et l'inaction des gens.

– Je crois que chaque personne devrait se demander honnêtement ce qu'elle fait pour améliorer la situation, a-t-elle déclaré.

– Pour toi, ça consiste à ne plus manger de viande ?

– Pas seulement. Je suis aussi bénévole dans une association qui aide les migrants et je participe à un collectif contre les inégalités de genre.

Elle a avalé une gorgée de Margarita en m'observant comme si elle réfléchissait au jugement qu'il convenait de porter sur moi. Une jeune femme aux cheveux noirs mi-longs s'est approchée de notre table. Elle portait des jeans et un t-shirt sur lequel figurait un arc-en-ciel. Son bras gauche était recouvert d'un tatouage représentant un lion qui allait du poignet au coude. Elle a embrassé Mathilde et s'est assise à côté d'elle.

– Je te présente Camille, ma colocataire, a annoncé ma filleule.

Nous avons échangé quelques mots. La nouvelle venue m'a expliqué qu'elle étudiait l'anthropologie et n'a pas semblé particulièrement intéressée en apprenant que j'étais cuisinier. Elle a pris le verre de Mathilde et a bu un peu de son cocktail avec un claquement de langue approbateur. Ma filleule n'a pas bronché, ce comportement devait lui paraître naturel. J'ai terminé mon Chardonnay et je me suis levé en annonçant que je devais retourner au travail.

– J'ai été contente de te parler, m'a lancé Mathilde en souriant.

Camille a juste esquissé un signe de la main dans ma direction. Elle a posé son bras sur les épaules de ma filleule en me fixant avec détachement. J'ai cru distinguer une lueur ironique dans ses yeux gris.

Pendant le trajet de retour à Bernex, j'ai éprouvé un vague malaise en repensant à ce moment avec Mathilde. Même si elle avait paru apprécier nos retrouvailles, j'avais l'impression que le lien qui nous avait toujours unis s'était distendu. Lorsqu'elle avait passé de l'enfance à l'adolescence, nous étions restés proches. Mais son entrée dans l'âge adulte semblait avoir mis entre nous une distance nouvelle. Elle n'avait pas songé à m'envoyer une photo quand elle avait changé de look, et elle ne me racontait plus rien sur sa vie sentimentale. Je me suis demandé quelles relations elle entretenait avec sa colocataire. Quelle que puisse être leur nature, ma filleule n'avait pas souhaité m'en parler. C'était sans doute dans l'ordre des choses. Il semblait illusoire d'imaginer que notre complicité persisterait à travers les années. Le plus important demeurait que Mathilde soit heureuse et qu'elle trouve son chemin. Malgré tout, je me sentais touché par son éloignement. D'autant plus qu'elle m'avait montré à quel point sa vision différait à présent de la mienne. Ses propos n'avaient pas eu la radicalité de ceux d'Océane, pourtant le constat restait identique. Pour elles, je faisais partie de ceux qui se contentaient du monde tel qu'il était.

Ces pensées m'occupaient encore l'esprit quand je suis entré vers 16h30 dans la cuisine de l'Agape. Julien et Maxime n'étaient pas encore là, seul Antoine travaillait déjà. Il avait placé un poulet sur une planche et s'apprêtait à le découper.

– Monsieur Tolli m'a demandé de m'entraîner, a-t-il déclaré.

– Très bien. Si tu veux, nous pouvons discuter pendant que tu t'y mets.

– D'accord.

À cause des vacances, nous n'avions eu que deux conversations depuis qu'il avait accepté le principe de nos dialogues. La situation n'avait pas beaucoup évolué. Il ne fréquentait plus les forums des incels, mais ses avis restaient marqués par leur philosophie. Il a sectionné d'un geste sec le croupion de la volaille avant de lâcher ce qu'il avait sur le cœur.

– J'ai dit à Manon que c'était fini et vous savez ce qu'elle m'a répondu ? Que ça n'avait jamais commencé.

– La dernière fois, tu m'as expliqué qu'elle avait accepté de venir au cinéma.

– Oui, mais je n'ai pas pu la toucher. Ce week-end, je lui ai payé le restaurant et l'entrée à la discothèque. Elle a dansé juste une fois avec moi et elle ne m'a pas laissé l'embrasser, mais j'ai dû régler les consommations. C'était super cher. Quand je l'ai vue se faire peloter par un chad, je suis parti tout de suite.

– Le fait de l'avoir invitée ne te donnait pas des droits sur elle. Tu t'en rends compte ?

– Je vois surtout qu'elle s'est foutue de moi et que le chad l'a emballée gratis, juste parce qu'il a une belle tête.

Mon apprenti avait tourné le poulet. Il a saisi la cuisse, a entaillé la peau et le muscle, puis a déboîté l'articulation avec un craquement sec. Il y avait de la rage dans ses mouvements.

– Franchement, vous ne trouvez pas que c'est dégueulasse ? a-t-il demandé. Moi, ça me rend fou !

Il avait prononcé ces mots d'une voix remplie d'indignation qui m'a rappelé la réaction d'Océane. La révolte de la jeune fille et celle d'Antoine étaient tout aussi violentes, mais chacun des deux aurait certainement considéré l'opinion de l'autre comme intolérable. J'ai observé le visage pâle et ingrat de l'adolescent.

– Effectivement, la beauté n'est pas répartie de manière équitable entre les gens, ai-je dit. Et si on y réfléchit, on est obligé d'admettre que c'est injuste. Mais que proposes-tu pour améliorer les choses ?

Antoine m'a observé avec perplexité. Il a continué à démembrer la volaille en restant silencieux. Son couteau a pénétré près du bréchet et il l'a maintenu contre l'os pour lever le filet. L'acier tranchait la chair avec une précision géométrique.

– Je n'en ai aucune idée, a-t-il fini par rétorquer d'un ton boudeur. C'est vous l'adulte.

Ses paroles m'ont énervé d'un coup, sans que je parvienne à discerner pourquoi.

– On pourrait obliger tous les moches à faire une chirurgie esthétique, ai-je lancé. Ou défigurer les chads, ça coûterait moins cher. Ou encore plus simple, autoriser le viol.

Mon apprenti m'a fixé d'un œil éberlué, puis il s'est prudemment rabattu sur sa découpe. Je m'en suis voulu de ne pas avoir su me maîtriser.

– Je cherchais juste à te montrer qu'il faut parfois accepter des injustices, ai-je repris. Sinon, on risque d'en créer d'autres qui sont encore pires.

Julien est arrivé à ce moment-là. Il est venu me saluer avant d'examiner le poulet. Après avoir observé avec attention les divers morceaux, il a félicité Antoine pour son travail. Je me suis associé à ses compliments et j'ai proposé à l'adolescent de continuer nos discussions la semaine suivante. Il a acquiescé sans grande conviction.

Maxime Monnet s'est joint à nous quelques minutes plus tard et nous avons commencé la préparation pour le service du soir. Pendant que chacun s'affairait, j'ai réfléchi à mes rencontres de l'après-midi. Je sentais au fond de moi un étrange mélange d'inquiétude et d'irritation. Mes dialogues avec ces trois jeunes m'avaient révélé un univers dont je n'avais pas eu conscience jusque-là. C'était surtout leur obsession de la justice qui m'avait frappé. Cette conviction d'avoir mis le doigt sur des inégalités qui devaient à tout prix être corrigées, accompagnée par la détresse rageuse de ne pas pouvoir le faire immédiatement. Il y avait évidemment des différences de degré dans ces sentiments. Mathilde m'avait semblé moins virulente qu'Océane ou Antoine. Les fondements moraux de leurs opinions me paraissaient aussi variables. Mon apprenti se révoltait contre des discriminations qui touchaient uniquement ses besoins personnels, alors que les deux autres se battaient pour des causes altruistes. Mais tous étaient intimement persuadés de détenir la clé du meilleur des mondes, et ce constat avait quelque chose d'effrayant. J'ai regardé autour de moi en me disant que les quartiers de viande, de volaille et de poisson que nous étions en train d'apprêter étaient bel et bien des cadavres d'animaux. Si Océane avait eu le pouvoir de dicter ses conditions, tous ces ingrédients auraient été interdits. Et que serait devenu mon métier ?

Pourtant, je devais aussi admettre que certains arguments, surtout ceux de Mathilde, m'avaient touché. Depuis plusieurs années, j'étais concentré sur l'espoir d'obtenir une distinction dans un guide gastronomique. Quelle valeur ce but pouvait-il avoir si on le considérait dans un contexte global marqué par les ségrégations, les guerres et les famines ? Une fois de plus, je m'étais réfugié derrière ma philosophie du plaisir pour éviter de me confronter à la souffrance. Une vague de découragement m'a envahi. J'avais l'impression de me tenir sur un coin de banquise qui s'était subitement détaché du continent. Mon univers disparaissait à l'horizon et je me retrouvais seul, balloté au milieu de l'océan. J'avais quarante-trois ans, pas d'enfant et un seul véritable ami. Ma famille se réduisait à un père que je voyais de moins en moins souvent, et mes journées étaient régies par des objectifs que beaucoup, surtout dans la nouvelle génération, auraient considérés comme dérisoires. À cette pensée, j'ai soudain éprouvé une morsure de colère. De quel droit ces gens me jugeaient-ils ? J'avais travaillé dur pour le bien-être de mes clients et je m'étais toujours comporté correctement avec mes employés. Ce n'était pas à cause de moi que la société se portait mal. Que les jeunes fassent mieux, puisqu'ils étaient si malins. À force de vouloir combattre toutes les discriminations, ils préparaient l'arrivée au pouvoir du totalitarisme sans même le remarquer.

J'émincais un filet de bœuf quand j'ai senti une brûlure au bout de l'index. Je venais de me couper. Heureusement, la blessure était minime et ne saignait presque pas. Julien m'a jeté un coup d'œil surpris.

– Tu as la tête ailleurs, a-t-il noté.

– Tu as raison. Je vais m'arrêter un moment.

Je me suis dirigé vers mon bureau où je me suis écroulé dans le fauteuil. J'ai tamponné mon doigt avec un mouchoir tout en me demandant quel sens avait mon existence. La vision de Carine s'est imposée à mon esprit. Le seul projet qui méritait mon attention et mes efforts était notre relation. J'ai eu envie de la serrer dans mes bras et de lui dire que je voulais passer le reste de ma vie avec elle. Je l'ai appelée pour lui demander si nous pouvions dormir ensemble. La chaleur que j'ai sentie dans sa voix quand elle a accepté a rayonné dans tout mon corps. Je suis revenu en cuisine souriant et ragaillardi. J'ai expliqué à Julien que je devrais partir plus tôt. Il m'a lancé un clin d'œil et m'a confirmé qu'il s'occuperait de la fermeture.

J'étais confiant en arrivant devant l'appartement de Carine. J'avais imaginé le scénario d'une soirée romantique durant laquelle nous ferions l'amour tendrement et où je pourrais lui parler de mes sentiments. J'espérais qu'elle m'aiderait à trouver un nouvel équilibre. Mais nos retrouvailles intimes ne se sont pas déroulées comme je l'avais prévu. J'ai vite compris que ma partenaire cherchait l'excitation plutôt que l'affection. Son attitude m'a perturbé. Mes doutes ont réapparu, je me suis renfermé. J'ai dissimulé mon désarroi et nous en sommes restés au sexe. Comme j'en voulais à Carine, j'ai eu tendance à privilégier mon plaisir en la laissant s'occuper du sien. Il m'a semblé que nous étions tous les deux en quête de quelque chose que nous n'avions pas trouvé, malgré notre jouissance partagée. Nous nous sommes quittés le lendemain matin sans évoquer ce qui était arrivé la veille.

Je suis rentré chez moi et j'ai téléphoné à Jérôme. Je lui ai raconté mes rencontres avec Mathilde et Antoine après l'altercation avec Océane. J'ai évoqué les questions qui m'avaient assailli suite à ces discussions.

– Je ne sais plus où j'en suis, ai-je déclaré. Est-ce que je suis devenu un vieux con ?

– Si c'est le cas, nous sommes au moins deux.

– Ta fille et ton élève combattent les discriminations. Elles nous reprochent de rester les bras croisés.

– Elles ont tendance à confondre le militantisme avec le progrès. J'en ai souvent débattu avec Mathilde. Son problème est qu'elle se focalise sur la lutte pour la justice en oubliant le danger qui se trouve à la racine.

– Quel danger ?

– La nature du mal. Il se dissimule toujours sous les apparences du bien. Voilà pourquoi il faut réfléchir avec grand soin avant de prétendre améliorer les choses. Une des caractéristiques de la jeunesse est de vouloir agir trop rapidement.

Ces réflexions m'ont paru plutôt abstraites. J'ai hésité à aborder l'autre sujet qui me préoccupait. J'entendais en arrière-plan la voix de Valérie qui appelait Jérôme avec insistance.

– Je ne peux pas rester longtemps en ligne, a repris mon ami. Je dois faire des courses avec ma femme et elle s'impatiente.

– J'ai vu Carine hier et ça s'est mal passé.

– Qu'est-ce qui ne va pas ?

– Je crois que nous ne sommes plus sur la même longueur d'onde. J'ai besoin d'une relation profonde et j'ai peur qu'elle cherche juste des bons moments.

– Tout finira par se mettre en place. Si tu l'aimes, tu dois l'accepter comme elle est.

– Tu m'as l'air philosophiquement à plat aujourd'hui. Réponds plutôt à Valérie, on dirait qu'elle est à deux doigts de s'énerver.

Jérôme ne s'est pas formalisé de mon commentaire.

– Essaie de t'adapter au rythme de Carine, a-t-il conclu. L'amour, c'est un peu comme une danse.

Hier, je crois que j'ai franchi un nouveau palier. Après ce qui s'est passé, notre relation ne sera plus jamais semblable. Mais je ne parviens toujours pas à voir où cette histoire m'entraîne. Une foule de pensées contradictoires s'affrontent dans mon esprit et cette tension mentale se traduit aussi dans mon corps. Je sens mes muscles contractés jusqu'au bord de la douleur. En même temps, je dois reconnaître que nos ébats de la nuit dernière n'y sont probablement pas pour rien.

Tout avait commencé d'une manière plutôt romantique. Il était arrivé un paquet sous le bras, m'avait embrassée tendrement, puis s'était éclipsé dans la chambre en refermant la porte derrière lui d'un air mystérieux. Je me suis demandé quel genre de surprise il me préparait. Le simple fait d'y réfléchir a fait monter mon excitation. Nous n'avions plus fait l'amour depuis presque trois semaines et j'espérais que cette soirée marquerait enfin nos retrouvailles érotiques. Il m'a rejointe au salon quelques minutes plus tard, son expression énigmatique toujours plaquée sur le visage, et m'a prise par le coude pour m'inviter à le suivre.

Lorsque j'ai pénétré dans la chambre à coucher, j'ai constaté qu'elle était éclairée uniquement par deux bougies qu'il avait placées sur la commode, de chaque côté du paquet qu'il tenait en arrivant. Il l'a soulevé avec des gestes cérémonieux et me l'a tendu en s'inclinant comme un vassal qui apporte une offrande. J'ai ouvert l'emballage sans chercher à masquer ma curiosité et j'ai découvert un magnifique carré de soie bleu roi rehaussé d'arabesques dorées. Le tissu était léger comme un voile et sa texture satinée donnait envie de le caresser. Je l'ai arrangé autour de mon cou avant de me diriger vers le miroir pour examiner le résultat. Il est venu se coller à moi et a entouré ma taille. Je l'ai remercié pour son cadeau. Il a acquiescé avec un sourire approbateur.

Je sentais sa respiration sur ma nuque. Elle s'est accélérée lorsqu'il a commencé à déboutonner mon chemisier. Il a enlevé ma jupe dans la foulée et je me suis retrouvée en sous-vêtements. Il s'est penché pour me débarrasser de mon slip, puis il a dégrafé mon soutien-gorge. Sa silhouette était parfaitement alignée derrière moi. En me regardant dans la glace, je distinguais uniquement l'image de mon corps sur lequel se promenaient deux mains surgies de l'obscurité qui révélaient progressivement ma nudité. La lumière frémissante des bougies ajoutait encore à l'atmosphère étrange de cette scène. Il a dénoué le foulard qu'il m'avait offert et l'a posé sur une chaise, puis il a reculé d'un pas, comme pour me laisser le temps de contempler ce qu'il avait dévoilé.

Pendant que je restais immobile face à mon reflet, il s'est déshabillé et s'est glissé dans le lit. Je l'ai rejoint et je suis venue me blottir contre lui. Il m'a observée longuement sans prononcer un mot. J'ai eu l'impression que ses yeux brillaient d'un éclat particulier, mais c'était peut-être dû à la pénombre. La mise en scène qu'il avait choisie m'intriguait. Jamais jusque-là il ne m'avait paru apprécier les ambiances tamisées. Son attitude aussi m'a semblé différente. Il a commencé par déposer de petits baisers chastes sur mon front, mes tempes et mes paupières, avant d'enfouir son visage dans mes cheveux. J'ai tourné la tête pour chercher ses lèvres, mais il a posé les siennes sur le sommet de mes épaules.

Ces préliminaires ne correspondaient pas à sa façon de faire et je ne comprenais pas pourquoi il manifestait une telle réserve. Après un long moment à attendre des gestes plus osés, j'ai fini par me lasser. Il était en train d'effleurer mon nombril du bout des doigts lorsque j'ai brusquement changé de position. Je me suis penchée sur son bas-ventre et je l'ai pris dans ma bouche. Il a eu un mouvement de surprise mais n'a pas essayé de se dérober. Je l'ai senti durcir et il a lâché un soupir de bien-être. J'ai continué jusqu'à ce qu'il soit proche de l'orgasme. Le sentiment d'avoir le contrôle sur son plaisir a décuplé mon excitation. J'ai abandonné son membre en érection et je me suis allongée sur le dos en écartant les jambes. Dans l'état où il se trouvait, j'étais sûre que cette vision aurait raison de sa retenue. Je me trompais.

Au lieu de me pénétrer immédiatement comme je l'espérais, il s'est penché pour embrasser délicatement mes genoux. Il y avait une sorte de gaucherie dans son approche, alors que son envie de moi était évidente. On aurait dit qu'il avait besoin d'une autorisation avant d'aller plus loin. Pour la première fois, j'ai eu la certitude que je tenais les rênes.

J'ai saisi sa nuque et je lui ai donné un baiser avide qui avait le goût de son sexe mélangé à ma salive.

– Viens, lui ai-je murmuré.

Ses tergiversations avaient exacerbé mon désir, mais je voulais lui montrer qu'il était sous mon emprise. J'ai serré les cuisses au moment où il s'est avancé.

– Non, pas comme ça, ai-je dit.

Il m'a fixée d'un air interdit. Je me suis retournée et je lui ai présenté ma croupe. Je savais à quel point il aimait me contempler dans cette position. J'ai ondulé lascivement en savourant le pouvoir que j'exerçais sur lui. Il devait être au bord de l'explosion. Je me suis cambrée pour m'offrir, mais il s'est à nouveau dérobé. Il a promené ses lèvres sur le bas de mon dos et a caressé mes chevilles. Je n'en revenais pas qu'il puisse retarder encore le moment de me prendre. Je l'ai laissé poursuivre tout en imaginant comment j'allais l'obliger à quitter ses manières trop civilisées. J'avais en tête les scènes de nos derniers ébats et j'attendais avec impatience de retrouver la jouissance que j'avais éprouvée. Quand il s'est finalement approché, je l'ai guidé entre mes fesses.

– Je te veux là, ai-je décrété.

C'est à cet instant que tout a basculé.

Il avait déjà visité plusieurs fois mon intimité la plus secrète, et j'avais apprécié sa prévenance autant que sa maîtrise. J'étais persuadée qu'il procéderait avec les mêmes égards, mais il s'est enfoncé en moi si brutalement que j'ai lâché un gémissement. Il n'a pas eu l'air de le remarquer. Ses mains ont agrippé mes hanches et il s'est mis à me pilonner avec une énergie à la limite de l'excès. Il haletait de façon saccadée au rythme de ses coups de reins. Je sentais son souffle rauque sur ma nuque. Il pesait sur moi de tout son poids et il agissait comme si j'étais devenue un objet dont il pouvait disposer à sa guise. J'aurais dû lui dire que son comportement me heurtait, ou au moins le lui faire comprendre, mais j'étais trop désemparée pour réagir.

J'aime la sodomie pour le ressenti qu'elle procure et surtout pour le sentiment de complicité que j'éprouve en offrant cette partie de mon corps à mon partenaire. Je ne l'ai pratiquée qu'avec des amants en qui j'avais une confiance totale. Mais l'homme si tendre qui m'effleurait presque avec gêne quelques minutes plus tôt s'était transformé. Il continuait ses va-et-vient sans se soucier de moi. Il m'avait habituée à des revirements lors de nos soirées, mais uniquement dans le but d'augmenter mon excitation. Son changement d'attitude était d'une nature différente. Que lui arrivait-il ? J'avais besoin de retrouver son regard, mais je n'osais pas me retourner. Je craignais de découvrir un visage que je ne reconnaîtrais pas.

Il a dû percevoir mon trouble car il s'est arrêté d'un coup. Il est demeuré immobile un instant, puis il a embrassé doucement mes épaules. Il est resté en moi presque sans bouger. L'élancement lié à son intrusion soudaine s'était mué en une sensation différente qui hésitait entre la douleur et le plaisir. Il a glissé sa main entre mes cuisses et s'est mis à me caresser. Il semblait tenter à sa manière de renouer le lien et je l'ai laissé faire. Ses doigts cherchaient mon clitoris avec hésitation, probablement parce que sa position rendait le contact plus difficile. Sa maladresse ne m'a pas dérangée. J'avais le sentiment de retrouver l'amoureux timide du début de soirée et c'était plutôt rassurant. Il a continué sans dire un mot, puis il a retiré sa main pour laisser place à la mienne.

Mon désir est revenu très vite. Mon corps me signifiait probablement qu'il n'y avait pas de meilleur moyen pour décharger les tensions que je venais de vivre. Il s'est aperçu de ce qui m'arrivait et ses mouvements se sont accélérés. Il m'a pénétrée avec toujours plus de force comme s'il plongeait à la recherche d'un gisement de plaisir brut dissimulé dans ma chair. Le temps a paru s'effacer jusqu'au moment où j'ai senti les pulsations de son membre qui giclait au fond de moi. Une vague gigantesque m'a emportée et j'ai eu l'impression que tout mon bas-ventre entrait en fusion dans un déferlement de jouissance. C'était tellement fort que je me suis mise à pleurer sans pouvoir me retenir, comme à l'époque de mes premiers orgasmes.

Il m'a serrée contre lui pendant que je continuais à sangloter, puis il a passé sa main dans mes cheveux d'un geste apaisant jusqu'à ce que je reprenne mes esprits. Quand je me suis tournée vers lui, nous nous sommes embrassés et j'ai enfin redécouvert ses yeux. Ils me dévisageaient avec la tendresse que j'avais toujours connue, mais j'ai cru y discerner une nuance nouvelle qui ressemblait à l'appel d'un enfant perdu. Nous nous sommes fixés en silence et je me suis demandé s'il voyait la même chose dans les miens.

Après m'avoir donné un nouveau baiser, il a quitté le lit pour s'avancer d'un pas rapide vers la salle de bains. J'ai pris ma douche après lui. Lorsque je suis revenue dans la chambre, les bougies étaient éteintes. Je me suis glissée à ses côtés dans l'obscurité. Son souffle était régulier, il avait l'air de dormir. L'idée m'a traversée qu'il faisait peut-être semblant pour échapper à une explication. Il était allongé à quelques centimètres de moi et tout paraissait calme, mais les signaux de bien-être que m'envoyait mon corps rassasié ne correspondaient pas à mon état mental. Je restais perturbée par ce moment durant lequel je l'avais senti ailleurs. Cela ne m'était jamais arrivé auparavant et je m'interrogeais sur ce qui s'était passé. La situation lui avait-elle échappé ? Si c'était le cas, il restait à savoir ce qui avait provoqué ce dérapage. Ou était-ce moi qui avais monté en épingle un événement anodin dont il ne s'était pas rendu compte ?

Je me suis rappelé le cadeau qu'il m'avait offert, ses gestes presque hésitants au début de notre soirée et son regard plein d'attention lorsque nous nous étions retrouvés. Je frémissais encore de la jouissance vers laquelle il m'avait amenée. Soudain, j'ai eu honte d'avoir douté de lui. Sa figure était tournée vers moi, éclairée par la lueur de la pleine lune qui filtrait à travers les rideaux. Il dormait pour de bon. Sa poitrine se soulevait au rythme tranquille de son sommeil. J'ai failli le réveiller pour lui dire que je l'aimais, mais j'ai eu l'intuition que cet aveu me mettrait en danger. Je me suis allongée près de lui et j'ai fini par m'assoupir en respirant l'odeur de sa peau.

VI

Lorsque je me suis garé dans l'allée de la villa familiale, j'ai aperçu papa qui m'attendait devant la porte. Cette vision m'a rappelé le jour où il m'avait annoncé la mort de ma mère. J'ai tenté de chasser ce mauvais présage de mon esprit sans y parvenir tout à fait. Mon père m'avait appelé quelques minutes après ma discussion avec Jérôme pour me dire qu'il souhaitait me parler rapidement d'une question importante. Il avait refusé de me donner plus d'informations par téléphone. Je suis sorti de la voiture en m'interrogeant avec une certaine appréhension sur le motif de ce rendez-vous. J'ai eu l'impression que la silhouette de papa s'était voûtée depuis notre dernière rencontre qui remontait à près d'un mois. Son visage aux rides toujours plus marquées était souriant, mais son regard m'a semblé grave. Il m'a serré longuement dans ses bras. Au lieu de m'inviter à entrer comme je m'y attendais, il s'est dirigé vers l'angle de la maison. Il a posé un doigt sur sa bouche, a désigné de l'autre main un point au-dessus de sa tête et m'a fait signe de le rejoindre. En fixant la direction qu'il indiquait, j'ai découvert trois demi-sphères en ciment fixées sous l'avant-toit. Un oiseau d'une dizaine de centimètres au corps blanc et noir avec des reflets bleutés était agrippé à l'une d'elles, il s'est envolé à mon approche.

– C'est une hirondelle de fenêtre, a précisé mon père. J'ai placé des nids artificiels pour en attirer quelques-unes. Elles trouvent de moins en moins d'endroits où abriter leurs petits.

– Merci pour la leçon d'ornithologie, mais je suppose que tu ne m'as pas demandé de venir juste pour me montrer ton installation.

J'ai aussitôt regretté le ton plutôt sec sur lequel je lui avais répondu. Je me sentais inquiet et sa tendance à tourner autour du pot avait le don de m'exaspérer.

– Tu as raison, a-t-il concédé. Pourtant, il y a quand même un lien. Tu savais que les hirondelles parcourent quinze mille kilomètres dans leur migration jusqu'en Afrique ? Celle que tu viens de voir ne va pas tarder à entreprendre le voyage.

– Tu comptes la suivre en Tunisie ?

– Je ne partirai pas aussi loin, mais je vais quitter Cartigny. C'est d'abord pour ça que je voulais te parler. Je dois savoir si tu es intéressé à habiter ici après mon départ. Sinon, je mettrai la villa en vente.

– Tu veux aller où ?

– C'est le second motif de ta présence. J'ai trouvé une résidence pour personnes âgées et j'aimerais qu'on la visite ensemble, j'ai besoin de ton avis.

J'étais stupéfait de sa décision. Il avait 74 ans et à ma connaissance sa santé était bonne, à part quelques problèmes de rhumatismes. Je ne pouvais pas l'imaginer passer ses journées entouré de vieillards dans un établissement qui, pour moi, ne représentait rien d'autre que l'antichambre de la mort. Je lui ai demandé s'il était malade, mais il m'a assuré que tout se passait bien.

– Alors pourquoi veux-tu t'enfermer dans ce genre d'endroit ? ai-je dit.

– Je me sens fatigué, Denis.

– Si tu as de la peine à entretenir le jardin, je te donnerai un coup de main. On peut aussi engager quelqu'un pour t'aider.

– Ça n'a rien à voir. Je suis juste fatigué… d'être seul.

Il avait prononcé cette phrase d'un ton hésitant et penaud, comme s'il avouait une indignité. Depuis la mort de ma mère, il n'avait pas cherché à rencontrer d'autres femmes, et le cercle de ses amis avait toujours été restreint. J'en avais déduit qu'il préférait la tranquillité, ce qui m'enlevait la pression de devoir lui tenir compagnie. L'idée que pendant toutes ces années, il avait subi sa solitude plutôt que de la choisir m'a glacé le sang. Je suis resté figé sans savoir comment réagir. Il m'a lancé un pâle sourire.

– Alors, tu es d'accord de venir voir l'hôtel pour vieux avec moi ? On pourrait y manger et tu me donneras ton opinion sur la qualité de la cuisine.

J'avais congé ce jour-là et j'aurais préféré profiter de mon temps libre pour réfléchir à ce qui s'était passé la nuit précédente avec Carine. Je me sentais perdu et il fallait que je fasse le point. Mais devant le regard de papa, je m'en suis voulu de mon égoïsme.

– Bonne idée, ai-je dit. À condition que tu me promettes de continuer à dîner à l'Agape au moins une fois par mois.

Je l'ai attendu dans la voiture pendant qu'il téléphonait pour annoncer notre arrivée, puis nous avons pris le chemin de la maison de repos qui se trouvait à l'entrée de Confignon. Nous n'avons échangé que peu de mots durant le trajet. Mon père m'a raconté que l'adresse lui avait été fournie par son ami Albert Balmas qu'il avait connu au cercle d'ornithologie. Sa sœur venait de s'installer dans le home et ne tarissait pas d'éloges à son sujet. J'ai conduit en réfléchissant à ma relation avec papa. Il ne m'avait jamais reproché de ne pas lui consacrer assez de temps. Mais étant donné sa difficulté à exprimer ce qu'il ressentait, son silence ne prouvait pas qu'il était satisfait. Je lui ai déclaré que je ne souhaitais pas loger dans la villa de Cartigny et qu'il pouvait la mettre en vente. Son hochement de tête m'a fait penser qu'il s'attendait à ma décision.

La résidence Beausoleil comportait plusieurs édifices situés sur un terrain ombragé en contrebas de la route. La construction principale avait la forme d'un imposant quadrilatère en béton, percé de larges baies vitrées. Elle était jouxtée par deux structures rectangulaires plus petites placées de chaque côté. L'ensemble donnait l'image d'une architecture moderne et fonctionnelle. Mon père s'est dirigé vers l'accueil d'une démarche décidée.

– Je suis Jacques Granier, a-t-il dit au jeune homme qui se tenait derrière le comptoir. J'ai appelé tout à l'heure. Nous souhaitons visiter vos locaux et j'ai réservé une table à midi pour mon fils Denis et moi.

Le réceptionniste a confirmé que tout était en ordre. Il nous a confiés à la responsable des admissions, une femme d'une quarantaine d'années à l'amabilité professionnelle, qui nous a guidés à travers les différents espaces en nous commentant les atouts de l'établissement. L'information qui a le plus intéressé papa était la possibilité de louer un petit appartement autonome dans l'un des bâtiments annexes, tout en bénéficiant si nécessaire des services médico-sociaux de la résidence. Nous avons croisé plusieurs pensionnaires durant notre pérégrination à travers les couloirs. Certains marchaient d'un pas plutôt assuré, d'autres avançaient lentement, le visage fermé, penchés sur leur déambulateur. Un homme chauve à l'air sévère appuyé au bras d'une aide-soignante nous a dévisagés avec curiosité. Je ne parvenais pas à intégrer l'idée que ces gens allaient constituer la nouvelle compagnie de mon père. Nous avons terminé notre parcours dans le bureau de l'administratrice où papa a reçu une documentation complète incluant les tarifs des différentes formules de logement. On nous a ensuite conduits vers le réfectoire. Il était constitué de trois salles reliées entre elles et décorées chacune dans un style différent. Cet agencement avait sans doute pour but d'éviter l'impression de cantine qui se dégage souvent des lieux de repas communautaires. On nous a installés dans la pièce la plus petite qui semblait réservée aux invités et aux locataires des studios indépendants. Les murs agrémentés de tableaux et l'ameublement confortable pouvaient évoquer l'image d'un restaurant, mais la vague odeur de désinfectant qui flottait dans l'air, combinée à la présence de nombreux hôtes en chaise roulante, ne laissait aucun doute sur le lieu où nous nous trouvions.

Le serveur nous a informés que le menu du jour se composait d'un velouté de chou-fleur à l'indienne, suivi d'un bœuf bourguignon et d'une salade de fruits. Une version végétarienne était également proposée. Nous avons tous les deux choisi l'option standard. Mon père a commandé deux verres de vin blanc. Je craignais que l'Aligoté ne soit de qualité médiocre, mais il m'a surpris par sa longueur en bouche et son équilibre. Comme d'habitude avec papa, la conversation s'est d'abord limitée à des banalités. Il m'a parlé de la migration des hirondelles jusqu'à l'arrivée de l'entrée. Nous avons dégusté la soupe avec satisfaction. Les notes de gingembre et de curry se fondaient harmonieusement avec le goût des légumes en donnant au plat une saveur exotique sans le dénaturer.

– Je n'ose pas dire que c'est délicieux, a commenté mon père. Sinon tu vas encore critiquer mon vocabulaire limité en matière de gastronomie.

J'ai souri en admettant que je trouvais la recette excellente. Le bœuf s'est révélé tout aussi bon. La viande mijotée à point contrastait avec le croquant des lardons, et le mélange de champignons, de carottes et d'oignons était parfaitement dosé. Papa a terminé son assiette avec un soupir de bien-être.

– Je crois qu'il n'y aura pas de problème au niveau de la nourriture, a-t-il décrété. Qu'est-ce que tu en penses ?

– Je suis d'accord. Mais je ne sais pas comment tu te sentiras dans cet environnement. La plupart de ces gens sont dépendants ou affaiblis. J'ai peur que tu déprimes en les côtoyant à longueur de journée.

– Je n'en ai pas l'intention. Je vais louer un appartement dans l'autre bâtiment. Je vivrai de façon autonome, mais je pourrai prendre mes repas en compagnie si je le souhaite, ou obtenir rapidement de l'aide en cas de besoin.

Il a baissé la tête et a passé une main dans ses cheveux gris clairsemés, puis il a pris sa serviette, s'est essuyé la bouche et m'a fixé avec une douceur un peu lasse.

– La vieillesse, ça ressemble à une balade dans les bois, a-t-il repris. Au début, on s'enfonce entre les arbres, mais on distingue toujours la prairie quand on se retourne. Et puis on marche encore un peu. Et à un certain moment, lorsqu'on regarde en arrière, il n'y a plus que la forêt. Les prés, les fleurs et le chemin du retour ont disparu.

Mon père n'avait jamais été adepte de l'introspection. La dernière fois où il m'avait parlé de ce qu'il ressentait remontait à notre discussion sur le suicide de ma mère. Une part d'inquiétude s'est mêlée à ma surprise devant sa tirade.

– Ne te fais pas de souci, a-t-il poursuivi. Je commence juste ma promenade. Et si je jette un œil par-dessus mon épaule, c'est toi que je vois.

Je n'ai pas su quoi lui répondre. Je me doutais qu'il avait déjà arrêté sa décision et qu'il ne changerait pas d'avis. Nous avons mangé notre dessert et je lui ai promis d'organiser avec lui son déménagement. Nous étions sur le point de quitter la table quand un homme de haute taille en habit de cuisinier s'est dirigé vers nous d'un pas pressé.

– Je suis Frédéric Dubay, le chef de la brigade, a-t-il annoncé en nous saluant. Est-ce que le service vous a convenu ?

Nous l'avons complimenté pour son menu, mais j'étais étonné de sa démarche. Pourquoi venait-il vers nous alors qu'il ne s'était pas rendu auprès des autres convives ? Il m'a observé comme s'il avait deviné ma question.

– Vous êtes bien Denis Granier, le patron de l'Agape ?

J'ai acquiescé.

– J'ai vu votre nom sur la liste des réservations, a-t-il expliqué. J'ai eu plusieurs fois l'occasion de déguster vos recettes et je tiens à vous dire qu'elles m'ont enthousiasmé. Je suis très heureux de vous recevoir ici.

– C'est mon fils ! a lancé papa avec un sourire de fierté. Je voulais avoir son avis sur la nourriture que vous proposez, et je vous confirme qu'il a vraiment apprécié.

– Alors j'espère que nous vous compterons bientôt parmi nos résidents, a répondu Dubay qui paraissait ravi.

Il nous a parlé de sa façon de cuisiner. Il cherchait à mettre une note d'originalité dans chaque plat en respectant les contraintes liées au grand nombre de couverts qui devaient être préparés.

Son amour pour son métier était évident et la manière dont il le concevait m'a frappé.

– La plupart de nos pensionnaires n'ont plus beaucoup de motifs de contentement, a-t-il repris. Mon rôle est de faire en sorte qu'ils attendent les repas comme les petits bonheurs de leur journée.

Ces mots me trottaient dans la tête pendant le trajet du retour. Je me suis interrogé sur mon approche de la gastronomie. Les clients de mon restaurant appartenaient à la frange aisée et active de la société. Leur passage à l'Agape ne représentait qu'une expérience parmi d'autres dans leur vie bien remplie. Alors que les plats de Dubay apportaient du plaisir à des personnes dont le quotidien était devenu plutôt pauvre en bons moments. Le cuisinier de la maison de retraite m'a paru largement plus méritant que moi. Ces réflexions se sont mêlées au sentiment de culpabilité que j'éprouvais envers mon père. Peut-être que si je l'avais laissé moins seul, il n'aurait pas décidé de s'enfermer dans un asile de vieillards. Maintenant, il était trop tard. Je l'ai ramené à la villa et je l'ai quitté le cœur lourd, malgré les remerciements dont il m'a gratifié.

Une fois de retour chez moi, j'ai cherché une distraction qui me libérerait de mon humeur sombre. Je n'ai pas réussi à me motiver pour du sport et je n'avais pas envie d'écouter de la musique, ni de me mettre à la guitare. J'ai songé à dessiner, comme je le faisais souvent pour me changer les idées. La seule image qui m'est venue à l'esprit était le visage de Carine. J'ai pris mon fusain et j'ai essayé de reproduire sur le papier ses yeux profonds, son joli nez, ses pommettes un peu saillantes et sa bouche aux lèvres pleines. Mais le résultat ne présentait que peu de ressemblance avec l'original. Le portrait semblait figé et artificiel, comme si je n'avais pas réussi à saisir ce qui l'animait. En repensant à la nuit précédente, j'ai eu l'impression que nous étions en train de passer à côté l'un de l'autre et la peur de la perdre m'a soudain serré la gorge. Je n'arrivais toujours pas à définir clairement ce que j'éprouvais pour elle, mais j'avais la conviction que notre relation jouait un rôle crucial dans ma vie. J'étais confronté à une situation inédite. Pour moi, le plaisir avait toujours constitué un dérivatif idéal qui me permettait de traverser les périodes difficiles. Avec Carine, il devenait un obstacle. La jouissance nous éloignait parce qu'elle ravivait mes craintes que ma compagne ne cherche rien de plus. Je n'ai pas eu le courage de lui en parler.

Durant les semaines qui ont suivi, nous avons passé régulièrement du temps ensemble et j'ai essayé de lui faire sentir à quel point elle comptait pour moi, tout en me comportant comme un parfait gentleman. Je m'autorisais parfois à l'embrasser, sans jamais aller plus loin. Je me rendais compte que les choses ne pourraient pas continuer longtemps ainsi et j'espérais secrètement que Carine finirait par m'interroger, ce qui m'aurait donné l'occasion de lui avouer mes inquiétudes. Mais elle s'est contentée de me demander un soir si j'envisageais notre relation comme exclusive ou si je souhaitais rester libre de fréquenter d'autres femmes. Sa question aurait pu être l'occasion d'évoquer nos sentiments, mais elle l'avait posée avec une sorte de nonchalance qui m'a bloqué. Je me suis contenté de confirmer que je ne sortais avec personne d'autre. Elle a paru satisfaite de ma réponse et m'a dit qu'elle partageait ma vision. Puis au début de l'automne, toutes ces considérations ont soudain passé au second plan.

Je n'avais jamais été un grand adepte des réseaux sociaux. Mon opinion avait probablement été influencée par Jérôme qui s'était montré très critique envers eux dès qu'ils étaient apparus. Il leur reprochait de propager la stupidité et l'intolérance sous couvert de liberté d'expression. Selon lui, ils présentaient le défaut rédhibitoire de mettre toutes les opinions sur un pied d'égalité. La hiérarchie du savoir n'était plus reconnue, et l'avis d'un boucher sur la nécessité d'opérer une hernie discale finissait par avoir autant de valeur que celui d'un neurochirurgien. Mais malgré mes réticences, j'avais dû me plier à l'importance prise par la publicité numérique, et je m'étais résolu à utiliser internet dans la stratégie de promotion de mon établissement. J'avais confié à une entreprise spécialisée la création d'un site pour l'Agape avec des possibilités de réservation en ligne ainsi que des connexions vers une page Facebook et des comptes Twitter et Instagram. Maxime Monnet avait accepté d'assurer ma communication sur la toile. Il appartenait à une génération qui maîtrisait bien mieux que la mienne les codes de cet univers. Je lui donnais une rémunération supplémentaire pour poster des messages et des photos sur les nouveaux menus, répondre aux commentaires des clients et maintenir actif le site du restaurant.

Le 27 septembre en début de matinée, Maxime a frappé à la porte de mon bureau. Il est entré avec un ordinateur portable à la main. Son visage un peu joufflu qui arborait généralement un sourire placide m'a semblé tendu.

– Il y a un souci ? ai-je demandé.

– Oui, a-t-il répondu d'un ton préoccupé. Je crois que tu es en train de devenir une cible sur les réseaux. J'ai besoin qu'on discute de la tactique à adopter.

Mon air ébahi a dû lui montrer que je ne comprenais rien à ce qu'il me racontait. Il s'est assis en posant son laptop devant moi et il m'a expliqué que tout avait commencé par un reportage à la télévision sur les conditions de travail dans les restaurants gastronomiques. Plusieurs femmes qui occupaient des postes dans les brigades de chefs étoilés y avaient témoigné de pratiques dégradantes qui allaient du bizutage au harcèlement sexuel. Quelques jours après l'émission, un nouveau mot clé intitulé *#lesporcsencuisine* était apparu sur Twitter. La personne qui l'avait créé invitait toutes les employées victimes de brimades ou d'attouchements à dénoncer leur agresseur. Je ne voyais pas en quoi cette campagne pouvait me concerner. J'avais toujours mis un point d'honneur à traiter mon personnel avec respect, et je condamnais sans réserve les comportements inadéquats qui existaient malheureusement encore dans certains établissements. Maxime a poussé un soupir lorsque je lui ai fait part de mon objection.

– Je suis au courant, a-t-il dit. On travaille ensemble depuis douze ans et je te connais. Mais sur internet, il suffit d'une étincelle pour déclencher de gros incendies.

– Et elle vient d'où, cette étincelle ?

– D'une source anonyme, évidemment. C'est un message qui provient de l'adresse *@respect.pour.mon.genre.*

– Montre-le-moi.

Il a pianoté sur le clavier de son ordinateur avant de tourner l'écran dans ma direction. Le texte était court et tranchant. *Le patron de l'Agape à Bernex est un macho rétrograde qui harcèle son personnel féminin. Les clients paient cher, les employées encore plus. Boycottez !*

– C'est de la diffamation ! ai-je crié. Je vais porter plainte.

– Il vaut mieux chercher une autre solution, a conseillé Maxime. On n'est même pas sûrs de retrouver celui ou celle qui a écrit ça, et la procédure prendra des années. On doit réagir immédiatement.

– Combien de gens ont lu ces insanités ?

– Pour l'instant, le tweet est principalement visible par ceux qui suivent *#lesporcsencuisine*, et leur nombre reste plutôt modeste. Mais chaque lecteur peut retransmettre le message à ses contacts qui le diffusent aux leurs et ainsi de suite. En plus, tous ceux qui ont reçu le texte ont la possibilité de répondre ou commenter, et ces réponses risquent elles aussi d'être envoyées plus loin.

– Est-ce qu'il y a moyen d'arrêter l'hémorragie ?

– Le job s'annonce difficile. Pour corser l'affaire, l'information d'un réseau déborde souvent sur les autres. J'ai été prévenu par un avis sur la page Facebook du restaurant. C'était quelqu'un de plutôt sympathique qui voulait nous signaler l'attaque en provenance de Twitter. Mais il suffirait que les réflexions négatives atteignent un certain seuil pour que ça déborde partout.

J'étais complètement atterré. Je voyais déjà mon nom traîné dans la boue et l'Agape en faillite. Mon père ne s'en remettrait jamais, et je n'osais pas imaginer la réaction de Carine. Maxime a eu un petit raclement de gorge qui m'a ramené à la réalité.

– On peut encore s'en sortir si on joue serré, a-t-il repris.

D'après lui, deux stratégies s'offraient à nous. D'une part, trouver d'où était parti l'incendie pour éviter qu'il s'alimente, et de l'autre, contre-attaquer en publiant un communiqué sur notre site où l'ensemble du personnel de l'Agape affirmerait que personne n'avait été victime d'abus. La seconde tactique présentait le défaut de révéler le problème à un public plus large, ce qui susciterait chez certains une réaction du type : « il n'y a pas de fumée sans feu » qui serait dommageable à notre réputation. Nous avons décidé de la garder en réserve et de nous concentrer dans un premier temps sur la recherche de la source.

– As-tu une idée de qui a pu écrire ce message ? m'a demandé Maxime.

À la manière dont il avait posé la question, j'ai eu l'impression qu'il avait déjà sa propre opinion sur la réponse. Je l'ai encouragé à me donner son avis. Il s'est tortillé sur sa chaise d'un air gêné avant de se décider.

– Eh bien, tout le monde était au courant de ta relation avec Élodie. On l'aimait beaucoup et on a été tristes qu'elle parte du jour au lendemain. Même si elle ne nous a jamais dit pourquoi elle démissionnait, on se doutait que c'était lié à votre séparation. Je ne prétends pas me mêler de ta vie privée, tu sais mieux que moi ce qui est arrivé. Mais elle avait peut-être des raisons de t'en vouloir.

– Tu insinues que je l'ai harcelée ?

– Non ! Je suis sûr que non. Mais dans une rupture, il y a parfois une grosse dose de colère d'un côté ou de l'autre. Et quand on est en colère, on peut faire des choses bizarres.

– Tu penses qu'elle a cherché à salir ma réputation juste parce que je l'ai quittée ? Je n'y crois pas une seconde. Elle vaut mieux que ça.

– Est-ce que tu as une autre piste ?

J'ai dû reconnaître que je ne voyais pas d'explication valable. La théorie d'un concurrent jaloux ou d'un client mécontent ne tenait pas vraiment la route. Maxime m'a convaincu de prendre contact avec mon ex-compagne pour tirer l'affaire au clair. Je m'y suis résolu à contrecœur.

J'ai appelé Élodie à plusieurs reprises, mais je tombais toujours sur sa boîte vocale. Elle ne m'a pas donné signe de vie, malgré les messages pressants que je lui avais laissés. La situation m'obligeait à agir rapidement pour avoir une chance d'échapper à la catastrophe. J'ai décidé de l'attendre à la sortie de son travail. J'avais appris son engagement chez Dumel au début septembre. Ce soir-là, j'ai quitté l'Agape plus tôt en demandant à Julien Tolli de me remplacer pour la tournée des tables. Je n'avais pas le courage de me retrouver face à des convives qui auraient lu les accusations portées contre moi. J'ai pris la direction de Carouge et je me suis garé à deux rues du Vieux Manoir pour éviter qu'Élodie puisse repérer ma Volvo. J'ai marché jusqu'au parking du restaurant et j'ai attendu près d'un grand peuplier qui bordait la place. L'air se rafraîchissait en ce début d'automne. Un vent léger agitait les branches par moments et le bruissement des feuilles se mêlait aux conversations des derniers clients qui sortaient de l'établissement. J'ai commencé à imaginer que certains parlaient des calomnies propagées sur les réseaux à mon sujet. En me forçant à reprendre mes esprits, j'ai observé la vaste salle encore illuminée dans laquelle je distinguais quelques silhouettes. Il m'a semblé reconnaître Élodie qui dressait les tables pour le service du lendemain. Je me suis remémoré mon premier repas avec Carine quatre mois plus tôt dans ce même décor, et la nuit que nous avions passée ensuite. Un sentiment de malaise m'a envahi. J'ai tenté de le combattre en me répétant que ni Élodie ni moi n'aurions été heureux si nous avions continué comme avant. J'ai dû patienter presque une demi-heure avant que les lumières s'éteignent et que les employés quittent le restaurant. Plusieurs d'entre eux se sont engouffrés dans un véhicule qui a démarré tout de suite. Heureusement, mon ex-compagne ne faisait pas partie du groupe. Je l'ai vue s'avancer vers sa voiture et j'ai quitté mon abri pour la rejoindre avant qu'elle n'ouvre sa portière. Elle a sursauté en m'apercevant.

– Qu'est-ce que tu me veux ? a-t-elle lancé d'un ton acerbe.

– Je t'ai laissé plusieurs messages, mais tu n'as pas répondu. Il faut absolument que je te parle.

– Nous n'avons plus rien à nous dire.

– Il se passe des choses graves. Accorde-moi au moins une minute.

Le ton de ma voix a dû la convaincre. Elle m'a fixé d'un air contrarié, mais j'ai su qu'elle accepterait de m'écouter. Je lui ai exposé brièvement ce qui m'arrivait. Son visage s'est renfrogné à mesure que j'avançais dans mon récit.

– Tu attends quoi ? a-t-elle lâché brusquement. Que je publie un certificat de bonne moralité en ta faveur ? Tu rêves !

Je n'ai pas répondu. J'ai renoncé à l'interroger sur la source du tweet malveillant. Je trouvais lamentable de l'accuser et sa réaction montrait qu'elle n'y était pour rien. J'allais mettre fin à notre échange, lorsqu'elle m'a lancé un regard tranchant.

– Ça y est, j'ai saisi ! Tu es venu contrôler si c'est moi qui ai écrit ces saloperies.

– Je te jure que je n'y ai jamais cru. Je suis complètement perdu.

– Alors, qu'est-ce qui t'a amené ici ?

– Au fond, je n'en sais rien. Je supposais vaguement que tu pourrais m'aider.

– Je ne vois pas comment, et de toute façon je n'en ai pas la moindre envie. Débrouille-toi tout seul. Tu n'imagines pas à quel point tu m'as fait souffrir. J'ai...

Elle s'est interrompue d'un coup en prononçant ces mots. Elle a posé sa main devant sa bouche et a secoué la tête d'un air incrédule, comme si elle venait d'avoir une idée qu'elle refusait d'accepter. Je l'ai questionnée du regard en espérant qu'elle me révélerait ce qui l'avait troublée. Elle est restée silencieuse un long moment, puis elle m'a expliqué d'un ton réticent qu'elle avait rencontré la semaine précédente une amie perdue de vue depuis longtemps. Elles avaient partagé un repas et Élodie lui avait raconté notre rupture. Sa camarade qui militait dans une organisation féministe avait eu des mots très durs contre moi.

– Est-ce qu'elle aurait pu écrire le message sur Twitter après votre discussion ? ai-je demandé.

– Elle en est capable. Elle estime que tu t'es comporté comme une ordure et je suis d'accord avec elle. Tu m'as laissé imaginer que tu pourrais m'aimer, juste pour profiter de moi. Ce n'est rien d'autre que de l'abus !

– Tu aurais pu m'interroger sur mes sentiments ou me mettre au courant des tiens.

– Je n'y arrivais pas. J'avais trop peur de ta réponse. Le silence me permettait de garder l'espoir, et ça t'arrangeait bien.

J'ai soudain repensé à ma crainte de parler à Carine et un frisson m'a parcouru. Élodie avait reculé d'un pas, comme si elle ne supportait plus ma proximité. Le ciel nocturne était libre de nuages et la lueur pâle de la lune éclairait les traits de mon ex-compagne. J'ai eu l'impression de voir ses yeux mouillés de larmes dans la pénombre. J'ai tendu les bras vers elle.

– Je suis désolé, ai-je murmuré.

Elle m'a repoussé sèchement.

– Tes regrets ne me servent à rien. Ne compte pas sur moi pour te donner l'absolution.

– Je ne suis pas venu pour ça. Mais je ne mérite quand même pas d'être calomnié de cette façon. Es-tu d'accord de vérifier si ton amie a publié ce message, et de le lui faire supprimer si c'est le cas ?

– Je vais y réfléchir. Et maintenant, laisse-moi.

Deux jours plus tard, j'ai reçu un texto lapidaire d'Élodie m'annonçant qu'après avoir insisté auprès de sa copine, celle-ci avait finalement accepté d'effacer son tweet. Cette nouvelle n'a pas calmé mon inquiétude. Maxime, qui surveillait les réseaux, m'a informé que malgré l'élimination de la source, de nombreux messages continuaient à me cibler. Comme des métastases qui prolifèrent après l'ablation de la tumeur d'origine, ils se développaient maintenant de manière autonome et généraient de nouvelles discussions. Certaines étaient relativement générales. La publication de *@stopsexisme222*: *Cuisinier = gastronome, cuisinière = celle qui cuit la bouffe. Jusqu'à quand on va accepter ça ???* avait suscité une pluie de commentaires sur les inégalités de genre. Mais d'autres me visaient directement. Des personnes que je ne connaissais pas déversaient leurs menaces ou leur haine sur moi. Comme *@guerriere.amazone : Granier, petit chef sans talent, on détruira ton pouvoir de mâle prétentieux,* ou *@lilith6666 : Les sales harceleurs dans ton genre devraient tous rôtir sur un bûcher.* Il y en avait des dizaines d'autres du même acabit. Maxime m'a recommandé de ne plus les lire, mais le mal était fait. Ce déferlement de méchanceté et de bêtise m'a coupé le souffle. Au début, j'ai surtout craint pour mon restaurant. Mais progressivement, la colère a supplanté ma peur. J'enrageais de voir combien il était devenu facile de calomnier en se cachant derrière un pseudonyme. J'aurais aimé avoir en face de moi tous ces gens qui me jugeaient sans me connaître, et leur cracher mon mépris au visage. Le message d'Élodie a encore ajouté à mon indignation. On aurait dit que son amie me faisait une faveur en supprimant son texte diffamatoire, alors que j'aurais été en droit de la traîner devant un tribunal. J'ai appelé Jérôme pour qu'il m'aide à prendre du recul. J'avais besoin d'une voix bienveillante et de réflexions avisées. Après que je lui ai raconté toute l'affaire, il m'a proposé d'en parler le lendemain lors de la balade que nous avions prévue aux bois de Chancy.

– La nuit portera conseil, pour toi comme pour moi, a-t-il décrété. Je passe te chercher à 9 heures.

J'ai eu de la peine à m'endormir ce soir-là. Des images de silhouettes massées devant l'Agape qui frappaient sur des casseroles en hurlant mon nom défilaient dans ma tête.

Jérôme semblait d'excellente humeur lorsqu'il a sonné à ma porte lundi matin. Il se réjouissait visiblement de notre excursion en forêt. Depuis deux ans, il s'était pris de passion pour les champignons. Fidèle à lui-même dans sa quête de connaissance, il avait étudié le sujet jusqu'à devenir un mycologue très compétent. Quand la saison de la cueillette battait son plein, je l'accompagnais dans ses périples à chaque fois que j'en avais l'occasion. Il se chargeait du repérage et de l'identification, mon rôle consistant à cuisiner nos trouvailles dès notre retour. Mon ami a remarqué ma mine sombre et il a tenté de me remonter le moral pendant le trajet en voiture.

– Tu verras, une bonne promenade dans la nature va te faire du bien, a-t-il affirmé quand nous avons débouché sur le chemin de Champlong. Tes soucis viennent d'un monde virtuel. Rien de tel que la senteur des sous-bois pour te ramener à la réalité.

– Les réseaux sociaux sont tout aussi concrets que les chanterelles, ai-je répliqué. Et ils peuvent avoir des effets redoutables.

– J'en suis conscient. Tu sais que j'y ai beaucoup réfléchi. J'ai analysé la situation après ton coup de fil, et je pense que j'ai trouvé la racine du problème. Au fond, tout se joue sur la confusion entre l'individuel et le collectif.

– Je sens que tu vas de nouveau me servir un charabia philosophique inutile.

Jérôme a quitté un instant la route des yeux pour m'observer. Il paraissait plus inquiet que vexé par ma réaction. J'ai regretté mon commentaire acerbe et d'un mouvement de tête, je l'ai encouragé à continuer.

– Nous sommes entrés dans une époque où les personnes en proie à des discriminations bénéficient de plus de moyens pour défendre leurs droits, a-t-il repris. Et c'est plutôt une bonne chose. Les racisés, les gens qui ont une orientation sexuelle particulière, les handicapés et toutes celles ou ceux qui s'estiment injustement traités peuvent sensibiliser le public en propageant leurs idées grâce à la puissance d'internet.

– Je ne vois pas en quoi ça me concerne.

– On y vient. Les femmes représentent l'une des parties de la société qui subit encore des inégalités. Certaines se battent donc bec et ongles pour y mettre fin, et tu t'es retrouvé pris dans une escarmouche de cette bataille. Mais ces luttes portent en elles un germe nuisible, celui de faire passer les caractéristiques d'une collectivité avant celles de chaque membre. Si tu appartiens à une communauté opprimée, tu es a priori une victime. Alors que si on considère ton groupe comme favorisé, on te jugera coupable quel que soit ton comportement.

– Et comment je m'en sors ?

Mon ami a poussé un soupir, puis il est resté silencieux. Nous arrivions devant le parking des Bouchets. Il s'est garé, a coupé le moteur et m'a regardé d'un air désolé.

– Il faudra attendre que l'agitation faiblisse, a-t-il fini par répondre. J'ai peur qu'il n'y ait pas d'autre solution pour l'instant.

Nous avons longé le chemin des Crevasses pour atteindre le cœur de la réserve naturelle. Je marchais en réfléchissant à ce que Jérôme venait de dire. Son raisonnement comportait certainement une part de vérité, mais il ne m'aidait pas beaucoup. Il a dû percevoir ma déception.

– Tu es un type bien, Denis, a-t-il déclaré en me prenant par l'épaule. Et aucun tweet ne pourra changer ça. Maintenant, on laisse de côté les racontars électroniques et on pense juste à remplir notre panier.

Quelques nuages cotonneux traversaient paresseusement le ciel. Ils étaient trop peu nombreux pour cacher le soleil et la température restait douce. Une odeur végétale mêlée à des fragrances de résine flottait dans l'air. L'humus cédait légèrement sous nos pas alors que nous avancions dans le bois. J'ai repensé à mon père et à sa comparaison entre la vieillesse et une balade en forêt. Je me suis retourné brusquement. La route était déjà hors de vue, mais mon ami se tenait quelques mètres derrière moi sur ma gauche, les yeux rivés au sol. Il m'a lancé un sourire quand il s'est rendu compte que je l'observais. J'ai essayé de mettre mes soucis entre parenthèses pour me concentrer sur la cueillette. Nous nous sommes enfoncés sur un petit sentier qui serpentait dans le vallon du Longet sans qu'aucun de nous ne repère quoi que ce soit.

Au bout de trois quarts d'heure, j'ai commencé à craindre que nous revenions les mains vides. Mais quelques minutes plus tard, mon œil a été attiré par des taches brunes à proximité d'un grand chêne. En m'approchant, j'ai aperçu trois cèpes de Bordeaux. Ils faisaient partie des rares espèces que j'étais capable de reconnaître sans risque d'erreur. Leurs silhouettes trapues au large chapeau et leur pied ventru ne laissaient pas de doute sur leur identité. J'ai appelé Jérôme qui m'a félicité pour ma trouvaille.

– Tu savais qu'ils vivent en symbiose avec les arbres, m'a-t-il demandé ?

Il m'a expliqué que le mycélium, la partie souterraine du champignon constituée de minces filaments, se connecte aux racines des feuillus ou des résineux. Les arbres apportent aux cèpes le glucose dont ils ont besoin, et en échange ces derniers améliorent le pompage de l'eau et des sels minéraux nécessaires à la croissance de la végétation.

– Il existe un immense réseau de radicelles toujours plus fines qui communiquent entre elles sous nos pieds, a ajouté Jérôme. Les membres de la forêt se parlent.

– Une sacrée rhizosphère, ai-je souligné. L'idée doit te plaire. Est-ce que ton livre avance ?

– Je ne suis pas loin du but. Il me reste encore quelques chapitres. Mais pour le moment, consacrons-nous aux champignons.

Il a soigneusement découpé les bolets à leur base et les a placés dans son panier. Comme si cette première découverte avait fait tourner la chance en notre faveur, nous sommes tombés quelques centaines de mètres plus loin sur une autre variété comestible. Plusieurs spécimens de forme oblongue regroupés à l'orée d'une clairière paraissaient n'attendre que nous. Ils avaient une belle couleur blanche et présentaient des lamelles qui s'étageaient un peu comme des mèches tout au long de leurs corps cylindriques.

– Des coprins chevelus, a précisé Jérôme. Ce sera un vrai régal, mais à déguster tout de suite. Ils ne se conservent pas plus d'une journée. Tu n'en trouveras jamais en vente sur les marchés, ils sont réservés à ceux qui se donnent la peine d'aller à leur recherche.

Il a procédé à la récolte avec délicatesse et nous avons poursuivi notre exploration. Après avoir traversé la passerelle des Trois Nants, nous avons remonté l'autre versant du vallon, l'œil toujours aux aguets. Je progressais le front baissé en jetant des regards circulaires autour de moi, quand un bruit étrange m'a soudain figé sur place. Un couinement suraigu et plaintif qui s'est interrompu aussi brusquement qu'il avait débuté. Mon ami est arrivé à ma hauteur et m'a fait signe de m'accroupir. Il m'a désigné du doigt un point en contrebas. J'ai juste eu le temps de distinguer un renard qui trottinait entre les arbres. Il tenait dans sa gueule un petit animal qui ressemblait à un lapin de garenne. C'était probablement son cri d'agonie que je venais d'entendre. Le renard a disparu dans la futaie, mais l'image de son museau pointu avec sa proie sanguinolente coincée entre les crocs est restée dans ma tête comme si elle s'était imprimée en moi.

– D'habitude ils ne chassent pas pendant la journée, a commenté Jérôme. On a eu de la chance.

– Je me serais volontiers passé du spectacle. La cruauté m'a toujours révulsé.

– La nature n'est pas cruelle, juste indifférente. Nietzsche l'avait bien compris. Il disait que l'amitié est un des seuls moyens de supporter la froideur de l'univers. À part ça, nous devons encore compléter notre fricassée de midi.

Nous avons continué notre pérégrination dans la forêt. Après environ une demi-heure de marche, nous avons découvert une dizaine de coulemelles non loin du sentier. Jérôme a émis un sifflement admiratif et s'est empressé de les cueillir. Il en a agité une sous mon nez en faisant coulisser l'anneau qui entourait son pied allongé.

– Il faudra simplement les brosser et les essuyer avec un torchon humide, a-t-il préconisé. Si on les lave, elles se remplissent d'eau et ça gâche leur goût. Bon, je crois que nous sommes prêts pour notre petit festin.

Sur le chemin du retour, nous avons passé par un promontoire qui surplombait le Rhône. Nous sommes restés un moment silencieux à observer le fleuve dont les eaux coulaient majestueusement vers la France. Juste après que nous avons repris notre route, j'ai avisé un groupe de champignons au chapeau gris qui poussaient sous un frêne. En me penchant, j'ai constaté qu'ils dégageaient une agréable odeur de farine.

– On pourrait les rajouter au menu, ai-je proposé à mon ami.

Il a coupé un exemplaire au ras du sol, l'a humé puis l'a retourné pour observer ses lamelles jaunâtres qui viraient au rose.

– Mieux vaut éviter, a-t-il répondu. À moins que tu aies envie de faire un séjour à l'hôpital. C'est un entolome livide, une espèce toxique qui s'attaque au foie.

Il a lancé le spécimen au loin avant de s'essuyer les mains. J'ai jeté un coup d'œil à son panier avec un frisson rétrospectif. Jérôme a surpris mon regard.

– Tu ne risques rien avec ma cueillette, a-t-il affirmé en souriant. Maintenant, c'est à toi de jouer!

J'ai cuisiné la fricassée à l'huile d'olive avec des oignons et un peu d'ail, puis je l'ai parsemée de persil. Mon ami a hoché la tête d'un air approbateur après avoir dégusté sa première bouchée.

– Les coprins sont fondants comme du beurre, a-t-il dit. Voilà ce que j'appelle le plaisir de l'instant présent. Aristippe de Cyrène aurait apprécié.

Sa remarque m'a rappelé le cours sur l'hédonisme auquel j'avais participé dans sa classe et les événements qui avaient suivi. Ces souvenirs ne m'ont pas aidé à sortir de la déprime dans laquelle j'étais plongé depuis que nous avions rejoint mon appartement. Pendant le trajet en voiture, la vision de la dépouille sanglante du lapin avec les crocs plantés dans sa nuque n'avait pas cessé d'occuper mon esprit. Je ne pouvais pas m'empêcher de relier cette scène avec ma propre situation. J'avais l'impression qu'un prédateur invisible, caché dans les fourrés des réseaux sociaux, avait fondu sur moi et me tenait dans sa gueule. Jérôme a dû s'apercevoir de mon air absent et m'a demandé à quoi je réfléchissais.

– Au renard, ai-je répondu sans donner plus de précisions.

– Je crois bien que c'était une femelle, a-t-il déclaré avant de se resservir.

Il mangeait avec un bel appétit et ne semblait pas conscient du malaise qui m'habitait. Je lui en ai voulu de savourer son repas sans se préoccuper de moi. Je ne m'attendais pas à ce qu'il règle mes problèmes, mais j'aurais espéré un peu plus de réconfort venant de mon unique ami, au lieu de considérations philosophiques qui ne me servaient pas à grand-chose. Une sensation de solitude m'a submergé qui s'est encore accentuée lorsque mes pensées ont dérivé vers Carine. Il n'y avait pas de véritable intimité entre nous. Au fond, je ne savais pas quelle était la nature exacte de notre relation, ni quelle serait sa réaction si elle apprenait mes difficultés. Je ne parvenais pas à établir avec elle le lien profond que je souhaitais. Je me rendais compte que c'était aussi ma faute puisque je lui cachais mes sentiments, mais je lui en voulais de ne pas me montrer les siens. Peut-être n'y en avait-il tout simplement pas ? J'ai soudain revu le passage du film *Phantom Thread* où le personnage principal réussit enfin à avouer son amour à sa compagne après avoir failli mourir d'une intoxication aux champignons qu'elle a glissés dans sa nourriture. Le fantasme de procéder de la même façon avec Carine m'a traversé l'esprit. Mais qui avait le plus besoin de se laisser aller, elle ou moi ? Jérôme a interrompu ma rêverie.

– Tu n'as pas touché à ton assiette, a-t-il noté. Qu'est-ce qui t'arrive ?

– J'ai repensé aux entolomes livides. Je pourrais les cuisiner pour Carine. En tombant gravement malade, elle réussira peut-être à me dire si elle m'aime.

Mon ami m'a scruté pendant quelques secondes sans cacher sa stupéfaction. Il essayait probablement de déterminer si je plaisantais. Son examen n'a pas dû le satisfaire.

– Tu commences vraiment à m'inquiéter, a-t-il lâché. Je me doute que tu as beaucoup de soucis, mais il faut te ressaisir. Parfois, la seule solution est de faire le dos rond en attendant que la situation se décante. Ça vaut pour tes ennuis sur internet comme pour ton histoire avec Carine.

– Tu as raison. Je vais commencer par profiter de l'après-midi pour me reposer.

Jérôme m'a quitté après avoir obtenu la promesse que je l'appellerai le lendemain. Durant les heures suivantes, je n'ai pu que ressasser mes idées noires sans réussir à me calmer. J'avais rendez-vous avec Carine et j'ai failli annuler par crainte que ma morosité ne gâche notre rencontre. Mais j'ai fini par me convaincre que ma compagne devait être capable de rester à mes côtés, même quand je n'étais pas au mieux de ma forme.

Dès qu'elle m'a ouvert sa porte, j'ai compris qu'elle allait tout mettre en œuvre pour que nous fassions l'amour. Elle avait tenté quelques avances timides les jours précédents, sans insister en constatant que je n'y répondais pas. Ce soir-là, elle avait visiblement décidé que le moment était venu. Je l'ai trouvée très désirable et j'ai eu envie d'elle malgré mes préoccupations. Mais l'idée que seul le plaisir nous liait de manière intime s'est de nouveau insinuée dans mon esprit. Son corps m'attirait, mais j'éprouvais du ressentiment et presque de la colère devant son attitude. Je crois que j'étais aussi irrité contre moi-même. Je détestais à la fois ma peur de perdre Carine et mon incapacité à lui parler. Tout cela nous a entraînés vers une soirée étrange de laquelle je suis sorti avec l'esprit rempli de doutes.

Après l'épisode particulier qui avait marqué nos retrouvailles intimes, nous n'avons plus fait l'amour pendant un mois. Au début, j'ai cherché à lui parler de l'incident, mais je n'y ai pas réussi. Il s'est montré si prévenant que je n'ai pas voulu risquer une dispute pour un événement somme toute anecdotique. Et plus le temps s'écoulait, moins il me semblait légitime de remettre l'affaire sur le tapis, notamment parce que je commençais à avoir des doutes sur ma perception de ce qui était arrivé. Je me souvenais très bien du plaisir intense que j'avais éprouvé, mais beaucoup moins nettement du moment de trouble qui l'avait précédé. Je n'étais même plus sûre de ne pas avoir aimé ça. J'ai fini par me dire que seule l'impression finale comptait. Il avait encore réussi à me faire découvrir une jouissance que je n'avais jamais connue auparavant. Et j'attendais avec toujours plus d'impatience le moment de renouveler l'expérience.

Mais les jours filaient et ses gestes restaient aussi empreints de tendresse que dénués d'érotisme. Je rongeais mon frein en me demandant comment débloquer la situation. Le plus simple aurait été de provoquer une discussion pour tirer les choses au clair. Je n'ai pas pu m'y résoudre. Je craignais qu'en mettant des mots sur notre sexualité, elle ne perde une part de son aura. J'ai continué à attendre l'ouverture pendant plusieurs semaines, sans aucun succès. Alors ce soir, j'ai décidé de prendre l'initiative. C'était contraire à nos règles implicites, mais j'ai pensé qu'après tout je ne risquais rien de plus qu'un refus. J'ai enfilé la minijupe la plus courte de ma garde-robe et je n'ai pas mis de soutien-gorge sous mon chemisier que j'ai déboutonné pour laisser voir le haut de ma poitrine. Je me suis maquillée avec soin, en forçant juste un peu le trait, puis j'ai noué autour de mon cou le carré de soie bleu qu'il m'avait offert. Je me sentais un peu mal à l'aise pendant ses préparatifs. Pourquoi était-ce à moi d'accomplir tous ces efforts pour me rendre désirable ? Je me suis dit que le mieux était de le prendre comme une sorte de jeu qui pouvait nous rapprocher.

Quand il est arrivé, je l'ai accueilli chaussée d'escarpins à talon aiguille. S'il a été surpris, il n'en a rien laissé paraître. Il s'est contenté de poser sur mes lèvres le baiser chaste auquel j'avais droit à chaque fois.

– Je nous ai préparé un apéritif, ai-je dit en lui tendant un Martini.

Il m'a remerciée et s'est assis sur le canapé du salon. Pendant qu'il dégustait sa boisson, j'ai traversé la pièce en me déhanchant pour aller chercher des amuse-bouche à la cuisine. Ce n'était pas facile de garder une démarche naturelle. J'avais peur d'en faire trop et d'avoir l'air ridicule, mais l'excitation qui montait dans mon ventre était plus forte que ma gêne. Je suis revenue avec le plat et je l'ai posé sur la table basse. J'ai pris soin de me pencher pour qu'il ait une vision idéale sur mon décolleté quand je me suis assise près de lui. Il n'a pas semblé remarquer mon manège. Nous avons grignoté pendant un moment en échangeant des propos sans intérêt. J'ai rempli à nouveau nos verres. Il a vidé le sien presque d'un trait et s'est resservi. Je l'ai imité en espérant que l'alcool m'aiderait à me montrer plus audacieuse.

Je commençais à ressentir une chaleur agréable qui se diffusait dans tout mon corps. J'ai avancé la main pour attraper une olive. Je l'ai laissée me glisser des doigts et elle a roulé sous le divan. Je me suis agenouillée pour la récupérer. En essayant de l'atteindre, j'avais conscience de lui offrir le spectacle de mes fesses moulées dans ma minijupe. Quand je me suis redressée, il me contemplait avec un léger sourire. Ses yeux brillaient. Était-ce l'effet du Martini ou avait-il envie de moi ? Son regard était braqué sur le foulard qui ornait mon cou. Je l'ai dénoué et le lui ai tendu.

– J'ai adoré la soirée où tu m'as apporté ce cadeau, ai-je murmuré.

Ma voix m'a paru plus rauque que d'habitude. Il a caressé le tissu d'un air pensif, comme s'il méditait sur le message que je venais de lui transmettre.

– On peut aussi l'utiliser d'une autre façon, ai-je ajouté.

Il m'a dévisagée avec une intensité que je n'avais plus perçue depuis longtemps. On aurait dit qu'il cherchait à lire sur mes traits les réponses à des questions qu'il n'arrivait pas à formuler. Je lui ai présenté mes deux mains jointes devant moi afin qu'il n'ait plus de doute sur mes intentions. Il m'a observée en silence sans bouger. J'ai supposé que c'était pour me donner le temps de réfléchir. Son intention était louable, mais à cet instant rien n'aurait pu me faire changer d'avis. Une tension érotique renaissait enfin entre nous et je ne voulais à aucun prix risquer de la voir disparaître. J'ai hoché la tête pour l'encourager. Il a eu une expression étrange, presque douloureuse, comme s'il était tiraillé entre des envies contradictoires. Puis il s'est décidé d'un coup. Il a saisi mes poignets et les a attachés avec le foulard en serrant soigneusement son nœud.

Je me demande encore pourquoi je l'ai incité à me ligoter. J'avais déjà expérimenté des jeux de ce genre, mais ça ne m'avait pas beaucoup plu. Qu'est-ce qui m'a pris de le pousser vers ce scénario ? Sur le moment, je n'ai pas réfléchi. Mais avec le recul, je crois que derrière cet acte impulsif se cachait le besoin de voir comment il se comporterait quand il m'aurait en son pouvoir. C'était la suite nécessaire de ce qui s'était passé la dernière fois que nous avions fait l'amour. Me mettre à sa merci représentait le moyen de découvrir la part de lui que je ne connaissais pas. En même temps, je dois avouer que je cherchais aussi à retrouver ce flash de pure jouissance que j'avais éprouvé. Assise les mains liées, j'attendais qu'il me guide vers de nouveaux sommets.

Il a commencé par ouvrir mon chemisier sans se presser, bouton après bouton, tout en me dévisageant. Je retrouvais dans ses gestes ce mélange de lenteur étudiée et d'attention qui m'avait toujours fait chavirer. Il s'est mis à caresser mes seins, d'abord doucement, en les effleurant de ses paumes, puis avec plus d'insistance. Je savais qu'il guettait chacune de mes réactions. J'ai frissonné d'excitation et j'ai laissé échapper un petit gémissement quand il a pincé mes tétons entre le pouce et l'index. Il m'a embrassée passionnément comme s'il cherchait à aspirer dans mon souffle le plaisir qui montait en moi. On aurait dit qu'une digue avait cédé et qu'il donnait enfin libre cours à son désir.

Il s'est redressé et a enlevé ses vêtements. Il était en érection et s'est approché jusqu'à quelques centimètres de mon visage avant de s'arrêter net. Il cherchait sûrement à voir si je prendrais l'initiative. Nous sommes restés un moment figés dans cette position. Il haletait et se forçait à ne pas bouger. J'ai attendu que son envie de moi atteigne son paroxysme avant d'entrouvrir les lèvres, très lentement, en le regardant droit dans les yeux. Il a poussé un soupir rauque et s'est enfoncé d'un coup dans ma gorge. Il a agrippé ma nuque pour m'attirer contre lui avec une avidité que je ne lui avais jamais connue. Il dictait sa loi, mais nous savions tous les deux qu'il n'aurait pas agi de cette manière sans le signal que je lui avais donné. J'espérais juste qu'il ne jouirait pas immédiatement car je rêvais de l'accueillir au fond de mon ventre.

Il s'est reculé soudainement, comme s'il avait lu dans mes pensées. Il m'a enlevé ma minijupe, puis mon string en à peine quelques secondes, puis il a écarté mes jambes et m'a tirée vers le bord du canapé. Il m'a pénétrée tout de suite en me tenant par les cuisses pour assurer sa prise. Il n'y avait pas de fébrilité, ni de passion dans ses gestes. Il allait et venait en moi avec une régularité de métronome, on aurait dit un athlète à l'entraînement. Son attitude aurait pu me troubler si je n'avais pas eu la possibilité de le dévisager, mais la lueur qui brillait dans ses yeux m'a mise en confiance. J'ai saisi qu'il m'envoyait un message. « Tu as demandé que je sois ton maître, tu vas être servie. » Il a continué à s'activer en gardant un air concentré. Je voyais la sueur couler sur son torse. Son corps dégageait une aura de contrôle et de puissance qui était très excitante. Je rêvais de m'offrir entièrement à lui et de jouir comme une forcenée.

Comme mes poignets attachés ne bloquaient pas complètement ma liberté de mouvement, j'ai commencé à me toucher. Il l'a remarqué et n'a rien fait pour m'en empêcher. J'ai noté qu'il ralentissait sa cadence, peut-être voulait-il me faciliter la tâche ou mieux épier mes gestes. Il adorait que je me donne du plaisir devant lui. Au bout de quelques minutes, j'étais déjà au bord de l'orgasme et il a dû s'en rendre compte. Il a posé ses mains sur mes épaules, puis il s'est mis à caresser mon cou. À un moment, il a exercé une brève pression qui a bloqué ma respiration. C'était surprenant, mais pas vraiment désagréable. J'étais trop focalisée sur mes sensations pour que l'incident me perturbe. Peu après, il a renouvelé son geste en serrant plus fort et plus longtemps. Pendant les instants où l'oxygène m'a manqué, j'ai éprouvé un étrange mélange de perceptions. Mes poumons se sont mis en alerte et j'ai ouvert grand la bouche pour trouver de l'air, pourtant ces signaux d'urgence n'ont pas suffi à couvrir ceux qui venaient de mon sexe et annonçaient des délices imminents. J'ai eu l'impression qu'ils formaient les deux versants d'un même sommet que j'étais en train de gravir.

Il m'a libérée juste avant que l'équilibre ne soit rompu. En reprenant mon souffle, j'ai croisé son regard qui me scrutait. L'attention bienveillante avec laquelle il m'observait a fait disparaître toute idée de risque. J'ai compris qu'il me guiderait dans mon ascension et que je pouvais m'en remettre à lui. J'ai hoché la tête pour lui montrer qu'il pouvait poursuivre. Il a acquiescé à son tour. Ses doigts ont à nouveau emprisonné ma gorge. Au début, il m'a laissée respirer presque normalement. Je pense qu'il guettait les signes de mon excitation. Au moment où la vague a pris son essor, il a resserré progressivement ses mains sur mon cou au rythme exact où augmentait mon plaisir. Je ressentais peu à peu les prémisses d'un étourdissement enivrant. C'était tellement bon que je n'avais aucune crainte. J'étais prête à m'abandonner complètement.

J'approchais de la perte de conscience lorsqu'un changement m'a alertée dans sa physionomie. Ses yeux étaient toujours braqués sur moi, mais ils semblaient ne plus me voir. Il paraissait absorbé dans ses pensées, très loin dans son monde intérieur. Il a baissé lentement ses paupières tout en continuant à m'étrangler.

L'affolement m'a submergée d'un coup. J'ai réuni mes dernières forces pour essayer de me dégager. Mais avec les poignets liés et son corps qui pesait sur moi, je n'avais aucune chance d'y arriver. Un phénomène très singulier s'est produit pendant que je tentais d'échapper à son étreinte. C'était comme si l'énergie de ma lutte se mélangeait à celle de ma jouissance qui continuait à monter sans que rien ne puisse l'arrêter. Les deux courants se sont unis en formant un maelström d'une puissance infinie. J'ai cessé de résister et je me suis laissé emporter.

Il a lâché ma gorge juste à cet instant et l'oxygène qui entrait enfin dans mes poumons a été le détonateur d'un orgasme cosmique. Je sais que le terme peut sembler exagéré, mais je n'en ai pas trouvé de meilleur pour décrire ce que j'ai éprouvé. L'image qui me vient est celle d'une supernova en train d'exploser. J'étais à la fois au centre de l'étoile et dans chacune des particules lumineuses qu'elle projetait à travers l'espace. J'ai hurlé pendant un long moment, vraiment hurlé, au point qu'il a dû mettre doucement la main sur ma bouche afin de me calmer.

J'ai mis du temps à redescendre sur terre. Mon corps était encore traversé par les derniers soubresauts de ces ondes de panique et d'extase qui m'avaient transportée dans une autre dimension. À mesure que ces répliques s'atténuaient, un tourbillon de pensées a pris possession de mon esprit. Elles tournaient toutes autour de ce qui venait d'arriver. Il a dénoué le foulard qui me ligotait et l'a posé sur la table du salon, puis il s'est assis à côté de moi sur le divan. J'ai vu que son érection avait disparu. Il n'avait manifestement plus envie de continuer. Depuis que nous faisions l'amour, nous avions toujours joui ensemble, même si ce n'était pas forcément simultané. La pensée que pour la première fois nous n'avions pas été unis dans le plaisir m'a traversé. J'ai eu peur que cela ne soit de mauvais augure. Il a posé une main sur ma cuisse et l'a caressée de façon machinale. Je percevais une distance entre nous que son geste n'a pas suffi à effacer. Le moment où il s'était replié sur lui-même m'est revenu en mémoire. Sans le sursaut de frayeur qu'il avait provoqué, je n'aurais probablement pas atteint ce paroxysme que je venais de vivre. L'avait-il fait exprès ? Quand il avait fermé les yeux, était-ce pour mieux se concentrer sur mes réactions ? Ou avait-il plongé dans une absence durant laquelle il aurait pu m'étrangler jusqu'à l'étouffement ? Il fallait que nous puissions parler de tout cela, mais je ne savais pas comment traduire en mots les questions qui m'assaillaient. Il m'a dévisagée brièvement, puis il s'est levé et a commencé à se rhabiller. Son comportement m'a confirmé que quelque chose n'allait pas. Je l'ai regardé enfiler ses pantalons sans avoir le courage d'entamer une discussion. Il a lacé ses chaussures, s'est redressé et a posé sur ma tempe un baiser hésitant. Avant que je n'aie pu réagir, il avait déjà traversé le salon et se dirigeait vers l'entrée. Il s'est retourné et m'a fait un signe de la main. J'ai entendu la porte se refermer avec un bruit sec qui m'a frappée comme un coup dans l'estomac. Après son départ, je suis restée prostrée sur le canapé dans une sorte d'état second, enveloppée de tristesse. Les scènes de la soirée se télescopaient dans ma tête. J'ai revécu cet instant d'effroi quand il m'étranglait, l'intensité folle de mon orgasme, et sa fuite avant que nous allions nous coucher. Je ne parvenais pas à intégrer ces éléments dans un tout cohérent. J'ai fini par me dire que le seul moyen de mettre de l'ordre dans mes pensées était de reprendre mon journal.

J'écris depuis plus d'une heure et je n'ai aucune nouvelle de lui. Il ne reviendra pas cette nuit. Qu'est-ce qui lui a pris ? Je ne le reconnais plus. Et pire encore, je ne me reconnais pas moi-même. Il m'a de nouveau fait découvrir un niveau de jouissance que je n'imaginais pas, mais cette fois je crois que j'ai pénétré dans une zone de danger. Quelle est la prochaine étape ? Où s'arrêtera-t-il ? Pourrai-je encore avoir confiance après ce qui s'est passé ? Pourtant, je ne supporte pas l'idée de renoncer à ces extases. Je crains ce qui va arriver quand nous nous reverrons. Il me semble que plus le sexe est intense, plus cela nous écarte l'un de l'autre. Ce soir, tout avait bien commencé, et puis il y a eu ce fossé entre nous. Je suis terrifiée à l'idée de le perdre, mais l'angoisse me noue l'estomac quand je pense à ce qui m'attend si nous continuons. Est-ce que je devrais me résoudre à le quitter ? En tout cas, ce journal ne me sert à rien. Je suis encore plus confuse que lorsque je l'ai commencé. J'ai peut-être commis une erreur en écrivant uniquement sur ces moments particuliers. La clé de ce qui se passe dans notre couple se trouve probablement ailleurs. Pour l'instant, je tourne en rond dans le brouillard. Il ne me reste plus qu'à prendre un somnifère et à essayer de dormir.

VII

L'automne 2019 a été une période pénible. Pour la première fois depuis que nous avions fait connaissance, Carine s'est montrée distante durant certaines de nos rencontres. Nous nous sommes même disputés quelques fois au sujet de broutilles. Je dois reconnaître que je portais une grande part de responsabilité dans la détérioration de nos relations. J'étais obsédé par les calomnies qui se répandaient sur moi à travers internet, et cette tension constante se répercutait sur mes rapports avec ma compagne.

Pendant les semaines qui avaient suivi la suppression du tweet publié par l'amie d'Élodie, les messages malveillants avaient continué à se propager. J'avais expliqué la situation à mon personnel et tout le monde avait accepté de signer un manifeste de soutien qui dénonçait les attaques arbitraires dont j'étais l'objet. Maxime se chargeait de l'envoyer à l'auteur de chaque commentaire négatif qui me visait, mais nous ne l'avions pas publié sur le site de l'Agape afin de garder le public à l'écart de la polémique dans la mesure du possible. Malgré ces précautions, je redoutais que les médias ne s'emparent de l'affaire. Je me sentais crispé au moment d'échanger quelques mots avec les convives à la fin du service. Personne n'avait évoqué les médisances jusque-là, mais certains regards me semblaient chargés d'ambiguïté. J'avais tenu bon grâce à l'appui de mes adjoints en cuisine et de Sophie Lacroix. Elle ne manquait pas une occasion de dire aux clients à quel point elle était heureuse de travailler dans mon équipe.

– Ces femmes qui ont besoin de dénigrer les hommes sur les réseaux sociaux me mettent mal à l'aise, m'avait-elle déclaré un soir.

Se poser en victimes devant tout le monde pour réclamer vengeance, ce n'est pas ma conception du féminisme.

Mes ennuis avaient aussi eu un effet sur l'attitude d'Antoine. Nous avions continué nos conversations hebdomadaires sans que mon apprenti n'évolue beaucoup. Mais après avoir appris ce qui m'était arrivé, il avait modéré sa position. Ses critiques contre les beaux garçons et les filles qu'ils attiraient avaient perdu de leur virulence.

– Je m'aperçois que la vie de chad n'est pas toujours drôle, m'avait-il lancé d'un ton compatissant à la fin d'un de nos entretiens.

Apparemment, c'était la principale leçon qu'il avait tirée de ma mésaventure. De son côté, Jérôme m'avait épaulé de son mieux durant cette crise. Comme dans notre enfance, il m'avait encouragé à pratiquer un maximum d'activités pour échapper à mes idées noires. Pourtant, ses efforts et son credo répété selon lequel le temps finirait par tout arranger ne m'avaient pas permis de surmonter mon malaise. Même si je parvenais encore à assumer mon rôle au restaurant, mon humeur s'assombrissait dès que je quittais l'Agape.

Je n'avais pas parlé de mes soucis à Carine, à la fois dans le but de la protéger et par crainte de la perdre. Mais mon silence pesait sur nous avec la lourdeur d'une vieille armure. Elle a sûrement réalisé que quelque chose n'allait pas. En faisant preuve de son habituel pragmatisme, elle m'a proposé de diminuer la fréquence de nos rencontres. J'ai accepté la rage au cœur. J'avais espéré qu'elle essaie de comprendre ce qui m'arrivait et qu'elle me soutienne. Sa réaction semblait montrer que nos moments partagés n'avaient de valeur à ses yeux que s'ils étaient agréables. D'un autre côté, je me rendais compte que je l'avais placée devant une tâche impossible. Comment pouvais-je rêver qu'elle se rapproche de moi, alors que j'instaurais toujours plus de distance entre nous en refusant de lui dévoiler mes problèmes? La conscience de ces contradictions n'a pas suffi à modifier mon comportement. Je distinguais clairement le mécanisme qui m'emprisonnait.

À la racine, comme aurait dit mon ami, il y avait ma peur. J'étais tourmenté par l'idée que Carine me rejette en apprenant mon histoire avec Élodie. Mon mutisme me permettait de garder l'illusion que notre relation avait encore une chance, alors qu'en réalité il la détruisait à petit feu. Je n'ai pas discuté de mes réflexions avec Jérôme. Je savais qu'il serait parvenu à des conclusions identiques aux miennes, mais toutes ces considérations ne m'aidaient en rien à me libérer. J'étais complètement tétanisé.

Pendant les mois d'octobre et novembre, j'ai vu Carine seulement tous les quinze jours. Nous avons passé des soirées au cinéma, au théâtre ou au restaurant sans jamais dormir ensemble. Nos conversations évitaient soigneusement les thèmes trop personnels. L'éloignement physique qui s'était insinué entre nous contrastait avec l'intimité sensuelle quasi magnétique que nous avions connue, et cela m'inquiétait beaucoup. J'avais toujours eu la conviction qu'il suffisait d'un signe de ma part pour que nos corps se retrouvent. Soudain, je n'étais plus du tout sûr que cela se produirait à nouveau. Les yeux de Carine se posaient parfois sur moi à l'improviste et j'avais l'impression que leurs paillettes vertes brillaient d'une lumière qui cherchait à me sonder. Elle se questionnait probablement sur notre avenir, pourtant elle n'a pas abordé le sujet. Je me suis demandé si elle attendait l'occasion propice pour me proposer de rester simplement amis.

Le déménagement de mon père n'a pas contribué à alléger l'atmosphère. Il a rapidement vendu la villa de Cartigny et a loué un petit appartement dans la résidence Beausoleil. Pendant que je lui donnais un coup de main dans la mise en ordre de la maison, j'ai revu les nids qu'il avait installés dans le but d'offrir un refuge aux hirondelles. Lorsque je suis revenu quelques semaines plus tard, j'ai constaté que le nouveau propriétaire les avait enlevés. J'ai imaginé les oiseaux déboussolés en train de voleter près du toit à la recherche de leur abri disparu. Papa devait se trouver à peu près dans le même état qu'eux. Il a vite déchanté dans son nouvel environnement. Comme je l'avais prévu, la fréquentation des pensionnaires a plombé son moral. Afin de lui changer les idées, je lui ai proposé des sorties pendant mes jours de congé. Nous allions nous balader au vallon de la Laire ou sur les berges du Rhône et il m'initiait à l'ornithologie. Ces activités nous ont rapprochés, mais elles ne contribuaient pas à dissiper mes préoccupations. Mon père semblait à nouveau enveloppé dans ce linceul de tristesse que je connaissais trop bien. Les améliorations qu'il avait espérées en quittant son domicile n'étaient pas au rendez-vous. Son quotidien lui pesait tout autant que lorsqu'il habitait seul.

– Il y a plein de groupes qui se plaignent d'injustices, m'a-t-il dit alors que nous nous promenions près de Planfonds en observant les bécasseaux. Mais la vérité, c'est que les personnes âgées sont de loin les plus discriminées. On ne les écoute plus, on les évite, et à la fin on les parque dans des ghettos en attendant qu'elles disparaissent.

– Tu n'étais pas obligé d'aller à Beausoleil, ai-je répondu.

– J'en avais marre de passer la plupart de mes journées sans compagnie. J'avais imaginé que je rencontrerais du monde. Seulement, il n'y a que deux catégories parmi les gens que je croise. Ceux qui se débattent encore un peu pour se sentir vivants et ceux qui y ont renoncé. Le pire, c'est quand je vois dans leurs yeux qu'ils ont basculé de l'une à l'autre.

– Tu es encore du bon côté de la barrière, papa. Je ne te laisserai pas tomber.

Il m'a lancé un regard dans lequel la reconnaissance se mêlait à une part de doute, puis il m'a donné une longue accolade. J'ai senti sa joue râpeuse contre la mienne et je l'ai serré très fort.

À la fin novembre, Maxime m'a indiqué que les messages d'insultes qui me visaient sur internet avaient pratiquement disparu. Le gros de la meute s'était probablement dirigé vers d'autres proies. Cette nouvelle m'a beaucoup soulagé. Mon horizon se dégageait enfin et je me suis empressé d'en informer Jérôme. À ma grande surprise, il n'a pas eu l'air de partager mon optimisme quand je lui en ai parlé au téléphone.

– Je suis content que tu aies réglé le problème, a-t-il déclaré. Mais tu sais comme moi que ce n'était pas le principal.

– Qu'est-ce que tu sous-entends ?

– Arrête de faire l'idiot. Tu m'as parfaitement compris. Si tu n'as pas rapidement une vraie discussion avec Carine, tu risques de la perdre.

– Je n'y arrive pas pour l'instant. Tu m'as conseillé de laisser passer du temps, si je ne me trompe pas.

– C'était il y a deux mois. Maintenant, tu dois te décider et je vais t'expliquer pourquoi.

Son ton professoral m'a agacé, mais la vague d'irritation a vite reflué. Je me rendais compte qu'il me bousculait pour mon bien. Il m'avait toujours soutenu depuis que j'avais connu Carine et il s'était montré inquiet en apprenant que nous avions largement espacé nos contacts.

– J'ai réfléchi à ce que tu m'as dit sur votre histoire, a repris mon ami. Et je pense que tu es bloqué parce que tu n'as pas encore pris conscience que c'est toi le plus fort.

– Je ne vois pas ce que la force vient faire là-dedans. Il ne s'agit pas d'un combat.

– J'emploie le terme au sens de Nietzsche. On pourrait le remplacer par la capacité d'action.

– Qu'est-ce qui te fait croire que j'en ai plus que Carine ?

– Tu ne me l'as jamais décrite comme quelqu'un qui prend les devants, à part peut-être sa première visite dans ton bureau. Depuis là, elle s'est contentée de répondre à tes comportements.

– Et qu'est-ce que tu en conclus ?

– Le fort détient la puissance d'agir au lieu de juste réagir. Donc, il a un devoir moral de bravoure. Il doit se lancer, même s'il risque de subir l'échec. C'est le moment de montrer que tu es un chevalier.

Le discours de Jérôme m'a d'abord laissé dubitatif. Je n'étais pas certain que son analyse soit correcte. Pourtant, j'ai fini par admettre qu'il avait raison au moins sur un point. Si je laissais la situation continuer ainsi, il y avait de fortes probabilités que ma relation avec Carine s'étiole jusqu'à ce que nous nous séparions.

Un événement m'a aidé à avancer. J'avais reçu quelques jours plus tôt un message de Virginie Laubert. Nous avions été collègues à l'Ours de Crans-Montana au début de nos carrières et nous formions une très bonne équipe. Nous nous étions perdus de vue pendant mes années à l'étranger, mais elle avait retrouvé mes coordonnées sur Facebook. Elle me racontait dans son e-mail qu'elle avait continué à travailler dans la station valaisanne. Elle venait d'être nommée cheffe de brigade d'un restaurant haut de gamme qui avait récemment ouvert ses portes, et elle espérait que je viendrais lui rendre visite. J'avais répondu à Virginie en la félicitant pour sa promotion, sans prêter une attention particulière à l'opportunité qu'elle m'offrait. Mais après la discussion avec Jérôme, j'ai pensé que c'était peut-être l'occasion de parler à Carine dans un contexte différent. Lors de notre rencontre suivante, je lui ai proposé un week-end prolongé à Crans-Montana qui me permettrait de lui montrer les lieux où j'avais fait mes premières armes. Elle a eu l'air étonnée par cette invitation soudaine et m'a dit qu'elle devait vérifier son emploi du temps. Le lendemain, elle m'a annoncé au téléphone qu'elle acceptait avec plaisir.

Nous sommes partis de Genève le 14 décembre en début d'après-midi. J'avais organisé mon remplacement à l'Agape grâce à la bonne volonté d'Antoine qui avait accepté de renoncer à son congé de dimanche afin de seconder Maxime et Julien. Il arrivait au terme de son apprentissage et se montrait capable de contribuer efficacement à la préparation de tous les plats. Pendant le trajet en voiture, j'ai évoqué mes premières années dans le monde de la gastronomie. J'ai aussi parlé de Virginie et de ma joie lorsque j'avais appris son succès. La cuisine professionnelle restait un univers très masculin et j'étais heureux que ma collègue ait su tracer son chemin jusqu'à la consécration. Son talent et sa ténacité m'avaient frappé dès les premiers jours de notre collaboration. Carine m'écoutait avec attention, mais une mimique teintée d'ironie s'affichait par moments sur ses traits. Elle avait probablement compris que toutes ces histoires relatées avec force détails me permettaient d'éviter que la discussion ne porte sur nous deux. Je n'ai pas réussi à déterminer si elle en était rassurée ou si elle le regrettait.

Nous sommes arrivés vers 16h30 devant l'hôtel restaurant des Flocons d'Argent. C'était un bâtiment neuf, mais qui avait visiblement été construit avec des matériaux récupérés sur des constructions anciennes. Sa façade agrémentée de larges balcons mélangeait harmonieusement la pierre brute avec le vieux mélèze. Le toit à deux versants recouvert d'ardoises rappelait celui d'un chalet de montagne. Devant la salle à manger aux larges baies vitrées s'étalait un petit lac dont la surface était entièrement gelée. Je m'étais souvent promené au bord de cet étang quand je travaillais à l'Ours. À cette époque, une jolie maison aux volets rouges se dressait à l'endroit où trônait maintenant le nouvel édifice. J'ai pensé à la villa de mon père et je me suis demandé si dans quelques années, elle ne serait pas remplacée par un immeuble.

Après avoir rempli les formalités, nous nous sommes installés dans notre chambre située au deuxième étage. Elle était lambrissée de larges panneaux qui couvraient les parois et le plafond. Une grande fenêtre laissait pénétrer la lumière déclinante de la fin du jour. La légère odeur de bois qui flottait dans l'air conférait à la pièce une atmosphère naturelle et accueillante. Carine a posé sa valise sur le lit à couverture bleue.

– Pour notre première nuit ensemble depuis deux mois, je trouve que tu as choisi un bel endroit, a-t-elle dit.

Je ne savais pas comment interpréter sa remarque. Y avait-il derrière ses paroles le reproche d'avoir laissé notre relation se distendre depuis si longtemps, le soulagement de constater que nous allions nous rapprocher, ou simplement l'attente d'un moment de plaisir ? J'ai préféré ne pas épiloguer.

Nous avons rangé nos affaires, puis nous sommes sortis nous promener dans la station. Les décorations de Noël avaient envahi les rues et les devantures des magasins. Des guirlandes scintillantes habillaient les sapins. Nous avons marché sans croiser beaucoup de monde. La haute saison n'avait pas encore débuté et le froid piquant de cette soirée avait probablement renvoyé les touristes vers la chaleur de leurs appartements. J'ai amené Carine jusqu'à l'Ours où nous avons commandé deux cafés. Le personnel avait changé depuis l'époque où je travaillais dans l'établissement, mais la salle était restée telle que dans mon souvenir. Lorsque ma compagne a passé son bras sous le mien d'un geste naturel alors que nous revenions vers notre hôtel, j'ai pensé que tout n'était peut-être pas perdu. Nous nous sommes habillés pour le repas du soir et nous sommes allés boire un apéritif dans l'espace lounge. Nous avons choisi des places près de la cheminée en pierre où crépitaient de grosses bûches. J'avais prié la réception de prévenir Virginie que nous serions là. Nous venions de recevoir nos verres de Petite Arvine lorsqu'elle est apparue. Son visage arborait le sourire franc que j'avais gardé dans ma mémoire. Je me suis levé et je l'ai embrassée.

– Tu n'as pas pris une ride, ai-je affirmé.

– Menteur ! J'ai déjà des cheveux gris, a-t-elle répondu avant de héler le serveur.

Elle lui a demandé d'apporter la même chose que pour nous et s'est assise en face de moi. Je lui ai présenté Carine, puis nous avons trinqué. Le vin était excellent. Il s'ouvrait d'abord sur des senteurs d'agrumes, mais laissait en finale sur la langue une pointe de sel caractéristique de ce cépage valaisan. Virginie m'a lancé un coup d'œil satisfait en voyant que j'appréciais ma dégustation. Nous avons évoqué plusieurs souvenirs remontant à la période durant laquelle nous avions travaillé côte à côte.

– Tu étais un sacré séducteur à l'époque, a-t-elle déclaré d'un ton badin. Mais j'ai toujours su garder mes distances. J'avais compris que tu n'étais pas prêt à t'engager.

Elle s'est tournée vers Carine et l'a dévisagée d'un air complice.

– Vous l'avez rencontré au bon moment, a-t-elle repris. Il est comme les grands crus, je suis certaine qu'il s'est bonifié avec le temps.

Je l'ai questionnée sur son parcours afin d'orienter la conversation sur un sujet plus neutre. Elle nous a raconté qu'elle s'était mariée seize ans plus tôt avec un ingénieur et que son fils aîné venait de commencer un apprentissage de pâtissier.

– Le cadet s'intéresse plutôt à la mécanique, comme son père, a-t-elle précisé. Il y a sûrement un côté héréditaire dans tout ça. Et vous, est-ce que vous avez des enfants ?

Carine a secoué négativement la tête sans autre commentaire. Son regard avait cette expression indéchiffrable à laquelle j'avais déjà été confronté. J'ai dit à Virginie que j'aurais aimé visiter sa cuisine et elle a accepté avec un plaisir manifeste. Nous avons fait connaissance avec son équipe qui était composée d'autant de femmes que d'hommes. L'ambiance m'a paru efficace et chaleureuse, à l'image de mon ancienne collègue. Elle nous a expliqué que ses recettes étaient basées sur l'association d'ingrédients exotiques avec des produits locaux.

– Je crois beaucoup aux mélanges, a-t-elle ajouté. En gastronomie, comme dans la société. Si vous êtes d'accord, je vais vous composer un menu surprise. Je repasserai vous voir tout à l'heure et vous me donnerez votre avis.

Elle nous a quittés pour retourner à ses fourneaux. Nous nous sommes installés dans la salle à manger dont les tables étaient pratiquement toutes occupées. J'étais heureux de constater que le restaurant de Virginie avait trouvé sa clientèle.

Au début du repas, je me sentais presque aussi tendu que lors de mon premier rendez-vous avec Carine. J'avais été rassuré qu'elle accepte de m'accompagner, mais j'avais aussi l'impression que ce week-end représentait la dernière chance de sauver notre couple. On nous a proposé des amuse-bouches, puis le sommelier nous a ouvert une petite bouteille d'Amigne.

– C'est un cépage unique au monde, a-t-il expliqué. Il n'exprime ses qualités que dans un terroir particulier du Valais central, autour du village de Vétroz. On le reconnaît à son léger parfum de mandarine.

Ma compagne a bu une gorgée avec un sourire ravi. Elle portait une robe de velours vert légèrement décolletée dont la couleur s'harmonisait avec celle de ses yeux. J'ai eu soudain envie de me pencher vers elle et de prendre son beau visage dans mes mains, mais la crainte de sa réaction m'a figé sur ma chaise. J'ai déplié ma serviette pour me donner une contenance. Elle m'a interrogé sur mon travail à l'Ours avec Virginie, mais j'ai compris qu'elle me questionnait en meublant la discussion plutôt que par réelle curiosité. Je me suis prêté au jeu et je lui ai raconté plusieurs anecdotes, jusqu'à ce qu'un serveur nous apporte l'entrée. Elle se composait de filets de Saint-Pierre sur une sauce à la courge et au lait de chèvre agrémentée de petits morceaux de kumquats, le tout servi avec des chips de panais. Nous nous sommes laissé emporter par ce festival de saveurs qui se mariaient idéalement au fruité de l'Amigne. Carine a dégusté l'ensemble des ingrédients avec sa concentration habituelle. J'étais frappé à chaque fois par l'aura de sensualité qui se dégageait d'elle quand elle découvrait une nouvelle recette.

– Nous partons du bon pied, a-t-elle commenté avec enthousiasme. C'est délicieux!

Ce qualificatif qu'employait souvent mon père a fait surgir son image dans mon esprit. Je l'ai imaginé dans sa résidence en train de manger entouré de vieillards, ou pire, seul dans son studio devant son poste de télévision après avoir terminé son repas.

– Tu as l'air pensif tout à coup, a noté ma compagne. Quelque chose ne va pas?

– Non, non, ce n'est rien.

Elle n'a pas insisté et s'est contentée de m'observer sans un mot en laissant le silence s'installer. J'ai été sauvé par l'arrivée de deux verres d'Electus. Je connaissais ce cru valaisan haut de gamme que je proposais aussi dans mon restaurant. Il est élaboré avec les meilleures parcelles des raisins cultivés dans le canton, notamment la Syrah, le Cornalin, le Diolinoir et l'Humagne rouge. J'ai détaillé ses caractéristiques à Carine, ce qui m'a permis de renouer le fil de la conversation. Le plat principal nous a été présenté un instant plus tard. Il s'agissait d'un filet de bœuf Wagyu rôti à la noix de coco, surmonté d'une dentelle au cumin. Il était accompagné par une semoule aux raisins de Corinthe et une confiture d'aubergines. La viande m'a rappelé mon stage au Japon, mais elle avait été travaillée dans un style complètement original. L'harmonie entre les différents ingrédients s'est à nouveau révélée parfaite. Les notes de mûres et d'épices du vin se fondaient agréablement avec la nourriture. Nous étions sous le charme. Les yeux brun-vert de Carine brillaient d'une lumière douce que je n'avais plus remarquée depuis longtemps.

– Je suis très content d'être ici avec toi, ai-je dit.

Elle a acquiescé avant de finir son assiette, puis elle s'est carrée dans son fauteuil avec un soupir de satisfaction. Nous avons apprécié nos dernières gorgées d'Electus, tout en échangeant nos avis sur le véritable festin auquel nous avions eu droit. Après quelques minutes, le serveur est venu débarrasser la table. Carine en a profité pour se rendre aux toilettes. J'ai suivi du regard sa démarche souple et décidée pendant qu'elle traversait la salle. Durant son absence, j'ai cherché sans succès de quelle façon je pouvais lui avouer ce qui me tourmentait. Quand elle est revenue, on nous amenait déjà le dessert. Elle a contemplé avec une expression gourmande les morceaux de kakis confits au marc de Cornalin posés sur un coulis de crème au gingembre. Nous avons fait honneur au chef-d'œuvre final de Virginie. Les pommettes de Carine avaient rosi sous l'effet de l'alcool et de la bonne chère. Elle m'a lancé un regard interrogateur, comme si elle attendait un commentaire de ma part sur le moment que nous venions de partager.

– J'ai la conviction que la gastronomie rapproche les gens, ai-je déclaré. C'est une des raisons qui m'ont donné envie de pratiquer ce métier.

– Tu penses qu'on s'est rapprochés ce soir ? a-t-elle demandé.

– J'en ai l'impression. Tu n'es pas d'accord ?

– Si, mais je crois qu'il y a d'autres manières encore plus efficaces.

L'apparition de Virginie m'a évité de devoir poursuivre la discussion. Nous l'avons complimentée sur l'ensemble de son menu. Carine a relevé la subtilité avec laquelle les saveurs se complétaient dans ses recettes. J'ai renchéri en la félicitant pour l'originalité des accords qu'elle avait su trouver.

– Si j'étais un inspecteur du Michelin, tu aurais déjà droit à ton étoile, ai-je affirmé.

– C'est ce que je nous souhaite à tous les deux, m'a-t-elle lancé avec un clin d'œil. Bon, je vous laisse en amoureux. Je dois encore superviser les rangements.

Nous avons bu nos cafés avant de rejoindre la chambre. Carine est restée quelques minutes dans la salle de bains. Elle en est ressortie vêtue d'une nuisette presque transparente sous laquelle je voyais poindre ses seins. Elle s'est allongée sur le lit. Je me suis assis à ses côtés et je lui ai pris la main.

– Il faut qu'on parle, ai-je dit.

Elle a secoué la tête en fronçant son nez dans une mimique que je connaissais bien, puis elle a penché son visage vers le mien.

– Fais-moi l'amour, a-t-elle murmuré à mon oreille. J'ai envie de jouir avec toi.

Léon est un berger solitaire qui n'a que ses moutons pour seule compagnie. Il a pris l'habitude d'observer les étoiles avant de se coucher et s'est même mis à leur parler. Il discute en particulier avec celle qui brille plus que les autres à la pointe d'un sommet dominant Crans-Montana. Il lui résume ses journées et lui détaille la vie de son troupeau. Un soir, sa brebis préférée, Blanche, s'échappe juste avant qu'une méchante tempête ne se lève. Léon s'enfonce dans la nuit et cherche Blanche pendant des heures sans réussir à la retrouver, jusqu'au moment où une bourrasque éteint sa lanterne. Transi de froid, il lève les yeux vers le ciel afin de se repérer, mais aucun astre n'est visible et il s'égare dans le blizzard. Il appelle à l'aide, fouetté par le vent glacial, sans autre réponse que l'écho de sa propre voix. Alors qu'il se sent sombrer dans le désespoir, une longue guirlande étincelante apparaît soudain des hauteurs et se pose sur le sol enneigé. En suivant ce chemin lumineux, il retrouve son logis et sa brebis endormie devant un feu. Léon distingue une silhouette féminine dans les flammes. C'est un être au regard rayonnant qui prend la parole lorsque le berger s'approche.

– N'aie pas peur. Je suis Bella Lui, l'étoile à qui tu te confies tous les soirs. Je veille sur toi depuis longtemps et je suis descendue du ciel pour ne pas que tu te perdes.

Avant que le berger ne puisse réagir, elle prend son envol. Au bout de quelques secondes, il l'aperçoit qui scintille à nouveau au-dessus de la montagne.

J'ai raconté cette légende à Carine dimanche pendant que nous nous protégions du froid en nous serrant l'un contre l'autre dans le télésiège qui nous menait à plus de 2500 mètres d'altitude au pic de Bella Lui. Nous avions déjà parcouru pendant presque deux heures les pistes de Cry d'Er et du Pas du Loup. J'ai proposé de manger sur la terrasse de la buvette. Le temps se couvrait progressivement, mais le soleil dominait encore. Nous avons dégusté une fondue en contemplant les cimes des Alpes qui nous entouraient et la vallée du Rhône dont le tracé se dessinait sous nos yeux comme si nous l'observions depuis un haut balcon. Le spectacle était grandiose.

– J'ai beaucoup aimé l'histoire de Léon, m'a déclaré Carine. Elle ressemble à un conte de Noël.

– Alors tu vas apprécier la surprise que je t'ai préparée pour ce soir.

Elle m'a lancé un regard empli de curiosité sans pourtant essayer d'obtenir des précisions.

– J'adore quand nous passons des moments forts ensemble, a-t-elle répondu.

Je me suis senti mal à l'aise devant ce commentaire. J'attendais depuis notre réveil l'occasion d'entamer la conversation que nous devions avoir, mais Carine se comportait comme si elle avait oublié ce que je lui avais dit la veille. Dès que nous avons terminé notre repas, elle a chaussé ses skis et s'est lancée dans la pente à vive allure. Je la voyais filer devant moi sur la piste. Pendant un instant, je me suis demandé si je parviendrais à la rattraper.

Nous avons profité du spa de l'hôtel après notre journée de sport. Le lieu semblait propice aux confidences. Mais au moment où je m'apprêtais à me lancer, une famille de touristes avec deux petits enfants est entrée dans l'espace bien-être. Ils étaient si bruyants que nous avons rapidement battu en retraite. Le crépuscule assombrissait déjà le ciel lorsque nous avons rejoint notre chambre.

– Habille-toi chaudement, ai-je dit à Carine. Ma surprise se trouve à l'extérieur.

Elle a enfilé sa doudoune sans poser de question et s'est coiffée d'un bonnet bleu à pompon qui donnait à son visage une apparence juvénile. Nous avons pris la direction de l'Étang Long en marchant tête baissée pour échapper au vent qui s'était mis à souffler. Lorsque nous avons bifurqué à droite et qu'elle a découvert les lanternes, ma compagne a battu des mains avec la spontanéité d'un enfant.

– C'est vraiment féerique ! s'est-elle exclamée.

Les lumières alignées à intervalles réguliers formaient une guirlande qui s'allongeait jusqu'à l'orée de la forêt. Quelques flocons tourbillonnaient dans l'air autour d'elles comme de minuscules papillons blancs. Nous nous sommes engagés sur le chemin et j'ai expliqué que ce tracé avait été aménagé en référence à la légende du berger. Il y avait très peu de promeneurs, nous aurions pu nous croire seuls sur le parcours. Nous avons avancé en direction du lac de la Moubra dont les rives éclairées scintillaient en contrebas. La neige crissait agréablement sous nos pas et seul ce léger bruit nous accompagnait. Je me suis arrêté pour montrer à Carine le sommet de Bella Lui dont la silhouette grise se devinait sous la lueur argentée de la lune qui se glissait entre les nuages. Les pointillés lumineux formés par les fenêtres des immeubles de la station brillaient devant nous. Ma compagne a mis ses bras autour de mon cou et a posé un baiser sur le bout de mon nez.

– Merci de m'avoir amenée ici, a-t-elle dit. C'est un endroit merveilleux.

– Je t'aime, ai-je répondu.

Les mots ont résonné dans la nuit et j'ai eu la curieuse impression que quelqu'un d'autre les avait prononcés. Carine est restée silencieuse. Son haleine dessinait des volutes dans l'air froid, mais aucun son ne sortait de sa bouche. J'ai senti mon cœur se pincer.

– Je veux faire ma vie avec toi, ai-je ajouté.

Elle se tenait debout près d'un luminaire et se taisait toujours. J'ai vu une gouttelette sur sa joue et je me suis demandé si c'était un flocon fondu ou une larme. On aurait dit que le temps s'était arrêté. Carine demeurait immobile, je me suis approché jusqu'à la toucher.

– Parle-moi, s'il te plaît, lui ai-je murmuré.

Elle m'a fixé comme si elle s'apercevait soudain que je me trouvais devant elle.

– Moi aussi je t'aime, a-t-elle enfin déclaré. Sinon je ne t'aurais pas attendu si longtemps. Mais ce n'est pas facile.

Je me suis tout à coup senti aussi léger que si l'on avait enlevé de mes épaules le poids d'une montagne entière. J'ai embrassé les lèvres fraîches de ma compagne en lui promettant que désormais tout irait bien. Nous avons suivi le chapelet de lumières jusque dans la forêt en nous donnant le bras. Pendant que nous progressions entre les pins, je lui ai révélé ce qui s'était passé avec Élodie et les attaques dont j'avais été l'objet sur les réseaux sociaux. J'ai aussi évoqué la mort de ma mère et la peur de m'engager qui m'avait poursuivi pendant de longues années. Les mots se bousculaient comme si une écluse s'était enfin ouverte. Carine a fait halte sous le halo doré d'une lanterne accrochée à la branche d'un arbre. Elle a ôté ses gants et a pris mon visage dans ses mains d'un geste apaisant.

– Tu aurais dû me raconter tout ça plus tôt, a-t-elle dit.

– Le passé est derrière nous. C'est notre avenir qui compte. Est-ce que tu es prête à le construire avec moi ?

– Oui. On essayera d'avancer ensemble sur le chemin jusqu'à ce qu'on trouve le feu, la brebis et l'étoile.

Nous sommes rentrés à Genève lundi en milieu d'après-midi après avoir promis à Virginie de revenir lui rendre visite bientôt. Pendant le trajet, nous avons discuté de notre couple et nous avons convenu de procéder pas à pas. Dans un premier temps, nous garderions nos appartements pendant que Carine chercherait un nouveau logement pour nous deux. Je l'ai déposée chez elle, puis j'ai pris la direction du lycée de Malerive. J'avais hâte d'annoncer la nouvelle à Jérôme. Je suis arrivé juste à la fin des cours. Plusieurs groupes d'élèves quittaient l'établissement au moment où je me suis garé dans le parking. J'ai cru reconnaître Océane qui conversait avec un de ses camarades. Elle a passé devant moi sans me remarquer. Je me suis dirigé vers l'entrée et j'ai grimpé l'escalier jusqu'au deuxième étage. J'ai aperçu mon ami à travers la porte ouverte de sa classe. Il était assis à son bureau, en train de ranger des dossiers. Quand je suis entré, il s'est levé et m'a accueilli avec une expression complice.

– D'après ta voix au téléphone et ton empressement à venir me voir, je suppose que les choses se sont passées comme tu l'espérais avec Carine, a-t-il dit.

Je lui ai résumé les événements du week-end et je l'ai remercié pour son aide.

– Sans ton soutien, je n'aurais pas eu le courage de lui parler.

– Il faut surtout remercier Nietzsche, a-t-il répondu. Je me suis contenté de t'expliquer l'un des éléments de sa morale des forts. En voilà un autre.

Jérôme a désigné du doigt le tableau noir sur lequel figurait une phrase écrite à la craie. « La valeur d'un homme se mesure à la dose de vérité qu'il est capable de supporter. »

– C'est de lui ? ai-je demandé.

– J'ai paraphrasé sa citation, mais l'idée est la sienne. Je le considère comme le plus fascinant des philosophes.

– Eh bien, la vérité c'est que je suis amoureux de Carine et que je vais consacrer ma vie à la rendre heureuse.

Mon ami a acquiescé d'un hochement de tête pensif. Il m'a souri avec une certaine gravité, comme s'il avait perçu les implications de mes paroles.

– Je suis content pour toi, a-t-il repris. Je t'aurais proposé de fêter ça au champagne, mais Valérie m'attend. Nous sortons ce soir.

– J'aimerais beaucoup vous présenter Carine.

– J'en parlerai à ma femme et je te communiquerai quelques dates possibles. En revanche, il vaudrait peut-être mieux que ce soit toi qui cuisines. J'ai peur que nos pauvres talents ne soient pas à la hauteur des circonstances.

Je me suis esclaffé devant son air faussement contrit et j'ai accepté de bon cœur. Durant toute la journée du lendemain, je n'ai pas cessé de penser à ma compagne. Quand nous nous sommes retrouvés chez elle après la fermeture de l'Agape, elle s'est jetée à mon cou. C'était comme si la révélation de nos sentiments avait effacé toute la retenue qui existait entre nous auparavant. Nous avons passé la moitié de la nuit à faire l'amour et à discuter de notre avenir.

Pendant les semaines qui ont suivi, j'ai eu énormément de travail au restaurant. Mais le stress de fin d'année ne m'a pas empêché de voir Carine le plus souvent possible. Comme l'Agape était fermé le 24 décembre, j'ai pu organiser le réveillon de Noël chez moi. J'avais invité mon père afin de l'arracher à l'atmosphère pesante de sa résidence. Il est arrivé rasé de frais et vêtu de son plus beau costume. J'ai tout de suite senti qu'il appréciait ma compagne. Je leur ai proposé une version déstructurée de l'habituelle dinde rôtie. J'avais effiloché les cuisses pour les mélanger à du foie gras, le tout servi en parmentier, et j'avais préparé les filets en ballottines farcies aux bolets. Papa a évidemment affirmé que la recette était délicieuse. Je l'ai trouvé moins préoccupé que lors de nos précédentes rencontres. Le voile de tristesse qui s'interposait souvent entre nous m'a semblé plus ténu, au point de devenir presque invisible. Il s'est montré chaleureux et décontracté durant toute la soirée.

– Je pense que se poser des questions aide à rester vivant, nous a-t-il dit alors que nous dégustions un cognac après le repas. Ça explique pourquoi les personnes âgées ont souvent moins de certitudes que les jeunes.

– Et vous réfléchissez à quoi en ce moment? a demandé Carine.

– Pendant longtemps, j'ai essayé de comprendre la mort de ma femme, a-t-il répondu. Ensuite, j'ai concentré mes recherches sur les oiseaux. Maintenant, je me penche sur des sujets plus profonds comme la vie, la vieillesse et l'amour. Je suis très heureux de vous voir ensemble.

Ce discours ne ressemblait pas à ses propos habituels. Il respirait une sincérité paisible qui m'a donné de l'espoir pour mon père. Je lui ai proposé de passer la nuit dans la chambre d'amis, mais il a préféré prendre un taxi et rentrer dormir dans son appartement à la résidence. Après son départ, Carine n'a pas tari d'éloges sur lui. Elle m'a promis qu'elle me présenterait bientôt ses parents. Ils se trouvaient aux États-Unis où ils séjournaient chez leur fils.

– Je suis impatiente que tu fasses aussi sa connaissance, m'a-t-elle dit. J'adore mon frère, même si on se voit rarement. Je suis sûre que tu l'apprécieras.

La soirée du 31 décembre a été un grand succès. La salle de l'Agape était comble et les convives m'ont applaudi avec enthousiasme lorsque je suis venu leur présenter mes vœux à la fin du repas. Le plaisir que je lisais sur leurs visages représentait la plus belle des récompenses. Carine nous a rejoints juste avant les douze coups de minuit et nous avons commencé l'année 2020 par un long baiser.

Jérôme m'avait annoncé le lendemain de Noël que Valérie lui avait offert un circuit de trente jours sur la route de la soie. Elle avait organisé toute l'affaire avec la complicité de la directrice de Malerive qui avait accepté de prolonger leurs vacances. Je ne savais pas s'il était vraiment content de ce cadeau surprise qui selon moi devait satisfaire sa femme plus que lui, mais il n'avait pas eu d'autre choix que de fêter le nouvel an à Samarcande. J'attendais son retour pour la fin janvier. Le mois a filé très vite entre mes tâches au travail et les moments passés avec ma compagne. Nos rencontres avaient pris une tournure différente. Nous parlions beaucoup des projets que nous voulions réaliser tous les deux, et nous faisions bien plus souvent l'amour. La certitude que Carine partageait mes sentiments m'avait délivré de mes inhibitions. Je pouvais enfin laisser libre cours à mon désir pour elle et à mon envie de lui donner du plaisir. Je n'avais jamais eu de tabous en matière de sexe et je sentais qu'elle était prête à explorer avec moi de nouvelles contrées. Nous parcourions les chemins de la volupté dans toute leur diversité. J'adorais la contempler au moment où son corps se tendait vers l'orgasme. Sa jouissance attirait la mienne comme un aimant. Pourtant, cette complicité était parfois troublée durant de brefs instants. Il m'est arrivé de surprendre sur le visage de Carine une expression voisine de celle que j'avais remarquée la première fois à l'Agape. Cet air un peu perdu était maintenant nimbé d'une aura d'inquiétude. Mais il s'effaçait d'un coup lorsqu'elle sentait que je l'observais, et il était remplacé par une telle chaleur dans ses yeux que je ne me suis jamais autorisé à la questionner. Je me disais que l'essentiel entre nous était bien là, et que pour le reste elle se dévoilerait à son rythme. Je ne voulais pas répéter l'erreur que j'avais commise au début de notre relation. Nous vivions enfin comme un couple, même si nous n'habitions pas encore ensemble. Je passais toutes mes soirées chez elle. Parfois, nous restions simplement assis sur son canapé à regarder la télévision où des reportages évoquaient de plus en plus souvent une mystérieuse épidémie qui sévissait en Chine. Tout cela se passait très loin de nous, et nous allions nous coucher sans que ces nouvelles nous inquiètent. Puis est arrivé ce mois de février qui restera à tout jamais gravé dans ma mémoire. Deux événements qui ont marqué ma vie se sont produits durant cette période. J'ai appris que j'obtenais une étoile dans le guide Michelin, et Carine m'a annoncé qu'elle me quittait.

VIII

Pourquoi ? Pourquoi ? Pourquoi ? Pourquoi ? J'ai dû répéter ce mot des centaines de fois et j'ai ressassé cette interrogation dans ma tête bien plus souvent encore. Le seul élément qui aurait pu susciter mon inquiétude était que Carine s'était récemment dérobée à plusieurs reprises lorsque j'avais voulu lui faire l'amour. Après notre week-end à Crans-Montana, nous avions rarement passé plus d'une nuit sans sexe et elle semblait y prendre beaucoup de plaisir. Mais la fréquence de nos rapports avait progressivement diminué au cours des semaines, au point de devenir quasi nulle à la fin janvier. Comme les refus de ma compagne étaient toujours suivis par des marques de tendresse, je ne leur avais pas accordé d'importance particulière. Je lui avais moi-même imposé plusieurs périodes d'abstinence durant notre relation sans lui fournir d'explications, il aurait été inconvenant de lui en vouloir pour une baisse passagère de sa libido.

Le lundi 3 février, nous avons profité de mon jour de repos hebdomadaire à l'Agape en allant skier sur le domaine des Rousses. Le temps était magnifique et nous avons sillonné les pistes jusqu'à la fermeture des installations. Le soir, nous nous sommes couchés tôt et nous avons dormi chastement, fatigués par nos activités sportives. J'ai passé le mardi à travailler sur ma future carte de printemps. J'ai eu plusieurs idées que j'estimais prometteuses. Je me réjouissais d'en discuter avec Carine et j'étais d'excellente humeur lorsque je suis arrivé chez elle vers 23 heures. Mais au moment où elle m'a ouvert la porte, j'ai tout de suite senti qu'il y avait un gros problème. Son visage était blême et ses yeux rougis montraient qu'elle avait pleuré. Elle s'est reculée quand j'ai voulu l'enlacer. En pénétrant dans l'appartement, j'ai vu deux valises posées dans le vestibule.

– Qu'est-ce qui se passe ? ai-je demandé d'une voix tendue par l'appréhension.

– Je vais partir, a-t-elle murmuré.

– Partir où ? Pour combien de temps ? Pourquoi ?

Elle m'a jeté un regard vide et ses épaules se sont voûtées comme si elle ployait sous le poids de toutes ces questions.

– Je ne peux pas te répondre pour l'instant, a-t-elle déclaré. Il faut juste que tu me fasses confiance.

– Dis-moi au moins pourquoi tu t'es décidée si vite.

– Pas maintenant. Tout ce que tu dois savoir, c'est que je t'aime encore.

– Si tu m'aimes, tu n'as pas le droit de disparaître comme ça.

Carine m'a observé en gardant le silence. Elle semblait méditer mes paroles. Sa bouche s'est plissée dans une mimique où la tristesse se mêlait à l'inquiétude.

– Ça concerne ton passé ? ai-je lancé en guettant sa réaction.

Elle m'a jeté ce regard indéchiffrable que je connaissais bien, puis elle a poussé un long soupir.

– Ou est-ce que c'est lié à moi ? ai-je ajouté. C'est quelque chose que j'ai fait ?

Je m'attendais à un mouvement de dénégation, mais ses traits n'ont pas bougé. La colère m'a envahi d'un coup. Je me suis approché d'elle et je l'ai saisie par les épaules.

– Je t'ai parlé, moi ! Pourquoi tu te tais ? Tu ne vois pas que tu me rends fou d'inquiétude ?

– Lâche-moi ! Tu me fais mal.

Je me suis écarté et nous sommes restés face à face comme deux combattants blessés. À son expression butée, j'ai compris que je n'en apprendrais pas davantage. Elle s'était préparée et elle s'arrangerait pour que la scène se déroule comme elle l'avait prévu.

– Je quitte l'appartement tôt demain matin, a-t-elle repris d'un ton fatigué. J'aimerais que tu prennes tes affaires tout de suite.

J'ai rassemblé mes quelques effets dans un silence glacial, puis je me suis dirigé vers la porte. Carine s'est approchée et a posé sa main sur mon bras.

– C'est dur pour moi aussi, a-t-elle repris dans un souffle. Je t'aime profondément, mais là ce n'est plus possible.

Au lieu de me rassurer, ses paroles m'ont plongé dans un abîme de détresse. Elle a esquissé un geste comme si elle voulait me serrer contre elle, mais elle s'est arrêtée à mi-chemin. Ses yeux se sont remplis de larmes.

– Je t'enverrai de mes nouvelles, a-t-elle murmuré. Sois patient et fais-moi confiance, s'il te plaît. J'ai besoin que tu croies en nous.

Je n'ai pas prononcé le moindre mot. J'avais l'impression d'avoir été transporté dans un univers parallèle et j'attendais que le monde réel reprenne sa place. Mais le monde réel était celui où ma mère avait disparu soudainement, celui où Élodie avait quitté mon appartement après une discussion qui avait duré moins de trois minutes, et celui où la plupart de mes ruptures s'étaient déroulées de manière abrupte, généralement par ma faute. Après un long moment durant lequel nous sommes restés aussi figés que des statues de cire, j'ai fini par tourner le dos à Carine et je suis parti.

Une fois de retour chez moi, j'ai failli appeler Jérôme. Il était rentré quelques jours plus tôt de son voyage et nous nous étions parlé brièvement. Mais lorsque j'ai vu qu'il était plus de minuit, j'ai renoncé à le déranger. Je me suis effondré sur mon canapé et j'ai essayé de mettre un peu d'ordre dans mes idées. La situation me semblait surréaliste. Qu'est-ce qui poussait Carine à couper les ponts si brusquement et pourquoi refusait-elle de m'en parler ? J'ai passé en revue des dizaines d'hypothèses dont certaines frisaient le délire, jusqu'à ce que je finisse par envisager la cause la plus probable mais la plus douloureuse à accepter. Le départ de ma compagne devait être lié d'une façon ou d'une autre à notre relation. J'ai revu cette expression égarée qui apparaissait parfois sur son visage après nos ébats amoureux. Y avait-il un élément qu'elle n'avait pas osé aborder ? Cela aurait signifié qu'elle n'avait pas eu assez confiance pour se livrer, malgré notre intimité. Mais ce raisonnement n'expliquait pas pourquoi elle avait eu besoin de me fuir si soudainement. Tout se mélangeait dans ma tête. Je n'arrivais plus à réfléchir. J'ai composé son numéro dans l'espoir absurde qu'elle accepterait de m'éclairer. La voix métallique de sa messagerie a été ma seule réponse. Je me suis précipité dans ma voiture. Je voulais retourner à Genève et tambouriner sur sa porte jusqu'à ce qu'elle m'ouvre. Quelques centaines de mètres après avoir démarré, j'ai freiné brusquement et j'ai fait demi-tour. Tout cela était inutile. Carine ne me révélerait ses raisons que lorsqu'elle l'aurait décidé. Je me suis couché sans parvenir à trouver le sommeil. En désespoir de cause, j'ai avalé une double dose de somnifères.

La sonnerie de mon portable m'a tiré d'un cauchemar où je m'enfonçais dans des sables mouvants. Pendant un instant, j'ai eu l'espoir que la voix de ma compagne me sortirait du marécage. C'était Julien qui s'inquiétait de mon absence au restaurant. En consultant ma montre, je me suis aperçu qu'il était déjà 10 heures. J'ai annoncé à mon second que je viendrais seulement pour le service du soir. Nous avons convenu qu'il préparerait les plats de midi avec l'aide de Maxime et d'Antoine. J'ai bu un café afin de me réveiller complètement et j'ai de nouveau essayé de contacter Carine. Cette fois, le message qui a résonné dans l'écouteur indiquait que le numéro n'était plus attribué. Elle avait tout organisé pour qu'il soit impossible de l'atteindre. Son départ avait été méticuleusement planifié. Cette constatation m'a dévasté. Elle signifiait que ma compagne m'avait dissimulé sa décision depuis des jours, peut-être des semaines. Elle s'était comportée comme si tout allait bien, alors qu'elle prévoyait déjà les détails de sa fuite. Comment pourrais-je de nouveau la croire ?

Un gouffre s'ouvrait devant moi. J'ai saisi mon téléphone pour appeler Jérôme. J'attendais la tonalité avec la même fébrilité que si j'avais composé le numéro des urgences. Il a décroché après la deuxième sonnerie, m'a écouté dans un silence ébahi et m'a promis qu'il arrivait immédiatement.

J'ai pris mon ami dans mes bras dès qu'il a ouvert la porte. Il m'a tapoté le dos dans un geste de consolation un peu gauche. Quand je lui ai raconté les événements, il a paru aussi stupéfait que je l'avais été.

– Je n'y comprends rien, a-t-il dit quand j'ai terminé mon récit. Ce comportement ne correspond pas du tout à l'image que je me faisais de cette femme.

Il paraissait inquiet pour moi et irrité, sans que je puisse déterminer si son courroux était dirigé contre Carine ou s'il s'en voulait de son erreur d'appréciation.

– Quelqu'un qui aime ne doit pas agir de cette façon, a-t-il décrété d'un ton péremptoire.

– Elle m'a caché quelque chose. C'est tout ce que je retiens. Elle est partie parce qu'elle n'a pas osé me parler.

– Alors il faut que tu trouves de quoi il s'agit. La vérité permet toujours d'avancer.

– Je ne vais pas me transformer en détective, d'ailleurs je ne saurais pas par où commencer. Je ne connaissais ni sa famille, ni ses amis.

– Je t'aiderai. Nous pouvons chercher des informations à son sujet ou engager un enquêteur.

– Non, la réponse doit venir d'elle. On verra si elle me la donne un jour.

Jérôme m'a considéré d'un air grave. Il semblait vraiment soucieux et sa préoccupation m'a apporté un peu de réconfort. J'ai senti qu'il mesurait à quel point j'étais touché.

– En tout cas, je confirme que tu t'es trompé sur Carine, ai-je repris.

– Qu'est-ce que tu veux dire ?

– Tu m'avais expliqué cette théorie de Nietzsche. Le fort agit, le faible réagit. Cette fois-ci, c'est elle qui a pris les devants.

– Tout dépend de l'action qu'on entreprend. S'enfuir n'est pas forcément un symbole de courage. Rester et supporter l'attente me paraît nettement plus noble.

J'ai esquissé un pauvre sourire. Je m'imaginais en train de passer les jours suivants à guetter mon téléphone et mes courriels dans l'espoir d'un message qui risquait de ne pas venir. La période s'annonçait difficile, mais la présence de mon ami me rassurait. Il m'a fixé comme s'il avait suivi le fil de mes pensées.

– Tu devras rester debout et avancer un pas après l'autre, a-t-il déclaré. Il n'y a pas d'autre chemin. Je serai là pour te soutenir.

Jérôme a tenu parole. Il est resté à mes côtés aussi longtemps que la situation l'a permis. Il m'appelait ou passait me voir presque quotidiennement. Dès que j'avais un peu de temps libre en dehors de mon travail, il me proposait des activités en sa compagnie. Nous avons repris nos séances de jogging, joué des matches de tennis en salle et disputé de nombreuses parties d'échecs chez moi. Mon ami veillait à me laisser le moins souvent possible seul avec mes réflexions. Je l'ai tenu au courant des nouvelles que je recevais de Carine. Elles se sont limitées à trois mails provenant de différentes adresses. Le premier est apparu une semaine après sa fuite précipitée. Elle y écrivait qu'elle m'aimait, qu'elle avait besoin de temps et que je devais croire en nous. Mon soulagement à la lecture de ces lignes a vite été remplacé par de l'irritation. Elle se contentait de répéter ce qu'elle m'avait déjà raconté, et elle ne semblait pas se soucier des effets que la situation avait sur moi. Dans ma réponse, je lui ai avoué que je me sentais complètement perdu et je lui ai demandé quand elle comptait rentrer. Lorsque j'ai relaté cet échange à Jérôme, il a estimé que je m'y étais mal pris.

– Le plus important, c'est qu'elle veut garder le contact, a-t-il commenté. Mais elle t'a indiqué clairement qu'il lui fallait une pause. Lui mettre la pression sur la date de son retour ne servira à rien.

– Tu veux que je me contente d'attendre ?

– Tu n'as pas d'autre choix, puisque tu refuses de te mettre à sa recherche. À ta place, j'essaierais de découvrir le motif de son départ. Si elle accepte de te le donner, tu réussiras peut-être à patienter avec l'esprit plus serein.

– Elle a dit qu'elle ne pouvait pas m'en parler.

– C'était il y a plusieurs jours, au cours d'une discussion tendue. Elle a eu l'occasion de prendre du recul, et elle aura probablement plus de facilité à se confier par écrit que face à toi. La vérité soulage toujours, même si elle est pénible.

– Par pitié, pas de philosophie !

Nous arrivions au parc des Évaux pour notre séance de footing. Jérôme a ignoré ma réplique acerbe et s'est garé sur le parking. En sportif consciencieux, il a effectué quelques échauffements près de la voiture avant de resserrer les lacets de ses chaussures.

– Examine tranquillement tout ça pendant qu'on trotte, a-t-il repris. Le mouvement des pieds facilite celui de l'esprit. Et surtout, n'oublie pas d'allonger ta foulée.

Je l'ai suivi sur notre tracé habituel qui longeait l'étang des Mouilles pour revenir ensuite vers les berges du Rhône. La température restait hivernale et l'air froid me picotait la gorge. Je me suis calqué sur le rythme de mon ami tout en réfléchissant à ses arguments. Il avait probablement raison sur le fait que je ne pourrais pas hâter le retour de Carine. Si elle devait revenir, cela n'arriverait que lorsqu'elle l'estimerait opportun. J'ai reconnu aussi que Jérôme avait vu juste en ce qui me concernait. Je me sentais prêt à patienter aussi longtemps que nécessaire, à condition de comprendre la décision de ma compagne. Mais consentirait-elle à m'éclairer ? C'était une autre question. Mon ami s'est brièvement retourné et m'a souri avant d'accélérer l'allure. Je ne me suis pas laissé distancer, malgré les douleurs qui irradiaient de mes muscles. J'ai observé Jérôme qui courait devant moi avec son élégance coutumière et j'ai soudain pensé que toute ma vie durant, il avait été mon repère. Il avait toujours eu une longueur d'avance et même lorsque j'avais choisi d'emprunter un autre chemin que le sien, sa position m'avait aidé à m'orienter. Une bouffée de reconnaissance m'a traversé à l'idée de notre amitié. Quand nous sommes arrivés au bout du parcours, il m'a félicité pour ma performance.

– Je suis fier de toi ! Tu es en pleine forme.

– Physiquement, je vais bien. Au niveau mental, c'est plus délicat.

– Je m'en doute.

– Je vais appliquer tes conseils par rapport à Carine. Je n'insisterai plus pour qu'elle rentre. Je lui dirai que le plus important pour moi est de savoir ce qui l'a poussée à partir.

– Explique-lui que la dissimulation est destructrice. Si elle t'aime toujours, elle admettra qu'elle te doit la vérité.

La réponse de ma compagne à mon premier courriel est arrivée le lundi suivant, depuis une autre adresse électronique. J'ai été désagréablement surpris devant les précautions qu'elle prenait pour garder la maîtrise de nos conversations. Elle m'accordait une seule possibilité de réagir, avant de fermer le canal à travers lequel elle m'avait contacté. La teneur de son mail m'a aussi déçu. Elle se contentait d'affirmer qu'elle ne savait pas encore quand elle pourrait revenir, mais que je ne devais pas compter la revoir rapidement. « C'est un processus qui me prendra sûrement du temps. J'ai conscience que c'est dur pour toi, mais il n'y a pas d'autre moyen de donner une chance à notre relation », avait-elle déclaré sans fournir plus de précisions. J'ai réagi avec toute la diplomatie dont je me sentais capable. Je lui ai assuré que je l'attendrais, mais que pour cela j'avais besoin de connaître les causes de son départ. J'ai ajouté que j'étais prêt à accepter ses raisons, quelle que soit leur nature, et j'ai terminé par l'argument que m'avait présenté Jérôme.

Je n'ai reçu le troisième message de Carine que deux semaines plus tard, encore transmis d'une adresse différente. Plusieurs événements s'étaient produits avant qu'il ne me parvienne. L'édition 2020 du guide Michelin était parue le 24 février et l'Agape y figurait avec une étoile. Cette nouvelle qui m'aurait comblé de bonheur dans un autre contexte ne m'avait apporté que peu de satisfaction. J'avais organisé une fête avec tous les membres de mon personnel pour les remercier et je m'étais prêté aux interviews de la presse, mais le cœur n'y était pas. En répondant aux journalistes, je me disais qu'ils m'auraient interrogé sans états d'âme sur des allégations de harcèlement sexuel si la campagne de haine qui me visait dans les réseaux sociaux avait débordé. Tout ce cirque médiatique m'avait laissé un goût amer, d'autant que l'ambiance générale était plus à l'appréhension qu'aux découvertes gastronomiques. Le lendemain de la parution du Michelin, le premier cas de Covid en Suisse avait été annoncé. Les gens commençaient à craindre de fréquenter les lieux publics et la clientèle de mon restaurant s'était mise à baisser malgré la publicité apportée par mon étoile. J'avais tout de même invité mon père pour célébrer ma récompense avec lui. Il m'avait questionné sur l'absence de Carine, mais il n'avait pas cherché à en savoir plus quand j'avais mentionné qu'elle avait eu un empêchement. Je ne voulais pas l'inquiéter avec mes problèmes. J'avais tout fait pour que nous passions une soirée agréable. Il m'avait quitté de fort bonne humeur après m'avoir félicité à de nombreuses reprises. J'avais été heureux de voir que son moral s'améliorait. Une fois seul chez moi, j'avais repensé à ce moment passé ensemble et je m'étais rendu compte que je lui avais dissimulé ma détresse comme il m'avait caché la sienne pendant de longues années. Nous cherchions à nous protéger en gardant nos soucis pour nous, mais ce silence nous éloignait l'un de l'autre. Cette constatation m'avait déprimé sans que je ne réussisse pour autant à me confier.

Le mail de ma compagne n'a pas amélioré mon humeur sombre. Contrairement à ce que Jérôme avait imaginé, elle refusait toujours de me révéler les motifs de sa fuite. Elle répétait en boucle que ce n'était pas possible pour le moment et que je devais juste garder foi en nous. « Je t'aime, mais c'était devenu trop dur », avait-elle écrit pour toute justification. Ces mots ont résonné de manière étrange dans mon esprit, comme s'ils faisaient écho à un souvenir enfoui. Ils ont dérivé un moment au milieu de mes pensées, avant que je m'aperçoive de leur ressemblance avec la phrase que ma mère avait laissée dans son message d'adieu. Je me suis levé précipitamment pour aller chercher sa dernière lettre que mon père m'avait donnée. J'ai étalé le papier jauni sur mon bureau. Mes yeux allaient et venaient de la feuille froissée sur laquelle s'étalait l'écriture presque effacée de maman à l'écran de l'ordinateur où s'affichaient les lignes de Carine. Plus de trente ans séparaient ces deux textes, mais leur contenu signait la répétition funeste qui marquait mon existence. J'ai été pris d'une sorte de vertige en prenant conscience de cette similitude. Je me suis précipité sur mon portable pour appeler le seul proche qui ne m'avait jamais lâché. Quand je lui ai raconté ce qui venait de se passer, mon ami a été catégorique.

– Oublie ces pensées délirantes, sinon tu es perdu.

– Tu dois admettre que je revis la même chose.

– Pas du tout. Françoise est morte, paix à son âme. Mais Carine est vivante et elle cherche à sauver votre relation.

– En m'abandonnant du jour au lendemain ?

– Je suppose qu'elle t'imagine assez fort pour tenir le coup.

– Ce n'est pas une excuse pour me cacher les raisons de son départ.

– Apparemment, elle ne se sent pas capable de te parler maintenant. Ta seule option consiste à lui faire confiance.

J'ai raccroché sans que ce dialogue ne parvienne à m'apaiser. Il était facile pour Jérôme de développer ses belles théories dans le confort d'une famille stable et avec une femme aimante. Pour moi qui me retrouvais seul du jour au lendemain sans explication, la pratique s'avérait beaucoup plus compliquée. Ma colère n'a fait qu'empirer à mesure que je relisais le courriel de Carine. J'ai fini par lui répondre plutôt sèchement qu'elle n'avait plus besoin de me contacter tant qu'elle ne se déciderait pas à me dire pourquoi elle m'avait quitté.

Ensuite, les événements se sont accélérés de façon tragique. L'épidémie de Covid s'est propagée comme un feu de forêt et le 13 mars, le pays a décrété un confinement de sa population à partir du lundi suivant. À Genève, les restaurants, les écoles et tous les établissements publics ont été fermés. J'ai dû me séparer provisoirement de mon personnel et gérer tous les problèmes liés aux stocks d'aliments qui ne pourraient pas être utilisés. J'en ai congelé une partie et j'ai donné les denrées périssables à des associations. J'errais dans la salle vide de l'Agape avec l'impression que le ciel venait de se liquéfier sur moi. Le peu de courage que je parvenais à trouver venait de mes conversations avec mon ami. Comme toujours, il a tenté de me soutenir. Nous avons convenu de poursuivre nos séances de jogging en prenant les précautions nécessaires. Jérôme croyait autant aux vertus du sport qu'à celles de la vérité. Mais le mercredi, mon portable a sonné alors que je me préparais à sortir. Jérôme m'a annoncé qu'il ne pourrait pas venir. Sa voix était rauque et il a toussé plusieurs fois.

– J'espère que tu n'as pas attrapé cette saloperie, ai-je dit sans pouvoir dissimuler ma préoccupation.

– Malheureusement, c'est possible. Un de mes élèves se sentait vaseux quand j'ai donné mon dernier cours à Malerive vendredi. Je l'ai renvoyé à la maison, mais peut-être que le virus se promenait déjà dans la classe.

– Contacte ton médecin. Mieux vaut être prudent.

– Je l'ai déjà appelé. Il m'a dit de prendre des médicaments pour diminuer la fièvre et de le tenir au courant. Par précaution, je me suis isolé dans ma chambre. Valérie pose mes repas devant ma porte et on s'arrange pour ne pas se croiser. C'est une drôle d'ambiance.

– Je suis désolé de ne pas pouvoir t'aider.

– Ne te fais pas de soucis. Je n'ai pas un profil à risques. Tout devrait bien se passer.

Durant la semaine qui a suivi, j'ai téléphoné à mon ami matin, midi et soir. J'étais inquiet et je voulais prendre régulièrement de ses nouvelles, mais j'avais aussi besoin d'échapper au vide qui menaçait de m'aspirer. Ma vie quotidienne truffée d'activités qui s'enchaînaient sans interruption s'était transformée d'un coup en journées interminables où je tournais en rond seul dans mon appartement. Le choc était violent et les discussions avec Jérôme me permettaient de mieux l'encaisser. Il gardait un bon moral malgré les douleurs musculaires importantes dont il souffrait.

– J'ai découvert une évidence qui m'avait échappé jusqu'ici, m'a-t-il déclaré. Toutes les questions subtiles sur la quête de la sagesse se résument à une seule quand on est suffisamment malade. Comment faire pour ne plus avoir mal ?

Il était lui aussi confronté à un bouleversement de son existence, condamné à rester cloîtré dans sa chambre tant qu'il n'aurait pas vaincu le virus, mais il a réagi d'une manière très différente de la mienne. En dépit de la fièvre, des élancements et des crises de toux qui l'épuisaient, il a continué à travailler sur son projet de livre. J'avais l'impression que ses pérégrinations sur les voies de la philosophie représentaient aussi une tentative d'oublier momentanément ses problèmes de santé. Il me soumettait ses idées et nos dialogues étaient émaillés de réflexions qu'il avait développées ou de citations puisées dans ses lectures.

« D'après Cicéron, une amitié qui dure implique la sincérité, mais elle demande aussi de la chance. J'espère que nous continuerons à avoir les deux. »

« Tu as remarqué que la plupart des gens associent la lumière à la vérité ? Pourtant, comme l'a montré Nietzsche, le soleil ment quand il éclaire, parce que ses rayons cachent la nuit qui est la nature réelle de l'univers. »

« Je crois que notre existence peut se résumer à un va-et-vient entre le deux et le un. Dans le ventre de notre mère, on prend conscience de sa présence et être deux nous semble naturel. Puis en naissant, on expérimente la séparation. Alors on passe notre temps à chercher celui ou celle qui nous redonnera cette sensation du deux. Et juste avant la mort, on s'aperçoit qu'on devra inévitablement revenir sur un chemin qui se parcourt seul. »

J'avais droit régulièrement à ce genre de florilège et j'ai appris à en distinguer les nuances. Lorsque je demandais à Jérôme comment il allait, il cherchait toujours à me rassurer. Mais la tonalité des préceptes qu'il mentionnait me renseignait nettement mieux sur son véritable état que ses paroles lénifiantes.

« Après le plaisir, il y a la quête d'un nouveau plaisir. Après la douleur, il y a la crainte d'une nouvelle douleur. »

« Je suis d'accord avec Sénèque. Il disait que la vie est comme une pièce de théâtre. L'important n'est pas qu'elle dure longtemps, mais qu'elle soit bien jouée. »

« Au fond, on devrait se questionner chaque matin sur la raison de vivre un jour supplémentaire. Si on ne trouve pas de réponse immédiatement, on est prêt à partir. »

Quand il partageait avec moi ce genre de pensées, je savais qu'il sortait d'une nuit difficile ou qu'il s'inquiétait devant la persistance de sa maladie.

Nos conversations ne se limitaient pas à la philosophie. Nous avons comparé nos avis sur la meilleure façon de tenir le coup pendant l'épidémie, je lui ai fait part de mes préoccupations pour la santé de mon père, il a décrit ses relations avec sa fille qui s'étaient raffermies depuis qu'elle avait commencé ses études à l'Université. Et il a de nouveau tenté de me tranquilliser par rapport à Carine. Je lui avais précisé la teneur de nos derniers échanges, pourtant le blocage qui semblait en résulter n'a pas entamé sa conviction.

– D'après tout ce que tu m'as raconté, c'est évident qu'elle tient à toi, a-t-il assuré. Tu dois juste attendre qu'elle soit prête.

Chaque fois que nous avons abordé le sujet, il a répété cet argument comme un mantra. Je lui étais reconnaissant de ses efforts pour me soutenir, mais je m'interrogeais parfois devant son comportement. Il lui arrivait d'introduire dans la discussion des thèmes qui n'avaient rien à voir avec ce que nous disions quelques secondes auparavant. Il sautait du coq à l'âne et évoquait tout à coup un ami de sa mère qui venait à la maison durant son enfance, une anecdote concernant l'un de ses étudiants ou un souvenir de son récent voyage à Samarcande. Je ne comprenais pas si ces brusques digressions étaient provoquées par la fièvre ou si elles avaient d'autres causes. Une semaine après le début de son alitement, alors qu'il était en train de m'expliquer que Valérie avait donné ses premiers cours à distance pour les élèves de Malerive, il s'est mis sans transition à me parler d'un livre qu'il avait lu plusieurs années auparavant.

– Je ne me souviens plus du titre ni du nom de l'auteur, a-t-il déclaré, mais j'ai bien aimé l'intrigue. Ça se passe en France pendant la Deuxième Guerre mondiale. Le chef d'un réseau de résistants apprend que plusieurs de ses hommes ont été arrêtés par la Gestapo. L'un d'eux réapparaît quelques jours plus tard en affirmant qu'il a réussi à s'échapper. Comme c'est un intellectuel plutôt malingre, son supérieur le soupçonne très vite d'avoir dénoncé ses camarades par peur de la torture. Les Allemands exécutent tous les autres, ce qui rend le commandant fou de rage. C'est un patriote doublé d'une grosse brute et il pratique des méthodes expéditives. Pour que son subordonné admette qu'il a trahi, il le séquestre et promet de lui faire subir un traitement pire que celui de la Gestapo s'il n'avoue pas. Mais l'autre continue à jurer qu'il n'a rien dit. Le chef n'a pas d'autre solution que de mettre ses menaces à exécution. Il inflige un vrai martyre à l'intellectuel qui clame toujours son innocence et finit par mourir sous les coups après plusieurs heures d'interrogatoire. À la fin du roman, on apprend qu'il avait effectivement livré ses copains aux Allemands parce qu'il était terrifié par l'idée de souffrir.

Une fois sa narration terminée, Jérôme s'est tu pendant quelques secondes, comme s'il avait besoin de reprendre son souffle. J'entendais sa respiration un peu sifflante et je cherchais en vain ce qui avait pu le conduire à raconter soudain cette histoire.

– Tu penses que c'est crédible ? a-t-il repris.

– Franchement, j'ai des doutes. Quelqu'un qui craint autant la douleur ne devient pas du jour au lendemain capable de résister à un supplice.

– Le personnage principal devait se sentir horriblement coupable d'avoir craqué. Il a peut-être eu l'impression de se racheter en subissant ce qu'il avait voulu éviter la première fois. En tout cas, c'est une situation intéressante du point de vue philosophique.

La voix de mon ami m'a paru lasse. Il a eu une longue quinte de toux qui s'est achevée par un soupir.

– J'aimerais encore te parler de beaucoup de choses, mais je suis fatigué, a-t-il murmuré. Je vais essayer de dormir. Bonne nuit.

Le lendemain, il n'a pas répondu quand je lui ai téléphoné. Après plusieurs tentatives, j'ai commencé à m'inquiéter. Vers midi, mon portable a sonné et le numéro de Jérôme s'est affiché sur l'écran. Mon soulagement a été de courte durée. J'ai sursauté en entendant Valérie. Elle m'a annoncé d'un ton paniqué que l'état de son mari s'était subitement dégradé pendant la nuit et qu'il avait été transporté en urgence aux soins intensifs de l'hôpital universitaire. Les médecins avaient décidé de le placer en coma artificiel. Je n'ai qu'un souvenir assez vague des jours qui ont suivi. Ma vie était rythmée par mes appels à Valérie qui me donnait toujours la même réponse : pas d'évolution.

Mon ami est mort le 12 avril sans s'être réveillé.

Lorsque je repense à la période qui a suivi le décès de Jérôme, c'est encore l'image d'une muraille qui me vient à l'esprit. Mais contrairement à celle de mon enfance, c'est moi qui l'ai construite. Je me suis enfermé dans une tour de pierre à l'abri du monde extérieur. Puisque la proximité impliquait tôt ou tard la souffrance, je voulais que plus personne ne puisse arriver jusqu'à moi. Je suis resté froid comme un bloc de marbre pendant les funérailles de mon ami. À cause des restrictions liées à l'épidémie, la cérémonie était limitée à cinq participants. En dehors de Valérie, Mathilde et moi, il n'y avait que le prêtre et un homme d'une cinquantaine d'années au visage sévère que j'avais aperçu quelques fois. Il s'appelait Thierry Chalmin et je savais qu'il dirigeait le groupe de prières auquel participait Jérôme, mais ce dernier ne s'était pas attardé sur ses liens avec le personnage. J'ignorais qu'ils étaient assez intimes pour que la famille lui confie le soin de prononcer l'oraison funèbre. Mon ami avait rarement discuté avec moi de ses aspirations religieuses, il redoutait peut-être que mon athéisme affirmé ne provoque des tensions entre nous. Il avait parfois évoqué l'importance de la spiritualité dans sa vie, mais sans jamais la mentionner comme un élément central. En écoutant Chalmin faire le portrait du défunt, j'ai eu l'impression qu'il décrivait quelqu'un d'autre. Activités multiples au service de la paroisse, étude assidue de la Bible, fascination pour le sacrement de l'eucharistie, conversations jusque tard dans la nuit sur les sacrifices de Jésus, rien de tout cela ne me semblait correspondre à Jérôme. Ce sentiment m'a aidé à me retrancher au fond de ma tour. Dans mes souvenirs, ces moments ressemblent à des instantanés photographiques coupés de toute émotion. Deux hommes et deux femmes portant des masques de protection sont assis au milieu des bancs vides de l'église catholique de Bernex. Un prêtre s'agenouille devant l'autel. Valérie se tient debout face à moi, raide comme une barre d'acier, les yeux rouges et enfoncés dans leurs orbites. Mathilde se jette dans mes bras et me serre contre elle sans respecter la distance sanitaire. Chalmin esquisse un signe de croix au-dessus du cercueil dans le cimetière. Fin de l'album.

Pendant toute la suite du confinement, j'ai établi un programme rigoureux pour chacune de mes journées. La pratique du sport y tenait une bonne place, chez moi ou à l'extérieur. Je me rendais aussi à l'Agape pour vérifier l'état des locaux et préparer la réouverture qu'on annonçait prochaine. Je consacrais au moins une heure à jouer de la guitare et une autre à dessiner. Je représentais essentiellement des paysages ou des animaux, rarement le visage de papa, jamais ceux de Jérôme ou Carine. Afin de ne pas trop m'isoler, je m'astreignais aussi à appeler au moins une personne par jour. Il pouvait s'agir soit d'un collègue restaurateur ou d'un membre de mon équipe au sujet de questions professionnelles, soit de Mathilde ou de mon père pour prendre de leurs nouvelles. Ma filleule me répondait en général avec amabilité, mais il m'a semblé que mes téléphones finissaient par la lasser. Je lui ai dit que je serais toujours là si elle avait besoin de moi et j'ai cessé momentanément de la contacter. Les choses se sont passées autrement avec papa. J'avais été très inquiet pour lui lorsque les premiers cas de Covid s'étaient propagés dans certaines maisons de retraite, mais il a traversé l'épidémie sans dommage. Lors de nos entretiens, je percevais dans sa voix une énergie qu'il avait rarement manifestée auparavant. Malgré la situation, son humeur paraissait au beau fixe. Il ne s'est pas départi de son optimisme quand je lui ai avoué le départ de Carine.

– Je suis certain qu'elle va revenir, a-t-il assuré. Je sens ces choses-là.

J'ai découvert les raisons de sa sérénité juste après la levée des mesures de restriction qui ont pris fin le lundi 11 mai. Il m'a annoncé qu'il souhaitait réserver une table pour deux personnes sur la terrasse de l'Agape le jeudi à midi.

– J'aimerais que tu fasses la connaissance de quelqu'un, a-t-il déclaré sans plus de précisions.

Sophie Lacroix est venue me prévenir quand papa est arrivé. J'ai quitté quelques instants ma cuisine pour aller l'accueillir. Il se tenait debout dans un élégant costume bleu, à côté d'une femme de son âge vêtue d'une robe boutonnée à motifs floraux. Elle avait des cheveux coupés court et un visage qui m'a intrigué. Ses yeux gris m'ont fixé avec bienveillance. Leur couleur soyeuse m'a rappelé celle d'un pelage de chat.

– Je te présente Lucie, la sœur de mon ami Albert Valmas, a dit mon père. Elle habite aussi dans un appartement à Beausoleil. C'est un peu grâce à elle que j'ai atterri là-bas. Elle avait chanté les louanges de la résidence à son frère et il m'en avait parlé.

Lucie m'a souri. J'ai remarqué que le coin gauche de sa bouche restait immobile, ce qui donnait à son expression un air d'ironie complice. Je les ai conduits à leur table et je me suis assis un moment avec eux pour leur détailler la carte.

– On mange bien à Beausoleil, mais les recettes de mon fils sont d'un autre niveau, a commenté papa. Nous allons nous régaler.

Il avait prononcé ces mots avec fierté, tout en posant sa main sur celle de Lucie. Elle a acquiescé et l'a regardé avec tendresse. Je suis retourné à mes fourneaux après leur avoir promis de revenir vers eux à la fin du service.

Ils semblaient tous deux ravis quand je les ai rejoints deux heures plus tard, mon menu de printemps avait dû leur plaire. Lucie m'a complimenté pour mes tartelettes au caviar et à la gelée de petits pois. Elle a bu son café, puis elle s'est levée et m'a demandé où se trouvaient les toilettes. Mon père a profité de son absence pour me sonder.

– Qu'est-ce que tu penses d'elle ? m'a-t-il lancé à brûle-pourpoint.

– Je l'ai côtoyée pendant quelques minutes, ça ne suffit pas pour donner un avis. Il y a quelque chose d'étrange dans sa figure. Un problème neurologique ?

– Elle a eu un accident vasculaire cérébral en 2018. Il lui a laissé quelques séquelles, mais tout est réglé maintenant.

– Je suis heureux que tu aies une amie.

– Ce n'est pas tout à fait le bon terme. Nous avons décidé de nous marier le mois prochain. Et nous aimerions profiter de ton restaurant pour le banquet.

Je suis resté bouche bée devant cette révélation. Papa semblait plus amusé que préoccupé par mon effarement. Il a repris la parole d'une voix tranquille.

– Tu sais Denis, avec la vieillesse les événements prennent une autre signification. Le prochain qui arrive peut annoncer la fin, alors on n'a plus le droit d'hésiter quand quelque chose de positif se présente. J'ai passé une grande partie de mon existence à fuir l'attachement, parce que j'avais peur de revivre ce que j'ai subi à la mort de ta mère. Maintenant, j'ai une dernière chance d'arrêter de trembler seul dans mon coin. Quoi qu'il se passe, je veux avancer dans la forêt avec Lucie.

J'ai considéré mon père avec des sentiments mélangés. J'étais content qu'il ait une compagne pour ses vieux jours, mais je craignais qu'il s'abîme de nouveau dans la souffrance si elle disparaissait. Lucie est revenue des WC. En nous observant, elle a dû deviner que papa avait vendu la mèche.

– Tu es un coquin, Jacques, a-t-elle noté. Nous avions convenu de parler à ton fils ensemble.

Elle s'est assise face à moi et m'a regardé avec une douce lumière au fond de ses yeux gris.

– Je vous promets de tout faire pour rendre votre père heureux, a-t-elle déclaré. Il le mérite.

Je me suis dit que la situation ne dépendait pas seulement d'elle, mais j'ai approuvé de la tête en gardant mes pensées pour moi.

Julien et Maxime ont contribué avec plaisir à la préparation du repas nuptial. Antoine a aussi collaboré. Il avait brillamment réussi son apprentissage et je l'avais engagé en tant que commis pour renforcer l'équipe. Nos conversations hebdomadaires avaient été interrompues par le confinement et quand le restaurant avait ouvert à nouveau en mai, il m'avait informé qu'il ne souhaitait pas poursuivre ces entretiens.

– Je voulais vous remercier, avait-il dit en préambule. J'ai trouvé intéressant de discuter avec vous. Maintenant, je crois que c'est bon. J'ai capté le plus important.

– Je peux savoir de quoi il s'agit ?

– Vous m'avez aidé à comprendre qu'il faut déglutir.

– Déglutir ?

– C'est un mot que je ne connaissais pas bien, mais il me plaît beaucoup. Je me le répète tous les jours. Pour moi ça veut dire avaler le *seum*, sinon il laisse un goût amer. Les filles le sentent et elles n'aiment pas.

Antoine m'avait offert un petit cours de vocabulaire jeune en me précisant que le seum représentait l'aigreur, l'humeur maussade, la colère, la frustration, bref tous les éléments qui le caractérisaient lors de nos premiers échanges. Il avait apparemment maîtrisé sa méthode de déglutition. Je l'avais aperçu plusieurs fois accompagné d'une adolescente longiligne au teint aussi pâle que le sien. À la façon dont ils se regardaient, je m'étais autorisé à penser que j'avais fait du bon travail.

Le mariage de mon père a eu lieu le 20 juin. Sophie Lacroix avait pris en charge la décoration de la salle avec sa créativité habituelle. Le banquet accueillait une vingtaine de convives, à commencer par Christelle et Olivier, la fille et le fils de Lucie accompagnés de leurs conjoints, son frère avec sa femme et leurs trois enfants, puis des amis du cercle d'ornithologie de papa et plusieurs résidents de Beausoleil qui paraissaient très heureux de changer d'ambiance pour quelques heures. Je leur ai servi en entrée les tartelettes que Lucie avait appréciées, suivies de Saint-Jacques marinées à l'effilochée d'endives et aux salicornes. Le plat de viande était constitué d'un filet de bœuf Wagyu inspiré de la recette que j'avais dégustée chez Virginie à Crans-Montana. Avec le recul, je me demande si ce choix n'a pas été une manière d'associer le souvenir de Carine à l'événement, même si je faisais tout mon possible pour ne plus penser à elle. Comme gâteau de mariage, j'ai revisité la pièce montée que j'avais confectionnée à l'occasion des cinquante ans de mon père. Il a reconnu mon œuvre de jeunesse et m'a pris dans ses bras sans chercher à dissimuler son émotion. La soirée s'est parfaitement déroulée. Dans son discours, Christelle a souligné son bonheur de voir sa mère à nouveau heureuse après une longue période de veuvage, et dans le mien j'ai remercié Lucie pour la joie que je voyais enfin briller dans les yeux de papa. Les convives se sont trémoussés sur les succès des années 1960 comme s'ils avaient retrouvé l'énergie de leur adolescence. J'étais satisfait d'apporter du plaisir à tous ces gens, et surtout de voir à quel point mon père allait mieux, mais j'avais l'impression d'être un spectateur de cinéma qui contemplait un film sur l'écran. Je n'arrivais pas à m'impliquer vraiment. Papa s'est dirigé vers moi après avoir dansé un twist approximatif avec Lucie.

– Je sais qu'il manque une personne importante pour toi à cette fête, m'a-t-il dit en me lançant un regard ému. Mais je suis persuadé qu'on la reverra.

Pendant les semaines d'été où l'Agape a été fermé, j'ai repris le rituel que j'avais institué lors du confinement. Le programme de mes journées était préparé bien à l'avance pour éviter tout moment d'inactivité. J'ai juste aboli la règle des contacts quotidiens. Je ne voulais pas déranger mes collègues ou mon personnel en période de vacances et il ne me restait que mon père du côté de mes proches. J'ai décidé de le laisser profiter de son voyage de noces au Portugal sans l'importuner avec des coups de fil. En fait, la seule personne avec laquelle j'aurais eu envie de communiquer était Carine. Elle ne m'avait plus envoyé de courriel depuis mon dernier message. En mars, je lui avais dit qu'il était inutile de m'écrire tant qu'elle ne serait pas prête à s'expliquer. Suivait-elle cette consigne ou m'avait-elle déjà rayé de sa vie ? J'aurais pu lui envoyer un mail à sa dernière adresse, mais j'y ai renoncé à l'idée des moments interminables que je passerais à guetter sa réponse. Sans le soutien de Jérôme, je ne me sentais pas capable de les affronter. À chaque fois que je pensais à Carine, l'image de mon ami en train de me prodiguer ses conseils surgissait devant moi, et le vide laissé par sa mort m'aspirait au bord du vertige. Il m'a semblé que le mieux était de rester à l'abri dans ma tour.

L'Agape a rouvert ses portes le 11 août et le travail m'a fourni à nouveau les occupations nécessaires pour éviter de réfléchir au passé. Les gens avaient repris goût aux sorties après l'épisode pénible de l'épidémie et ma nomination dans le guide Michelin commençait à produire ses effets. Mon restaurant était complet pratiquement tous les soirs. Toute mon équipe fonctionnait en surrégime, mais le stress me convenait. J'effectuais mes tâches presque en mode de pilotage automatique et les journées défilaient les unes après les autres. J'avais pris l'habitude de revenir un peu plus tôt après le service de midi. J'arrivais en général vers 16 heures et je m'accordais un instant de calme assis à une table de l'extérieur lorsqu'il ne pleuvait pas. J'observais les passants et je m'amusais à imaginer leur vie sur la base de leur habillement et de leur démarche. Un mardi de la mi-septembre, alors que je sirotais un pastis en me livrant à ce passe-temps, j'ai aperçu au coin de la rue une femme à la silhouette élancée qui agitait la main dans ma direction. Quand elle s'est approchée, j'ai reconnu Élodie. Elle est venue vers moi, puis s'est arrêtée en plein soleil au milieu de la terrasse comme si elle hésitait. Je lui ai proposé de me rejoindre sous le parasol. Elle a avancé de quelques pas et est restée debout devant ma table.

– Si tu m'offres quelque chose, je prendrais volontiers un Gin Tonic, a-t-elle dit.

Je suis allé préparer la boisson au bar pendant qu'elle s'installait. À mon retour, elle tripotait ses lunettes avec une certaine nervosité. Elle les a abandonnées pour boire une gorgée d'alcool avant d'entamer la conversation.

– Je voulais te féliciter pour ton étoile, et aussi m'excuser de ce que tu as subi sur les réseaux sociaux.

– Tu n'as rien à te reprocher.

– Je n'aurais pas dû mettre ma copine au courant de notre histoire, mais j'étais furieuse contre toi.

– Tu vas mieux depuis l'année passée ?

Élodie est restée muette. Elle a tourné son verre entre ses mains pendant un moment en regardant les glaçons s'entrechoquer.

– J'ai gardé le contact avec Julien et Maxime, a-t-elle finalement repris. Ils m'ont raconté la mort de ton ami et aussi le départ de ton amoureuse. Maintenant, tu sais ce que ça fait.

C'était mon tour de me taire. Je ne voyais pas ce que j'aurais pu répondre. Elle a poussé un soupir, puis sa bouche s'est plissée en une moue nostalgique.

– On a quand même eu des bons moments, a-t-elle déclaré, surtout au lit.

J'ai acquiescé d'un hochement de tête. Elle n'avait pas tort. J'avais toujours apprécié notre connivence érotique.

– Tu sais, ce n'est pas aussi évident qu'on pourrait le croire, a-t-elle ajouté.

– De quoi tu parles ?

– Des jeux que tu inventais. Ils me plaisaient beaucoup. Mais une complicité pareille dans l'intimité, ça n'arrive pas avec n'importe qui.

Je l'ai observée pour comprendre où elle voulait en venir. Elle m'a fixé pendant quelques secondes, comme si elle attendait de voir ma réaction. Je me suis contenté de terminer mon pastis. Le visage d'Élodie s'est rembruni.

– Je vais devoir y aller, a-t-elle dit pour couper court au silence qui s'éternisait. J'ai été contente de te croiser.

– Moi aussi. J'espère que tout se passera bien pour toi.

Elle a fini de boire son Gin Tonic, puis elle s'est levée et a rejoint la rue après avoir posé un baiser sur ma joue.

À partir du début octobre, la courbe des contaminations s'est mise à remonter rapidement. Les médias bruissaient de spéculations sur la deuxième vague de l'épidémie, mais le public continuait à fréquenter assidûment les restaurants, peut-être pour profiter au maximum des plaisirs de la convivialité avant un éventuel retour du confinement. L'Agape ne désemplissait pas et tout mon personnel se trouvait au bord de l'épuisement. Je commençais aussi à me sentir fatigué par ce rythme intense qui durait depuis la reprise. Je profitais donc de la fermeture du lundi pour m'accorder une bonne sieste. Le 19 vers 14h30, j'ai été brutalement tiré de mon sommeil par la sonnerie de la porte. Lorsque j'ai ouvert, je me suis retrouvé devant une femme aux cheveux courts dont le bas du visage était couvert par un masque médical. C'est seulement quand j'ai fixé ses yeux bruns pailletés de vert que j'ai reconnu Carine.

– Je peux entrer ? a-t-elle demandé d'une voix hésitante.

Je me suis effacé pour la laisser passer. Nous sommes restés debout face à face dans le salon. Il y a eu un long moment de silence. J'avais l'impression d'observer de l'extérieur les réactions de mon corps. Mes pulsations cardiaques qui augmentaient, mon souffle qui s'accélérait, mes muscles qui se tendaient et mon ventre qui se crispait d'un coup.

– Ça ne te gêne pas si j'enlève mon masque, a-t-elle repris ?

J'ai failli lui répondre que c'était ce que j'attendais depuis notre première rencontre, mais j'ai juste acquiescé. En découvrant ses traits, j'ai eu peur qu'elle soit malade. Sa nouvelle coiffure la faisait paraître plus maigre. Elle semblait épuisée et sa peau était d'une pâleur que je n'avais jamais vue chez elle auparavant. Elle a esquissé un sourire triste qui ne m'a pas rassuré. Je lui ai posé la question qui me brûlait les lèvres.

– Est-ce que tu vas me dire pourquoi tu t'es enfuie ?

Elle a secoué négativement la tête d'un air désolé. J'ai senti un mélange de rage et de désespoir enfler dans ma gorge.

– Alors qu'est-ce que tu fais ici ?

– Je ne vais pas rester longtemps. J'avais seulement besoin de te voir et de te serrer contre moi.

Elle s'est avancée, mais je l'ai arrêtée d'un signe de la main. La digue que j'avais construite pour me mettre en sûreté pouvait céder à tout moment. Il ne fallait pas que Carine s'approche.

– Je n'en peux plus, ai-je lâché. Si tu dois repartir, va-t'en tout de suite.

Elle s'est figée et a plaqué une main sur sa bouche comme si elle étouffait un sanglot.

– Je dois me protéger, ai-je ajouté. Mon meilleur ami est mort il y a six mois et je suis encore dévasté. Si je te perds aussi, ça sera terrible. Mais ces allers-retours et ton silence, c'est trop pour moi. Je te demande de revenir seulement quand tu seras prête à tout m'expliquer.

J'ai cru voir une lueur de compréhension dans son regard. Elle a posé sa main sur mon bras dans un geste qui se voulait réconfortant.

– Ce n'est pas possible maintenant, a-t-elle dit d'un ton plus ferme. Mais tu auras de mes nouvelles rapidement. Je promets de t'écrire très bientôt.

Quand la porte s'est refermée sur elle, je suis allé boire un verre d'eau à la cuisine pour essayer de me calmer, puis je me suis allongé sur mon lit. J'avais désespérément besoin de retrouver l'abri de ma tour. Le problème était que Carine m'attendait à l'intérieur.

Je ne sais pas par où commencer, Denis. Alors je vais prendre les choses dans l'autre sens. Tu as un fils. Il s'appelle Léon et il est venu au monde il y a un peu plus d'un mois. Quand je t'ai quitté, je venais d'apprendre que j'étais enceinte. Je suis partie sur un coup de tête. Il me semblait qu'il n'y avait pas d'autre choix. Je ne supportais pas l'idée de vivre à tes côtés dans ces conditions. Je suis rentrée chez mes parents à Viareggio. Ils m'ont hébergée jusqu'à ce que je trouve un logement pas loin de leur immeuble. J'avais changé mon numéro de portable et je leur ai demandé de ne divulguer mon adresse à personne. Comme je te l'avais promis, j'ai repris contact avec toi. J'avais hésité car je savais que cette démarche me mettait en danger, mais je voulais te donner de mes nouvelles. À la mi-février, mon père m'a annoncé qu'un homme avait téléphoné pour obtenir des renseignements à mon sujet sans donner son identité. Papa ne lui a rien dit. Pourtant pendant quelques jours, j'ai balancé entre la crainte et l'espoir que tu apparaisses. Je ne pouvais pas m'empêcher d'imaginer que tu viendrais à ma recherche. J'ai continué à t'écrire parce que j'espérais maintenir un lien entre nous qui t'aiderait à patienter. L'ultimatum par lequel tu as réagi à mon troisième message m'a montré à quel point je t'avais blessé. J'ai pensé des dizaines de fois à t'appeler pour t'expliquer les raisons de ma fuite, mais j'étais trop effrayée par ce qui risquait d'arriver. Ensuite, l'épidémie et le confinement sont venus bouleverser tous mes plans. Je me suis mise à avoir peur pour ma santé et pour celle de l'enfant que je portais. En plus, je me retrouvais isolée, sans travail ni perspectives. J'ai effectué des démarches pour louer mon appartement de Genève, ce qui m'a permis de gagner un peu d'argent. Après avoir longtemps réfléchi, j'ai décidé de me taire jusqu'à la fin de ma grossesse et de faire confiance à notre amour. J'ai consulté régulièrement le site internet de l'Agape pour m'assurer que tu n'avais pas de problèmes, mais j'ai respecté ce que tu avais exigé. Comme je ne pouvais rien te dire sur les causes de mon départ, je suis restée silencieuse.

Léon est né le 14 septembre. L'accouchement s'est bien déroulé. Ce n'est qu'une fois de retour chez moi que j'ai paniqué. Je regardais mon bébé s'agiter dans son berceau et j'errais à travers les pièces de cet appartement presque vide en me disant que je n'y arriverais pas. J'ai songé à te contacter, mais le coup de fil reçu par mes parents au mois de février m'en a retenue. En y repensant, j'avais acquis la conviction que ce n'était pas toi qui avais appelé. Je t'avais très peu parlé de ma famille, et notre rupture s'était déroulée de manière si désolante que je ne t'imaginais pas effectuer une enquête pour suivre mes traces. Mais ce raisonnement impliquait que quelqu'un d'autre m'avait cherchée. Et connaissant cette personne, une tentative de ma part pour renouer avec toi risquait de conduire à la catastrophe. Je n'ai pas eu le courage de déclencher ce séisme.

Les premiers jours, ma mère m'a soutenue de son mieux. Elle venait me prêter main-forte à chaque fois qu'elle pouvait se déplacer, malgré la situation sanitaire qui se dégradait à nouveau. Puis, mon père a été contaminé. Il est tombé malade et nous avons passé des moments affreux dans la crainte du pire. Finalement papa s'en est sorti, mais il était très affaibli. Maman est restée à ses côtés et j'ai dû m'occuper seule de notre enfant. Cette période a été la plus dure. Léon dormait mal. Il se réveillait au milieu de la nuit en criant et cessait de pleurer seulement si je le serrais sur ma poitrine. Dès que je le reposais, ses hurlements reprenaient. Je me sentais épuisée, mais la vue de ce fragile nourrisson qui dépendait de moi me donnait la force de combattre ma fatigue. Je n'ai pas vécu de plus grande joie que celle de contempler son visage qui souriait aux anges quand il avait enfin sombré dans le sommeil. J'ai pris ma décision cinq semaines après sa naissance. Je ne me sentais plus le droit de le priver de ta présence. Il fallait que je trouve le moyen de vous réunir avant qu'il ne soit trop tard. Mais pour cela, je devais affronter celui qui avait essayé de m'atteindre. J'ai confié

Léon à ma mère et je suis venue à Genève. Je ne pouvais rien te révéler encore, mais j'avais besoin de te revoir pour me donner le courage d'accomplir ce qui devait être fait. Pendant notre discussion, j'ai voulu me convaincre qu'il nous restait une chance.

Je suis désolée, Denis. Mon récit te semble probablement confus. Il y a des éléments que j'ai beaucoup de peine à aborder. Parce qu'ils risquent de te blesser, mais aussi parce qu'ils sont très intimes et pas faciles à expliquer. Voilà pourquoi je t'écris. Je n'aurais pas réussi à te raconter tout ça de vive voix. Il faut maintenant que je te décrive ma rencontre avec Jérôme (oui, c'est de ton ami que je parle). Elle s'est passée bien avant que je te connaisse. Nous nous sommes vus pour la première fois à la fin mars 2015. Je travaillais dans une société immobilière de Fribourg à cette époque et je mangeais avec une collègue tous les mardis vers 19 heures au Commerce, une brasserie proche de l'Université. Ce soir-là, Jérôme était attablé seul, un peu plus loin face à moi. Nos regards se sont croisés à plusieurs reprises. J'étais intriguée par son attitude. Il semblait perdu dans ses pensées, mais à chaque fois que je l'observais, ses yeux se fixaient immédiatement sur les miens jusqu'à ce que je les détourne. Je l'ai retrouvé à la même place les semaines suivantes et ce manège a recommencé. Il a duré pendant près d'un mois.

L'histoire aurait pu se terminer sans autre développement si m'a collègue ne m'avait pas fait faux bond le dernier mardi d'avril. J'avais déjà commandé un verre de vin et une entrée lorsque mon téléphone a sonné. Elle m'a annoncé qu'elle ne viendrait pas à cause d'un empêchement de dernière minute. Jérôme était là comme d'habitude, mais cette fois plus personne ne nous séparait. Dès que je levais la tête de mon assiette, je voyais sa figure devant moi. Malgré l'expression méditative qui s'affichait sur ses traits, j'ai eu la nette impression qu'il m'étudiait. Je sentais qu'il se passait quelque chose entre nous, mais j'ai compris qu'il ne prendrait pas d'initiative. Pour tirer l'affaire au clair, je me suis avancée vers lui après avoir terminé mon dessert et je lui ai proposé de boire un café. Il a accepté sans manifester de surprise. Nous nous sommes présentés. La discussion a commencé par un échange sur nos emplois respectifs. J'ai évoqué mes tâches à l'agence et il m'a dit qu'il enseignait la philosophie à la Faculté des lettres. Il m'a précisé qu'il habitait Genève. Ses cours à Fribourg avaient lieu le mardi en fin d'après-midi et le mercredi matin. Il dormait sur place afin de gagner du temps et il prenait son repas au Commerce avant de rentrer à son hôtel. À aucun moment il n'a cherché à me cacher qu'il était marié. Au contraire, il m'a parlé longuement de sa femme et de sa fille qui allait bientôt fêter ses quinze ans. J'ai eu le sentiment qu'il cherchait à se protéger en me faisant savoir qu'il n'était pas libre. Cela ne m'a pas arrêtée pour autant. Je venais de divorcer et je ne souhaitais pas m'engager dans une nouvelle relation. Vivre une brève aventure me convenait parfaitement. Jérôme m'attirait et mon intuition me soufflait que je ne lui étais pas indifférente. J'ai décidé de le pousser dans ses retranchements. Je lui ai demandé si nous pouvions nous revoir au restaurant de l'hôtel de ville pour un repas plus gastronomique. Il a refusé poliment. Je lui ai donné mon numéro de portable en le priant de me contacter s'il changeait d'avis. Comme je n'ai eu aucune nouvelle durant les jours qui ont suivi, j'ai pensé que mon imagination m'avait joué des tours. Mais le mardi 5 mai à 18 heures, j'ai reçu un message indiquant qu'il acceptait.

Dès que nous nous sommes assis à table, j'ai su que nous coucherions ensemble si je le souhaitais. Jérôme dégageait une aura différente, comme s'il avait finalement décidé de s'ouvrir aux opportunités que la vie lui offrait. Pendant que nous dégustions nos plats, j'ai perçu avec une force grandissante son assurance, sa sensualité et sa volonté de me séduire. Cependant, il n'a tenté aucune avance. Si je ne lui avais pas proposé de boire un dernier verre au bar de son hôtel, nous serions repartis chacun de notre côté. Et si je n'avais pas insisté pour qu'il me montre sa chambre, rien ne se serait passé. On aurait dit qu'il avait besoin de me laisser la responsabilité des événements pour prendre ensuite le contrôle des opérations. C'est une caractéristique qui a perduré tout au long de nos rapports.

À présent, je vais te raconter le plus difficile. En premier lieu, tu dois savoir que j'ai adoré faire l'amour dans tes bras. J'espère que tu t'en es rendu compte. Je me sentais merveilleusement bien pendant ces moments de sensualité partagée, et ton corps me manque toujours. Mais avec Jérôme, quelque chose m'est arrivé que je n'ai jamais réussi à expliquer. Il serait inutile et indélicat d'entrer dans les détails. L'essentiel à comprendre, c'est que le sexe entre nous est devenu pour moi une espèce de drogue. C'était comme si je me retrouvais transportée dans une autre dimension. Je ne pouvais plus me passer de cet état dans lequel il me mettait. Au début, j'ai trouvé ça magique et Jérôme semblait apprécier aussi. Pourtant, il a rapidement espacé nos rencontres érotiques. Il venait régulièrement chez moi et il préparait parfois le repas du soir. Il lui arrivait encore de rester pour la nuit, mais il acceptait de moins en moins souvent de me donner du plaisir. Peut-être qu'il était miné par la culpabilité vis-à-vis de sa femme, ou que notre sexualité le plaçait face à une part de lui qu'il désavouait. Avec le recul, je pense qu'il a essayé de nous ramener vers une relation platonique, dans l'espoir que nous puissions garder un lien sans transgresser ses impératifs moraux. Il n'y a pas réussi, en partie par ma faute.

De mon côté, j'étais tiraillée par des désirs contradictoires. J'attendais avec toujours plus d'impatience qu'il me fasse vivre ces sensations, mais en même temps je me sentais prisonnière de ce besoin et je cherchais désespérément à le maîtriser. J'ai commencé à décrire nos ébats dans un carnet intime. Je cherchais à me distancier de mes émotions en analysant les scènes pour découvrir d'où venait l'emprise. Cet exercice n'a servi à rien. Il m'a juste permis de constater que chaque épisode me menait un pas plus loin dans la perte de contrôle. Malgré tout, je ne pouvais pas me résoudre à rompre. C'est Jérôme qui a mis un terme à notre histoire. En décembre 2015, il m'a annoncé que nous ne devions plus nous revoir. J'en ai souffert, mais j'ai été obligée de reconnaître qu'il avait raison. Je lui ai offert mon journal en guise de cadeau d'adieu. Je souhaitais qu'il prenne conscience de tout ce qu'il m'avait fait éprouver.

Ton ami ne m'a jamais parlé de toi. À partir du jour où nous sommes devenus amants, il n'a plus mentionné sa famille, ni aucun élément de son quotidien. J'ai eu l'impression qu'il voulait établir une barrière hermétique entre nos moments ensemble et sa vie à Genève. Nos discussions portaient plutôt sur ses élèves de l'Université et ses réflexions philosophiques. Il m'aidait aussi à éclaircir mes idées par rapport à mes soucis professionnels ou à mon divorce. J'appréciais beaucoup son sens pédagogique.

Après notre séparation, j'ai mis toute mon énergie dans mon travail. Trois ans plus tard, j'ai obtenu un poste de gestionnaire dans notre agence de Carouge. J'ai déménagé sans que l'idée de recontacter Jérôme ne m'effleure. Je savais que ce que nous avions ressenti l'un pour l'autre appartenait au passé. J'ai eu des aventures mais aucune ne s'est poursuivie au-delà de quelques mois, jusqu'à ce que tu surgisses dans mon existence ce soir du printemps 2019. Lorsque tu es apparu près de ma table à l'Agape, j'ai cru l'espace d'un instant que Jérôme se tenait devant moi. Votre ressemblance est frappante. Au départ, c'est probablement ce qui m'a poussée à te revoir. J'étais curieuse de te découvrir au-delà de ce physique qui me rappelait des moments très particuliers de ma vie. Mais si j'avais pu imaginer que vous étiez proches, j'aurais pris mes jambes à mon cou.

Tu connais la suite, au moins en partie. Je ne suis pas tombée amoureuse de toi immédiatement. Je m'étais trop brûlé les ailes pour me laisser aller d'entrée, et il me semblait que les choses étaient aussi compliquées de ton côté. Pourtant, dès le début j'ai pris conscience de notre complicité. Je me sentais bien en ta compagnie, dans l'intimité comme au quotidien. Les périodes où nous n'avions pas de rapports m'ont intriguée, mais j'ai eu l'intuition que mieux valait ne pas y attribuer trop d'importance.

Tu m'avais confirmé que tu ne voyais pas d'autres femmes et c'était l'essentiel en ce qui me concernait.

Mes sentiments pour toi se sont affirmés progressivement. J'ai peut-être eu tort de ne pas t'en parler tout de suite. Mais comme tu ne me disais rien sur les tiens, je n'ai pas voulu te mettre de pression. J'avais confiance dans le lien que je sentais grandir entre nous. J'ai douté à un seul moment, quand tu as été confronté à cette campagne de dénigrement sur les réseaux sociaux. Comme tu m'avais caché tes ennuis, je n'étais au courant de rien. J'ai seulement constaté que tu devenais distant et presque agressif. J'ai préféré te voir moins souvent et j'avoue que j'ai commencé à m'interroger sur la suite de notre relation. Mais lorsque tu m'as tout raconté, y compris le suicide de ta mère, durant notre promenade sur le chemin des lanternes, j'ai été touchée en plein cœur.

La catastrophe s'est produite deux jours plus tard. Le 17 décembre, Jérôme m'a téléphoné. Nous n'avions plus eu aucun contact depuis quatre ans et je suis tombée des nues en l'écoutant m'expliquer ce qui se passait. Devant son insistance, j'ai convenu de le rejoindre en fin d'après-midi au bar de l'hôtel Métropole. Il n'avait pas changé, à part quelques rides supplémentaires au coin des yeux. Son regard avait le même éclat que dans mes souvenirs. Nous avons commandé du vin et Jérôme a vidé son verre avant d'entrer dans le vif du sujet.

– Je ne t'aurais pas appelée si la situation avait évolué autrement. Mais à présent, je suis certain que c'est sérieux entre vous. Hier, Denis m'a proposé de te rencontrer. Il veut trouver une date pour un repas en couples. J'ai réussi à temporiser, mais il faut qu'on s'y prépare. C'est mon meilleur ami et j'ai besoin qu'on se mette d'accord pour garantir que tout ira bien.

– Tu es au courant depuis quand ?

– Fin juillet. Dès qu'il a mentionné ton prénom et ton travail, je me suis douté qu'il s'agissait de toi. Ça m'a donné le temps de me composer une attitude. J'ai réussi à garder un air neutre lorsqu'il m'a montré ta photo.

– Pourquoi tu ne lui as rien dit?

– Si je lui avais révélé que je te connaissais, il aurait sûrement exigé des détails. Et comme je déteste mentir, ce que j'aurais raconté aurait pu menacer votre relation.

Certaines images des moments que nous avions vécus me sont revenues en mémoire. Je me suis sentie rougir en me demandant si Jérôme faisait référence à notre intimité.

– C'était aussi dangereux pour ton couple, ai-je rétorqué. Je ne pense pas que ton ami aurait été à l'aise devant ta femme en sachant que tu l'as trompée avec moi.

– Tu as raison. Nous sommes coincés sur le même bateau. Comment vois-tu la suite?

– C'est assez clair. Nous n'avons pas d'autre choix que de cacher notre histoire.

– Je suis d'accord, si tu me promets qu'un jour nous arrêterons la mascarade. J'admets que c'est impossible tout de suite, mais il faudra les mettre au courant tôt ou tard. La dissimulation est destructrice.

– Toi et ta morale! J'accepte à condition qu'on le décide ensemble. Nous sommes liés sur ce coup-là. Interdiction de faire du chacun pour soi.

Il a de nouveau vidé son verre avant d'acquiescer. Je ne parvenais pas à déterminer s'il croyait vraiment à ces futures confessions ou s'il avait juste besoin que je l'aide à s'en convaincre. Pour ma part, j'étais persuadée que nous serions obligés de garder le secret. Nous redevenions des complices sans l'avoir cherché. Jérôme m'a observée avec une intensité qui m'a rappelé nos premiers rendez-vous. Il semblait hésiter à poursuivre.

– Il y a encore quelque chose que tu dois savoir, a-t-il fini par déclarer.

Au ton de sa voix, mon estomac s'est brusquement contracté. J'ai failli le prier de se taire, mais il s'était déjà lancé.

– J'ai gardé ton journal, a-t-il murmuré. Quand je l'ai lu il y a quatre ans, ce que tu y avais écrit m'a bouleversé. Et maintenant,

je l'ouvre à chaque fois que Denis me parle de toi. Je ne peux pas m'en empêcher.

L'aveu de ton ami était-il dicté par cette exigence de vérité qui l'a toujours caractérisé ? Ou souhaitait-il, de manière plus ou moins consciente, me montrer qu'il avait encore envie de moi ? La réponse à cette question n'aurait pas eu beaucoup d'importance si j'étais restée indifférente à la nouvelle. Mais en apprenant qu'il parcourait les descriptions de nos anciens ébats, j'ai senti monter au fond de mes entrailles les prémisses de cette attraction qui à l'époque m'amenait à perdre tout contrôle. Jérôme a posé sa main sur la mienne. Elle était chaude et douce. J'ai frémi à son contact.

– Tu crois que tu vas y arriver ? a-t-il demandé.

– Et toi ? ai-je répliqué.

La tension qui crispait son visage m'a convaincue qu'il passait par les mêmes affres que moi. Je me suis imaginé nos futures rencontres avec sa femme et toi, nos efforts pour masquer ce désir qui planait encore entre nous, notre angoisse sans cesse renouvelée de succomber un jour. Soudain, j'ai compris qu'il y avait une seule solution. Je pourrais te dire que nous avions trop bu, que mon esprit était embrumé et que je n'ai pas mesuré les implications de mon acte. Mais sur le moment, j'étais persuadée que c'était le bon choix. Je me suis levée, je suis allée à la réception de l'hôtel et j'ai réservé une chambre. Jérôme a probablement pensé que j'étais partie aux toilettes. Lorsque je suis revenue et que je lui ai fait signe de me suivre vers l'ascenseur, il n'a pas eu l'air de réaliser ce qui se passait. Il a protesté seulement quand nous sommes montés.

– Tu es folle ! s'est-il exclamé.

– Tu as toujours été partisan de l'honnêteté. Si je reste prisonnière de ce que j'ai vécu avec toi, mon histoire avec Denis n'a aucune chance. J'ai besoin d'en avoir le cœur net.

Je n'ai rien à raconter sur ce qui est arrivé ensuite, à part l'essentiel. Non seulement cet état dans lequel je plongeais d'habitude lors de mes rapports avec Jérôme n'est pas réapparu, mais l'envie même qu'il se manifeste a disparu. J'étais libérée. J'ai obtenu de ton ami la promesse qu'il détruirait mon journal immédiatement.

Je pensais à toi en prenant ma douche, je voulais te retrouver le plus vite possible. Je n'ai jamais été aussi heureuse dans les bras d'un homme qu'avec toi cette nuit-là.

Pendant les fêtes de fin d'année, la force de nos sentiments l'un pour l'autre m'a frappée comme une évidence. Je croyais fermement que le bonheur était à notre portée, et cette conviction me donnait le courage d'affronter la suite en acceptant la nécessité du secret. Mais je regrettais énormément ce qui s'était passé. Avec le recul, je me disais que j'avais commis une grosse erreur. Quand nous faisions l'amour, j'avais parfois envie de tout t'avouer. Je nous sentais si proches dans ces moments et je détestais le souvenir de cette chambre du Métropole parce qu'il m'éloignait de toi. Je rêvais que si je t'en parlais, tout serait effacé. Pourtant la partie la plus réaliste de mon esprit savait que mon silence était le prix à payer pour garantir notre avenir.

Puis, tout a basculé la dernière semaine de janvier. Je ne m'étais pas inquiétée tout de suite du retard de mes règles. Le stérilet est un moyen contraceptif très sûr et je n'imaginais pas une seconde que je pouvais me retrouver enceinte. Mais au bout de huit jours, par acquit de conscience, je suis allée chercher un test à la pharmacie. Je ne parvenais tellement pas à croire le résultat que j'ai couru en acheter un autre d'une marque différente. J'ai eu beau recommencer trois fois, le verdict était toujours identique. J'attendais un enfant. Au début, la nouvelle m'a stupéfiée sans m'alarmer vraiment. J'avais trente-cinq ans et l'idée de devenir mère m'habitait depuis longtemps, sauf qu'avant de te connaître je n'étais jamais tombée sur le père adéquat. C'est seulement quand j'ai considéré tous les aspects du problème que l'angoisse m'a envahie.

En réfléchissant aux dates, j'ai compris que le bébé avait probablement été conçu le soir où j'avais rencontré Jérôme. J'avais fait l'amour avec toi cette nuit-là en rentrant à la maison. Il n'y avait aucun moyen de déterminer qui de vous deux était le géniteur, à part un test ADN. J'aurais pu te dire que j'étais enceinte sans chercher plus loin. Mais j'étais certaine que ton ami suivrait tôt ou tard le même raisonnement que moi lorsqu'il aurait l'information. Connaissant son obsession de la vérité, je craignais qu'il exige de savoir, ce qui aurait déclenché des ennuis sans fin. L'idée d'avorter ne m'a traversé l'esprit que quelques instants. À mes yeux, il s'agissait de la pire des solutions et j'ai décidé de tout mettre en œuvre pour l'éviter.

Après plusieurs jours de réflexion, je suis arrivée à la conclusion que j'étais obligée de vous laisser tous les deux dans l'ignorance de ma grossesse. Il n'y avait pas d'autre manière de minimiser les dégâts. En conséquence, il fallait que je parte. Tu ne peux pas imaginer mon déchirement quand j'ai dû te dire que je ne resterais pas avec toi. J'ai réussi à tenir bon parce que j'étais persuadée de le faire pour notre bien. Je gardais l'espoir que nous serions à nouveau réunis, sans parvenir encore à voir comment. Je savais juste que j'avais besoin de temps pour trouver une issue.

Ensuite, plusieurs éléments ont encore compliqué la situation. L'épidémie de Covid qui a bouleversé nos vies pendant plusieurs mois m'aurait empêchée de revenir à Genève, mais c'est surtout l'ombre de Jérôme qui m'a dissuadée de me rapprocher de toi. J'étais persuadée qu'il s'était lancé sur ma piste. L'appel téléphonique reçu par mes parents à la mi-février ne pouvait venir que de lui. J'ai changé d'adresse électronique à chaque mail que je t'envoyais, par peur que tu lui transmettes mes coordonnées et qu'il se mette à me bombarder de messages. J'avais reconnu sa patte dans ton deuxième courriel. Cette phrase, « la dissimulation est destructrice », il l'avait prononcée lors de notre dernière conversation. Je me doutais que tu lui avais parlé de mon départ et que tu le tenais au courant de nos échanges. La seule chose qui me rassurait était la parole qu'il m'avait donnée de ne pas te révéler notre relation sans mon consentement, mais sa manie de rechercher toujours le juste et le vrai me terrifiait. Je redoutais qu'il apprenne mon état et qu'il me harcèle.

De nombreuses fois, j'ai pensé à te contacter pour t'annoncer que tu allais avoir un enfant. Mais l'idée que ton ami l'apprendrait et voudrait tirer au clair la question de la paternité me condamnait au silence. J'ai tergiversé jusqu'après l'accouchement. Je passais des heures à regarder Léon dormir dans son berceau en me demandant quoi faire. Jusqu'au jour où j'ai compris que je n'avais pas le droit de te séparer de notre fils. Je l'ai laissé chez ma mère et je suis venue à Genève. J'avais besoin de te voir avant d'affronter Jérôme pour exiger qu'il garde le secret. Si je veux me montrer parfaitement sincère, je dois reconnaître qu'une part de soulagement s'est mêlée à ma tristesse quand tu m'as appris son décès. Ça paraît terrible à formuler, mais sa disparition rend les choses plus faciles.

Une fois de retour à Viareggio, j'ai longuement réfléchi sur l'attitude à adopter. J'aurais pu te dire que tu étais devenu papa, tout en passant sous silence ma relation avec ton ami. Sous l'angle des conséquences, cette solution paraissait de loin la meilleure. Elle ne causait de tort à personne et elle garantissait des bases solides pour la famille que nous pouvions former. Il me suffisait de trouver une histoire crédible qui explique pourquoi je m'étais enfuie lorsque j'avais appris ma grossesse. J'avoue que l'idée m'a tentée. J'ai toujours pensé que l'amour vaut mieux que la morale. Je me sentais prête à porter sur mes épaules le poids du mensonge, pour ton bien et celui de notre enfant. Pourtant plus j'y réfléchissais, plus la perspective de construire notre couple sur ce subterfuge me mettait mal à l'aise. J'ai de la peine à percevoir les raisons profondes de cet embarras, mais je crois qu'il a quelque chose à voir avec Léon. Quand j'observais ses premiers sourires et ses mains minuscules tendues vers moi, j'étais submergée par l'innocence de ce petit être qui s'abandonnait en toute confiance à mon amour. J'ai eu l'impression que je finirais par le souiller si je te cachais les circonstances de sa conception. J'ai aussi pensé que nous devions mériter sa venue au monde. La meilleure manière de le faire était de tout te raconter, malgré les risques que tu nous rejettes.

À ce stade, tu te demandes peut-être pourquoi je parle toujours de Léon en l'appelant notre fils, alors que je ne sais pas qui est son père. La réponse est simple. Pour moi, sa naissance est le fruit de notre amour, d'une façon ou d'une autre. Ce qui s'est passé ce soir de décembre est arrivé parce que je tenais à toi. J'espère que tu pourras le comprendre. Je suis consciente que tu dois ressentir un choc en lisant ma lettre. Prends ton temps pour réfléchir. Nous ne sommes plus à quelques jours près. Mais si tu souhaites que je revienne avec notre bébé, j'ai besoin que tu acceptes l'idée que tu es son papa, point final. Tu dois me promettre de t'en tenir là, notre bonheur en dépend. Je ne crois pas que Jérôme aurait pu s'y résoudre, et c'était ce qui m'inquiétait le plus. Je suis convaincue que tu as une vision différente. Toi, tu es capable d'admettre que si certaines vérités doivent absolument être dites, d'autres ne sont pas bonnes à dévoiler. Tu trouveras mon nouveau numéro de téléphone dans cette enveloppe. Je t'aime et je t'attends.

Carine

IX

Jérôme avait agité son index sous mon nez dans un geste vigoureux de dénégation. Sa mimique écœurée ne laissait aucun doute sur son opinion.

– Ne compte pas sur moi pour jouer les cobayes, avait-il affirmé sur un ton définitif.

– Tu as tort, avais-je répondu. Les insectes, c'est l'avenir. Et les criquets frits s'accordent parfaitement avec le vin blanc. Tu devrais goûter.

– Je suis prêt à tenter des expériences, mais pas celle-là.

– Le seul domaine où tu te montres ouvert à la nouveauté, c'est celui des idées. Ton appétit de découvertes devient très limité dès qu'il s'agit des sens.

– Qu'est-ce que tu en sais ?

Nous étions confortablement installés dans mon salon devant une bouteille de Sancerre déjà bien entamée. J'avais resservi mon ami et il avait dégusté son verre avec ostentation avant de poursuivre la discussion.

– J'adore les grands crus, le sport, et la bonne cuisine. Tout ça a un rapport avec la sensualité, non ?

– Et le sexe ?

Jérôme m'avait lancé un sourire qui se voulait mystérieux. Je me trouvais dans cet état agréable qui précède l'ébriété et délie les langues. Mon ami devait ressentir lui aussi les effets de l'alcool. Il avait bu une nouvelle gorgée et m'avait fixé avec bonhomie.

– J'aime les femmes et tu t'en es sûrement aperçu, avait-il dit. On se connaît depuis assez longtemps. Avant mon mariage, j'ai eu ma dose d'aventures et je peux te garantir que je ne me suis pas limité à la position du missionnaire.

– Je m'en souviens. On se racontait encore certaines de nos soirées à l'époque. Depuis que tu pratiques l'amour conjugal, je me demande où tu en es avec l'érotisme.

– Ce qui se passe dans notre chambre à coucher ne regarde que nous. Mais j'admets que je ne suis pas comblé sur ce plan-là.

– Qu'est-ce qui te manque ?

Jérôme avait réfléchi longuement avant de répondre. Je n'avais pas pu déterminer s'il hésitait à me parler, ou s'il prenait le temps de structurer ses idées pour s'assurer que ses mots exprimeraient correctement sa pensée. Il m'avait jeté un coup d'œil incertain.

– C'est un sujet complexe, avait-il fini par reprendre. Disons qu'avec Valérie, j'ai l'impression de rester à la surface alors qu'il y aurait un continent entier à visiter dans les profondeurs.

– Tu m'intéresses. Quel genre de continent ?

– Sartre disait que dans la sexualité comme dans les sentiments, chacun cherche à s'approprier la personne aimée tout en demandant qu'elle se soumette librement. J'aurais voulu explorer cette dualité, jouer avec la possibilité d'être celui qui obéit ou au contraire qui commande, l'objet de désir ou le maître du plaisir. Ça implique de pouvoir révéler tes pulsions les plus secrètes en sachant que ta partenaire acceptera le risque de s'y confronter, ce qui offre une chance d'atteindre ensemble un plan supérieur d'abandon et de jouissance.

– Et si elle ne partage pas tes envies ?

– C'est justement ce qui rend le jeu attirant. Le frisson de se dévoiler, le mystère que constitue la réaction de l'autre, et en même temps la nécessité de garder une confiance mutuelle pour aller plus loin.

– Tu en as parlé à ta femme ?

Mon ami avait haussé les épaules d'un air désabusé. Il avait vidé son verre avant de tourner son regard vers moi avec une sorte de réticence, comme s'il regrettait déjà ses confidences.

– Je pense qu'elle ne comprendrait pas, avait-il déclaré. Nous avons une grande proximité intellectuelle, mais malheureusement peu de complicité érotique. Dans un couple, il est rare de s'accorder à tous les niveaux.

– Tu as quarante ans, c'est un peu tôt pour faire vœu de chasteté.

– Ne t'inquiète pas pour moi. Valérie ne cherche pas à me transformer en moine. Il faut juste que je renonce à certains de mes fantasmes. Elle est plutôt classique dans ses goûts.

– Toi aussi, en ce qui concerne l'alimentation.

– Si je dois choisir une perversion, ça ne consistera effectivement pas à manger des insectes !

Alors que je relisais au moins pour la dixième fois la lettre de ma compagne reçue au début du mois de novembre, cette scène qui avait eu lieu longtemps auparavant m'est revenue en mémoire. Je me souvenais bien du contenu de la discussion car c'était l'une des seules fois où mon ami avait abordé le thème de sa sexualité, mais la date exacte de cet échange m'échappait. J'ai fouillé dans les fichiers de mon ordinateur pour retrouver les anciens menus de l'Agape et j'ai repéré dans la carte de mars 2015 un guacamole de brocolis aux criquets grillés. J'avais élaboré ce plat (qui avait connu un succès mitigé) après ma conversation avec Jérôme. Elle s'était donc déroulée en février, juste avant qu'il accepte son poste à l'Université de Fribourg et qu'il croise la route de Carine. Ces fantasmes auxquels il avait prévu de renoncer, il les avait probablement réalisés avec la femme dont j'étais tombé amoureux. Cette idée suscitait en moi des réactions contradictoires. J'éprouvais des bouffées de colère envers mon ami pour son intimité avec Carine qui avait précédé la mienne. D'un autre côté, comment aurait-il pu imaginer que je la rencontrerais quatre ans plus tard ? Connaissant le destin qui l'attendait, j'en venais même à me sentir heureux qu'il ait pu vivre ces moments dont il avait rêvé.

Plus je parcourais les lignes écrites par ma compagne, plus ma confusion augmentait. L'amour, l'abandon, la vérité et le mensonge se mélangeaient dans ma tête comme s'ils s'agitaient au milieu d'une tornade. J'ai dû attendre quelques jours pour que le tourbillon s'apaise. Lorsque j'ai réussi à réfléchir avec un peu plus de calme, j'ai compris que j'arrivais à un tournant de mon existence. Si je voulais éviter que ma vie parte en miettes, je devais absolument trouver un sens à toute cette histoire. J'ai passé des heures et des heures à disséquer les événements relatés dans la lettre. Les restaurants genevois avaient de nouveau été fermés pour freiner l'épidémie et j'étais une fois encore cloîtré dans mon appartement.

Que puis-je connaître ? Que dois-je faire ? Que m'est-il permis d'espérer ? Ces trois questions tracées à la craie sur un tableau noir me sont apparues un soir alors que je me retournais dans mon lit sans réussir à m'endormir. Mon ami invitait ses élèves à les répéter au début de chaque cours. Il me les avait souvent citées en précisant qu'Emmanuel Kant les considérait comme les champs fondamentaux de la philosophie. Je me suis dit qu'à un niveau plus terre à terre, elles pourraient peut-être m'aider à voir plus clair dans ce qui s'était passé. Pour moi, la première interrogation concernait Jérôme. Qui était-il vraiment ? Notre amitié datait de l'enfance et j'avais toujours été persuadé que je discernais assez clairement sa personnalité. Mais je venais de découvrir qu'il m'avait dissimulé plusieurs éléments, notamment son engagement religieux dont j'avais perçu l'importance lors de ses funérailles, et son adultère de 2015 finalement divulgué par Carine. Il n'avait pas cessé de prétendre qu'un véritable ami se devait d'être un miroir pour permettre à l'autre de s'améliorer. Pourtant, l'image de lui qu'il m'avait donnée à refléter était fragmentaire, il en manquait des parts notables. Dans ces conditions, je n'avais aucune chance de jouer correctement mon rôle. Pourquoi avait-il agi en contradiction avec ses préceptes ? En ce qui concernait sa quête spirituelle, je pouvais accepter l'idée qu'il n'avait pas souhaité en discuter avec moi parce qu'il estimait nos positions radicalement opposées. Nos débats n'auraient pas eu de véritable utilité, ils auraient même risqué de nous éloigner. Mais qu'est-ce qui l'avait poussé à me cacher sa liaison ? Au début, j'ai pensé qu'il avait eu honte de son comportement. En tant que croyant, il n'ignorait pas qu'il commettait un péché et il s'en voulait certainement beaucoup. Avait-il choisi de se taire parce qu'il souhaitait garder, à mes yeux sinon aux siens, la figure du bon père de famille et du mari fidèle ? Ce raisonnement semblait plausible, mais il ne cadrait pas avec la philosophie de Jérôme. Sa recherche constante de progression ne me paraissait pas compatible avec une pareille attitude. Je me suis représenté le dialogue que nous aurions pu avoir s'il m'avait dévoilé son aventure, et c'est là que j'ai compris.

Lui : J'ai une maîtresse. Elle s'appelle Carine. Je la vois le mardi quand je dors à Fribourg.

Moi : Qu'est-ce qui t'a pris ?

Lui : Valérie me reprochait sans arrêt d'avoir accepté ce poste à l'Université. Je la trouvais injuste. J'étais en colère contre elle. Et un soir, cette belle inconnue m'a dragué. J'ai essayé de résister, mais j'ai fini par craquer.

Moi : Tu es amoureux ?

Lui : Je n'en sais rien. Sur le plan sexuel, c'est extraordinaire. Il y a une connexion entre nous que je n'ai jamais ressentie avec personne.

Moi : Tu vas enfin toucher du doigt ma conception de l'amour.

Lui : De quoi parles-tu ?

Moi : J'ai toujours eu l'impression que tu t'étais marié avec Valérie pour des raisons morales. Elle était enceinte, tu n'avais pas le droit de l'abandonner. Mais tu aurais agi de la même façon si ça avait été n'importe qui d'autre. Avec Carine, tu éprouves quelque chose qui n'existe qu'entre vous deux. Un lien unique. Voilà ma vision !

Lui : Les sentiments et l'érotisme sont deux choses différentes.

Moi : Qui te dit que vous vous correspondez seulement au lit ? Si tu te laisses aller, tu te rendras peut-être compte que c'est la femme de ta vie.

Le motif pour lequel Jérôme ne m'avait pas révélé ce qu'il avait vécu avec Carine ne concernait pas sa culpabilité ou son envie de continuer à passer pour un époux exemplaire. Il avait eu peur de l'image que je risquais de lui renvoyer dans le miroir de l'amitié. Celle d'un homme qui avait sacrifié sa vie pour accomplir ses obligations conjugales et qui soudain entrevoyait la possibilité d'échapper à un couple construit sur le devoir pour aller vers une relation potentiellement bien plus épanouissante. Je l'aurais certainement amené à s'interroger en profondeur à ce sujet, y compris sur la part de sa sexualité à laquelle il avait pu accéder grâce à Carine, et ces réflexions auraient pu menacer son mariage. Il avait gardé le silence pour éviter ce danger, parce que l'éventualité de quitter Valérie lui semblait incompatible avec l'idée qu'il se faisait de lui. Cette hypothèse me paraissait la plus probable et la plus réaliste. Après quelques mois d'errement, mon ami avait rejoint ce qu'il considérait comme le droit chemin. Avec le recul, je ne pouvais que m'en féliciter. Il me restait à élucider ce qui s'était passé quatre ans plus tard dans la chambre de l'hôtel Métropole.

En lisant la lettre de ma compagne, je n'avais pas eu de doutes sur l'explication qu'elle avait fournie pour justifier sa décision. Ce qu'elle racontait correspondait à son impulsivité et à son approche pragmatique pour régler les problèmes. Mais le comportement de Jérôme résistait à mon analyse. Il connaissait la force de mes sentiments pour Carine et il devait se douter qu'en couchant de nouveau avec elle, il mettrait en jeu notre amitié. Pourquoi n'avait-il pas refusé ? Apparemment, il avait bu plusieurs verres de vin. Avait-il cédé à ses pulsions sous l'emprise de l'ébriété ? Ou pire, s'était-il aperçu qu'il ne pouvait pas vivre sans Carine et avait-il essayé de la reconquérir, quitte à détruire son couple avec Valérie ainsi que notre relation ? Sa conduite pendant la période qui avait suivi contredisait ces conjectures. Il m'avait encouragé jusqu'au bout à croire en l'amour de ma compagne. Lors de notre dernière discussion au téléphone, il m'avait encore répété que je devais garder l'espoir. J'ai soudain repensé à son étrange digression pendant cet ultime entretien. Ce roman qu'il m'avait résumé en quelques mots était-il vraiment arrivé par hasard dans la conversation ? Je me suis demandé s'il ne parlait pas de lui en mentionnant l'histoire de cet intellectuel qui avait trahi par faiblesse pour finalement accepter la torture afin de se racheter. Lorsque je lui avais appris ma rencontre avec Carine, il avait peut-être vu dans cet événement la possibilité d'expier son infidélité. Si mon raisonnement était correct, Jérôme avait considéré que sa rédemption viendrait de sa capacité à se sacrifier pour mon bonheur. La décision qu'il avait prise quand il s'était retrouvé dans cette chambre d'hôtel découlait de cette idée. Il avait accepté la proposition de Carine non par concupiscence, mais parce que c'était le seul moyen de la rassurer. Il voulait la libérer de l'attraction qu'elle risquait d'éprouver encore pour lui. L'unique manière d'y parvenir était de lui faire l'amour, mais sans déclencher cet état qui la subjuguait. Il s'était forcé à briser le lien érotique qui existait entre eux, tout en lui cachant sa stratégie. Elle devait être persuadée que l'emprise avait disparu naturellement.

Que pouvais-je connaître sur ce qui était arrivé ce soir-là ? En réalité, rien du tout. Même si ma compagne m'avait détaillé la scène seconde par seconde, je n'en aurais retiré aucune certitude. Alors, j'ai construit ma propre vérité. J'ai décidé de croire que mon ami avait agi pour mon bien. Cette pensée était la seule susceptible de m'apaiser. La seule aussi qui m'autorisait un avenir avec mon fils Léon, dont Jérôme était peut-être le père.

Que dois-je faire ? C'était la deuxième question fondamentale de Kant, et mon ami se l'était sûrement posée quand je lui avais dit que ma compagne m'avait quitté précipitamment. Avait-il deviné qu'elle était tombée enceinte ? En tout cas, il avait essayé de retrouver sa trace et il m'avait incité à lui réclamer des explications. Il ne s'était pas douté que sa quête incessante du vrai était le principal motif qui avait provoqué le départ de Carine. J'étais persuadé qu'il aurait rêvé de tout nous avouer, à sa femme et à moi. Pour quelqu'un comme lui, mentir même par omission devait représenter un poids considérable. Je suis allé jusqu'à imaginer un lien possible entre son décès et les dilemmes moraux qu'il avait dû affronter. Sa résistance au virus avait-elle été affaiblie par le stress psychique qu'il subissait ? On ne pouvait pas l'exclure. Il s'était probablement senti déchiré entre la parole donnée à Carine et son besoin de transparence. Heureusement qu'il n'avait jamais connu l'existence de Léon. S'il avait appris qu'il était peut-être son père, avec l'interdiction formelle de m'en parler, il aurait vécu un véritable enfer.

Maintenant que Jérôme avait disparu, je me retrouvais seul pour réfléchir à la bonne façon de me comporter. Je m'interrogeais sur l'attitude à adopter envers Carine et aussi face à Valérie. Fallait-il révéler à la femme de mon ami ce qui s'était passé ? À mon avis, il était clair que le silence constituait de loin la meilleure option. Nous nous étions appelés occasionnellement durant quelques mois après la mort de son mari, mais j'avais eu l'impression que seul notre chagrin nous reliait. Depuis l'été, elle avait commencé à reprendre le dessus et cette amélioration avait coïncidé avec la disparition progressive de ses téléphones. De quel droit l'aurais-je recontactée pour lui annoncer que Jérôme l'avait trompée ? Cela aurait provoqué des souffrances inutiles, alors que le maintien du secret assurait la tranquillité de Valérie et également de Mathilde, sans causer de tort à personne.

Cet aspect une fois réglé, il me restait à empoigner le problème plus complexe de la réponse que je donnerais à Carine. Si j'écoutais mes sentiments, le chemin à suivre semblait tracé. J'étais encore profondément amoureux et je n'imaginais pas mon existence sans elle. Bien sûr, je lui en voulais d'avoir agi de manière aussi irréfléchie avec Jérôme et de s'être enfuie au lieu de me parler de ses soucis. Mais je pouvais admettre qu'elle s'était retrouvée dans une situation impossible. Sa lettre montrait qu'elle avait finalement choisi la sincérité. Elle avait pris le risque de tout me raconter alors qu'elle aurait pu me cacher les éléments pénibles. J'aurais préféré qu'elle agisse ainsi dès le début, mais il ne servait à rien de revenir sur le passé. J'étais heureux que notre séparation prenne fin et je souhaitais que ma compagne revienne le plus vite possible. Pourtant, si je laissais un moment de côté mon ressenti pour aborder la situation rationnellement, je devais concéder que plusieurs difficultés se profilaient à l'horizon. Serais-je capable de donner à Léon l'affection qu'il méritait ? Avais-je les qualités pour être un bon père ? Et surtout, aurais-je le courage nécessaire pour renoncer à savoir qui était son géniteur ? Carine en paraissait convaincue, moi nettement moins. Contrairement à d'autres informations, celle-là se trouvait à ma portée. En côtoyant mon ami, j'avais appris à mesurer l'attraction que peut exercer la vérité. Comment réagirais-je si en effectuant un test ADN, j'apprenais que Léon était l'enfant biologique de Jérôme ? Je craignais aussi de ne pas retrouver intact le lien qui m'unissait à Carine. Je devais reconnaître que ma confiance avait été émoussée par sa disparition. Pourrions-nous reconstruire une relation solide ? Notre couple n'allait-il pas se fracasser sur le premier obstacle ?

Toutes ces questions étaient en train de tourner dans ma tête jusqu'à l'épuisement lorsque mercredi vers 16 heures, on a sonné à ma porte. J'ai découvert avec surprise que Mathilde se tenait sur le seuil. Son visage m'a paru crispé sous sa coupe à la garçonne toujours flamboyante. Elle ne portait pas de masque et elle m'a prise dans ses bras en oubliant les règles sanitaires.

– Excuse-moi de passer à l'improviste, a-t-elle dit. J'arrive de chez maman et j'ai besoin qu'on discute.

– Entre et mets-toi à l'aise. Je suis content de te voir. Comment vas-tu ?

– Pas très bien. Je suis désolée de ne plus t'avoir appelé, mais il fallait que je me batte contre ma peine. Et quand on se parlait, je sentais tellement ton chagrin que le mien reprenait le dessus.

– Tu as réussi à avancer ?

– Je n'en sais rien. Si la colère vaut mieux que la tristesse, alors oui, j'ai fait du chemin.

Ma filleule me fixait de ses grands yeux verts un peu perdus et cette image m'a rappelé les goûters pendant lesquels elle me racontait ses préoccupations quand elle était enfant.

– Tu veux un chocolat chaud ? lui ai-je demandé.

Elle a eu un sourire nostalgique avant de me répondre. Ses traits se sont légèrement détendus.

– J'aimerais beaucoup, mais ça m'étonnerait que tu aies du lait d'avoine ou de soja. J'évite les produits liés à l'élevage.

J'ai sorti du réfrigérateur une brique de boisson à base d'amandes et je l'ai montrée à Mathilde. Elle a acquiescé d'un air surpris. J'ai préparé deux bols de cacao et je me suis assis face à elle.

– Alors, tu en as après qui ? ai-je repris après lui avoir donné le temps de déguster mon breuvage.

– Ma mère.

– Pourquoi ?

– Elle a un copain. J'ai appris aujourd'hui qu'il s'était installé chez elle, mais il y a déjà trois mois qu'ils sortent ensemble. Tu te rends compte ? Papa est mort en avril et pendant l'été ils se promenaient déjà en se donnant la main.

– Tu le connais ?

– C'est un de ses collègues qui est professeur à Malerive. Je n'arrête pas de penser qu'ils se fréquentaient peut-être déjà avant, et ça me fout les boules.

Je suis resté silencieux. J'ai essayé d'imaginer comment Jérôme aurait réagi devant cette supposition. Aurait-il cherché à connaître la vérité comme à son habitude, ou se serait-il contenté de laisser les événements suivre leur cours ?

– Il y a des questions dont les réponses ne nous apportent pas grand-chose, ai-je fini par déclarer. Ton père t'a aimée très fort, et je suis sûr que ta mère te veut toujours du bien. C'est le plus important.

– Elle l'embrasse et elle lui fait plein de câlins. Elle n'a jamais été comme ça avec papa. Je suis dégoûtée quand je les vois se tripoter.

La voix de Mathilde s'est brisée d'un coup. Elle s'est affaissée sur la table de la cuisine, a caché son visage entre ses bras et s'est mise à sangloter.

– Il me manque trop, a-t-elle murmuré à travers ses larmes.

La souffrance de ma filleule a ravivé le sentiment de perte qui m'envahissait fréquemment. Des souvenirs de mon amitié avec Jérôme ont défilé dans ma tête, depuis notre enfance jusqu'aux dernières discussions que nous avions eues. Son absence creusait un vide béant dans ma vie. Presque chaque jour, j'avais avec lui des dialogues imaginaires durant lesquels nous débattions de la meilleure attitude à adopter. C'était ma façon de ne pas le laisser disparaître. Au bout d'un moment, Mathilde a arrêté de pleurer puis elle a levé les yeux vers moi. J'ai eu l'impression qu'elle attendait de ma part un conseil qui la soulagerait, comme lorsqu'elle venait me voir quand elle était petite.

– Est-ce que ton père t'avait parlé de la théorie du lieu naturel d'Aristote ? lui ai-je demandé.

– Il mentionnait sans arrêt des pensées de philosophes. Pour être franche, la plupart m'entraient par une oreille et ressortaient par l'autre. Je le trouvais rasoir, mais je voudrais tellement pouvoir encore l'écouter.

– En gros, Aristote pensait que chaque objet a un lieu qui lui est propre, donc il a tendance à toujours se diriger vers lui. Si les pierres tombent, c'est parce que leur lieu se situe au centre de la terre. Et si les oiseaux volent, c'est que leur lieu naturel est dans le ciel.

– Pourquoi tu me racontes ça ?

– On a eu beaucoup de discussions avec Jérôme pour savoir si on pouvait appliquer le même concept aux gens. Peut-être que chacun d'entre nous a une personne vers laquelle il est attiré ?

– Je n'y crois pas. Il n'y aurait pas autant de divorces.

– J'essaie juste de te montrer qu'il n'y a rien de mal à aller vers son lieu. Tu ne dois pas en vouloir à ta mère d'avoir rencontré un homme qui la fait se sentir au bon endroit.

Ma filleule m'a jeté un regard dubitatif. Elle a vidé son bol de chocolat, puis elle a semblé hésiter. Au bout de quelques secondes, elle a fini par poser la question qui l'intriguait.

– Et toi, tu l'as trouvé ton lieu naturel ?

– J'y ai pas mal réfléchi et je crois que c'est mon restaurant. J'ai eu des doutes, mais maintenant je suis sûr qu'il n'y a nulle part où je serais plus à ma place. Je veux continuer à offrir des moments de plaisir à toutes celles et ceux qui viennent manger chez moi.

– Je parlais plutôt de quelqu'un. Tu as de nouveau été amoureux ?

– Oui, mais ça n'a pas été facile.

Mathilde a eu l'air très surprise. Je me suis aperçu que je n'avais jamais eu l'occasion de lui parler de mon histoire avec Carine. J'ai relaté tous les événements qui s'étaient produits depuis l'année précédente, y compris la naissance de Léon, mais en passant néanmoins sous silence les épisodes qui concernaient Jérôme.

– J'aimerais te demander un service, ai-je conclu. Je voudrais que tu sois la marraine de mon fils. Est-ce que ça te plairait ?

– Énormément ! a-t-elle répondu.

J'ai vu briller dans son regard une lumière nouvelle.

Après le départ de ma filleule, mes pensées sont revenues vers mon ami. J'avais besoin d'une discussion avec lui pour me clarifier les idées. J'ai fermé les yeux et je me suis laissé aller à ma rêverie.

Moi : Tu te souviens de la phrase que tu m'as citée quand je t'ai annoncé que j'avais enfin parlé de mes sentiments à Carine ?

Lui : Bien sûr. C'était une réflexion de Nietzsche. La valeur d'un homme se mesure à la dose de vérité qu'il est capable de supporter.

Moi : Tu pensais à qui ?

Lui : À nous deux. J'imaginais qu'un jour tu apprendrais ce qui s'était passé entre Carine et moi. Mais à ce moment-là, je ne me doutais pas que tu serais confronté à la scène de la chambre d'hôtel, et à la naissance de Léon.

Moi : Et pour toi ?

Lui : Je soupçonnais que Valérie avait une aventure et j'essayais de l'accepter. Après tout, j'avais été le premier à fauter.

Moi : Mais tu étais revenu vers elle. Peut-être qu'elle n'en aurait pas fait autant.

Lui : J'ai quitté ce monde trop tôt pour qu'on puisse le savoir.

Moi : J'aime encore Carine, mais j'ai peur que tout ce qui est arrivé ne fragilise notre couple.

Lui : Les réponses viendront seulement lorsqu'elle aura repris sa place dans ta vie avec le bébé. Tu dois juste leur ouvrir les bras.

Je me suis levé de ma chaise et je suis allé chercher le papier sur lequel ma compagne avait écrit ses nouvelles coordonnées téléphoniques. J'ai senti mon cœur battre vite et fort quand j'ai composé le numéro.

X

Nous sommes tous réunis sur la terrasse de l'Agape. Les parents de Carine sont arrivés d'Italie ce matin. Papa et Lucie sont assis avec Christelle et Olivier accompagnés de leurs conjoints et de leurs enfants. Léon, juché sur son tricycle, zigzague entre les tables en guignant les cadeaux qu'on lui a apportés. Il fête ses trois ans aujourd'hui. Sa marraine Mathilde discute avec son parrain Hugo, le frère de Carine, qui a atterri la veille à l'aéroport de Genève en provenance de New York avec sa femme et leurs jumeaux. Je les observe en caressant doucement le ventre de ma compagne qui s'arrondit de jour en jour, et je repense au temps qui s'est écoulé depuis qu'elle a réapparu.

Notre relation a repris son cours d'une manière étonnamment simple après les soubresauts que nous avions affrontés. Aucune des craintes qui m'habitaient ne s'est réalisée. Quand j'ai pris pour la première fois Léon dans mes bras, j'ai su que je consacrerais ma vie à le protéger comme mon ami l'avait fait pour moi. Carine a senti ce que j'éprouvais pour notre fils. La joie avec laquelle j'ai assumé mon rôle de père l'a définitivement rassurée. Nous n'avons presque jamais parlé de Jérôme. Nous avions compris que mieux valait éviter de partager nos souvenirs à son sujet, même s'il restait présent dans nos pensées. J'ai poursuivi mes dialogues imaginaires et il m'arrive encore de converser avec lui, surtout quand je réfléchis à la situation générale. Si mon couple et ma famille ont évolué dans la sérénité, cela n'a pas été le cas pour le monde qui nous entoure. Nous avons d'abord vécu au rythme des vagues de Covid, des manifestations contre les vaccins et des spéculations sur l'origine du virus. Puis, quand la pandémie a enfin été jugulée, nous avons découvert avec horreur que la guerre pouvait revenir en Europe. Nous voulions donner un frère ou une sœur à Léon, mais lorsque j'ai vu les images de massacres dans l'Ukraine envahie, je me suis demandé quel avenir attendait nos enfants sur cette planète en feu où toujours plus de pays étaient dirigés par des nationalistes forcenés qui n'hésitaient pas à sacrifier leur peuple pour un drapeau. J'étais atterré par la confusion de plus en plus fréquente qui régnait partout entre les mensonges et la vérité. Je me remémorais souvent mes discussions avec Jérôme sur les imbéciles sans défenses qui propageaient de fausses informations et des idées nauséabondes. Comment le cerveau humain, ce concentré d'intelligence capable de comprendre la structure de l'univers, pouvait-il se laisser grossièrement manipuler au point d'amener des gens à se faire exploser dans des lieux de culte ou hacher en morceaux sur un champ de bataille ? Mon ami aurait développé son habituel discours sur la propension du mal à se déguiser pour revêtir l'apparence du bien. Il était convaincu que la peur de l'incertitude représentait la source principale des malheurs de l'humanité. Selon lui, les personnes qui ne supportaient pas le doute devenaient les proies faciles des idéologues qui proposaient des explications toutes faites. Il avait toujours insisté sur la nécessité de se questionner sans répit afin de débusquer les démons. Mais j'avais l'impression déprimante que peu d'individus avaient encore envie de creuser jusqu'à la racine. J'ai évoqué mes préoccupations devant ma compagne. Elle y a répondu par un doux sourire en m'affirmant que notre rôle consistait justement à éduquer une nouvelle génération qui saurait résister aux influences néfastes. J'adore son optimisme. Elle va accoucher dans quelques jours.

Je regarde les invités rassemblés pour l'anniversaire de mon fils, et je me dis que s'ils sont là, c'est aussi grâce à Jérôme. Durant toute sa vie, il m'a encouragé à me relier aux autres. Depuis mon enfance jusqu'à ma rencontre avec Carine, il m'a toujours incité à développer des relations profondes. Il sentait que ma crainte d'être abandonné risquait de m'isoler et il m'a soutenu pour la combattre. Mais je me demande s'il n'a pas échoué en ce qui le concerne, précisément dans le domaine où il m'a aidé. Je sais qu'il était très proche de Mathilde, mais sa relation avec Valérie m'a toujours intrigué. Je ne suis pas certain qu'ils aient établi une véritable intimité.

Que m'est-il permis d'espérer ? La troisième interrogation de Kant me vient à l'esprit alors que j'observe Léon qui confectionne des figurines en pâte à modeler avec les enfants de Hugo. Je souhaite le bonheur de ceux que j'aime, évidemment. Je voudrais aussi pouvoir continuer à exercer mon métier pour apporter aux gens des moments de plaisir et de convivialité. J'ai entamé une collaboration avec Frédéric Dubay, le cuisinier de la résidence Beausoleil. Une fois par semaine, je prépare avec lui un menu haut de gamme pour ses pensionnaires. Mon père et Lucie sont ravis de cette initiative. À un niveau plus large, j'aspire au triomphe de l'intelligence sur la bêtise et de la bienveillance sur la haine. Ce sont des rêves très naïfs, j'en suis conscient. J'essaierai de contribuer à leur réalisation dans ma modeste mesure, comme l'a fait Jérôme aussi longtemps qu'il en a eu la force. Mathilde s'avance vers moi et me fixe d'un air entendu.

– Tu penses à papa ? me lance-t-elle.

– On ne peut rien te cacher.

– Je connais les symptômes. Tu as le regard perdu dans le vague et tu souris d'un air nostalgique.

– J'étais en train de réfléchir à nos discussions sur Kant. Je trouvais les questions qu'il posait très intéressantes, même si je n'ai jamais compris grand-chose à ses réponses. Jérôme a bien essayé de m'expliquer, mais il avait affaire à un élève assez peu persévérant.

– Avec moi, il citait plutôt Sénèque. Il appréciait beaucoup sa maxime sur la bonté.

– Je ne la connais pas.

– La bonté consiste surtout à vouloir devenir bon.

Je hoche la tête dans un geste d'approbation. Le précepte me paraît finement observé.

– Je crois que ton père a appliqué cette idée de son mieux. Maintenant, c'est à nous d'essayer.

– Tu ne te débrouilles pas trop mal. Tu as déjà mis un menu végétarien dans ta carte. On attend les plats véganes.

– Les conversations que j'ai avec toi m'aident à prendre conscience de certains éléments. Tu es plus convaincante que les dogmatiques que je croise parfois.

Ma filleule acquiesce à son tour. Je remarque qu'elle tient une enveloppe à la main. Elle me la tend avant de reprendre la parole.

– De la part de ma mère. Elle estime que ça te revient.

– Qu'est-ce que c'est ?

– Une page du manuscrit de papa. Il y a travaillé jusqu'à la fin.

– Tu l'as lue ?

– Oui.

Les yeux de Mathilde s'embuent d'un coup. Elle me presse brièvement l'épaule, puis elle s'éloigne pendant que j'ouvre l'enveloppe. J'imagine qu'elle préfère me laisser seul devant le texte de Jérôme. Il s'agit de l'extrait de Rhizosphère où il a défini l'amitié. Il a consigné différentes analyses, parmi lesquelles celle de l'amitié en tant que miroir dont il m'avait souvent parlé. Mais tous les paragraphes ont été biffés pour ne laisser qu'un seul terme censé représenter la racine du concept. En le découvrant, je comprends qu'il a dû rédiger cette version pendant la période où il luttait contre le virus. S'il s'était remis, il ne l'aurait probablement pas publiée sous cette forme. En face du mot amitié, il a simplement écrit : Denis.

REMERCIEMENTS

À Céline Brunet pour ses précieuses informations sur le monde de la restauration.

À Robert Felley pour avoir partagé avec moi sa passion des champignons et ses connaissances de mycologue.

À Jean-Paul Jacquod pour m'avoir fourni des explications claires et synthétiques sur les grands courants de la philosophie.

À Sophie Rossier pour son soutien, ses encouragements et ses commentaires sur le manuscrit qui m'ont permis de mener à bien mon travail dans les meilleures conditions.

À Stéphanie Sassano pour sa relecture du journal de Carine et ses remarques avisées qui m'ont aidé à l'améliorer.

Du même auteur:

Daniel Cordonier

Le bleu de l'or

roman

FAVRE

Daniel Cordonier
Le féminin du temps
thriller
FAVRE

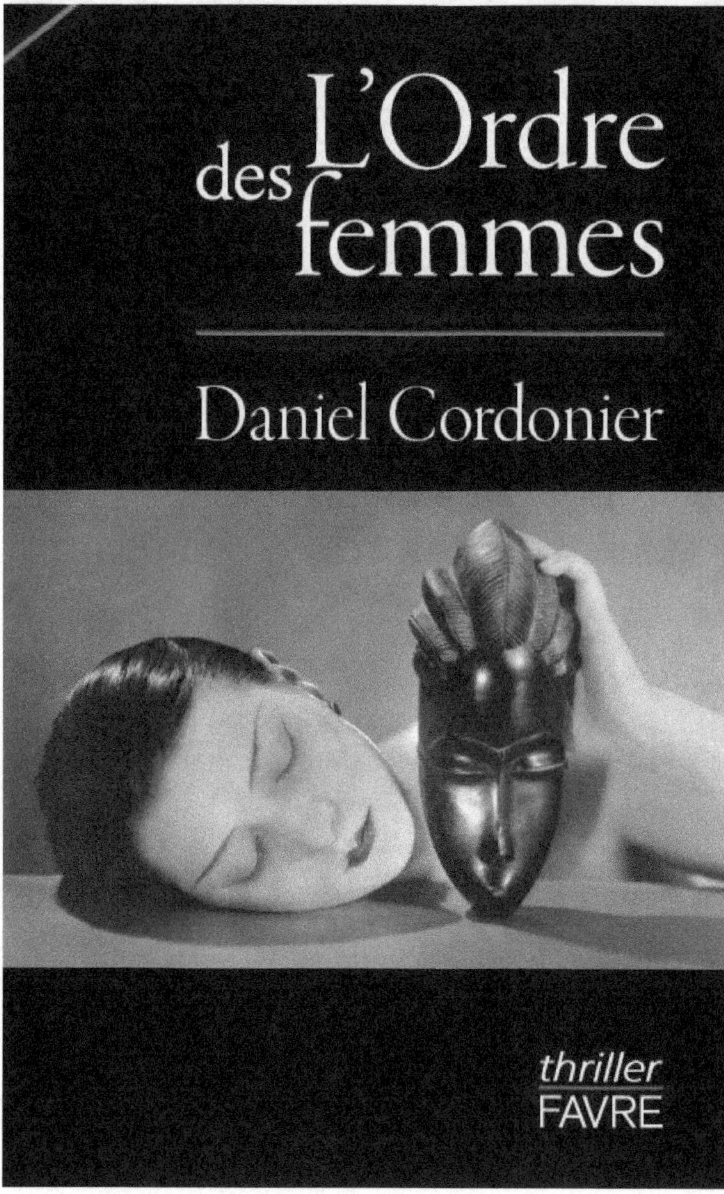
L'Ordre des femmes
Daniel Cordonier
thriller
FAVRE

Tous nos titres et nouveautés sur
www.editionsfavre.com

Le Canton
du Valais
encourage
la culture
Der Kanton
Wallis
fördert Kultur

Achevé d'imprimer en novembre 2023 par Sepec Numérique – 01960 Péronnas
N° d'imprimeur : N00432231067 – Dépôt légal : novembre 2023
Imprimé en France

IMPRIM'VERT®

PEFC 10-31-3532 / Certifié PEFC / Ce produit est issu de forêts gérées durablement et de sources contrôlées. / pefc-france.org